ISABEL FARGO COLE

DAS GIFT DER BIENE

ROMAN

EDITION NAUTILUS

Ernst Jünger wurde zitiert nach:
»Ernst Jünger, Gershom Scholem.
Briefwechsel 1975–1981«,
Sinn und Form 2009, Heft 3.

Die Zitate aus kabbalistischen
Texten stammen aus:
Gershom Scholem, *Zur Kabbala*
und ihrer Symbolik, Suhrkamp,
Berlin 2015.

Zitat Walter Benjamin
aus: Ders., *Illuminationen.*
Ausgewählte Schriften,
Suhrkamp, Berlin 1977.

Edition Nautilus GmbH
Schützenstraße 49 a
D-22761 Hamburg
www.edition-nautilus.de

Originalveröffentlichung
Erstausgabe September 2019
Umschlaggestaltung:
Maja Bechert, Hamburg
Druck und Bindung:
CPI – Clausen & Bosse, Leck
1. Auflage
ISBN 978-3-96054-196-7

Die Weltlage ist düster;
vielleicht kommen wir ohne Wunder nicht aus.
Ernst Jünger an Gershom Scholem

1

So grausam starb die Künstlerin – so schadenfroh war die Schlagzeile. Wir hatten ein Wunder erlebt und auf ein weiteres Wunder gehofft. Wir lebten im Glauben – einst hoffnungsvoll, seitdem trostlos –, die Realität sei nach Belieben wandelbar.

Berlin is a city of transformation, hatte ich in meinem Antrag auf das Fulbright-Stipendium geschrieben. Wenige Monate später war ich dort angekommen.

Als ich Meta und Wolfgang und Vera noch nicht kannte, stand ich oft an der Haltestelle gegenüber von ihrem gelben Haus, fuhr mit der Zunge über rotweinblaue Zähne und wartete auf den Nachtbus. Ich stand zum ersten Mal auf eigenen Füßen. Und hatte, mein erstes Vorhaben für Berlin, zu trinken gelernt.

Mit fünfzehn war ich das erste Mal in Berlin gewesen, ein Monat als Austauschschülerin in Friedenau. Damals, 1987, stand die Mauer noch. Niemand ging hin. Nur solche wie wir, als Schulgruppe, und so besuchten wir auch die Gedenkstätte Plötzensee und standen vor der Reichstagsruine. *So you're going off to Naziland?*, hatten Mitschüler gestichelt, das fand ich nun ungerecht, so brav und betreten wie unsere Austauschpartner alles mitmachten. Was meine Partnerin Renate sich dabei dachte, blieb mir ein Rätsel – sie war ein stilles Mädchen. Das Tagebuch der Anne Frank stand bei ihr im Regal, aber ich fragte nicht danach, auch nach der Mauer nicht, wenn wir gemütlich beisammensaßen, denn die Gemütlichkeit schien sehr verletzlich. Tee-Stövchen, frische Brötchen, Lederetuis mit Füllfederhalter. *Nach New York kommt dir Berlin sicher wie ein Dorf vor,* meinte sie, fuhr mit mir pflichtbewusst zum Ku'damm und zum Zoo. Mich interessierte das bunte Gewimmel nicht, sondern die düsteren Brocken mittendrin: der Bahnhof und der Kirchenstummel. Das musste Renate abartig finden, dachte ich, als ob ich verkohlte Brötchen essen wollte.

In freien Stunden lief ich einfach los. So tat ich es auch in Manhattan: An der Spitze der langen Insel standen die Zwillingstürme wie ein Tor ins Jenseits, hinter ihnen nichts als Himmel und Hafen. Ich wollte dort nicht wirklich hin – wo nur öder Raum war, der Wind über eine karge Plaza pfiff –, sondern möglichst lange darauf zulaufen, denn wenn ich so lief, lösten sich die glänzenden Fassaden Manhattans. Mir war, als schlüpfte ich in enge Gassen, in die Schatten eines Film noir, *Der dritte Mann*, eine Videokassette, die ich immer wieder abspielte. Ich verknallte mich abwechselnd in Orson Welles und Joseph Cotten, ich *war* abwechselnd Orson Welles und Joseph Cotten, der dämonische Schelm und die unbedarfte Unschuld, und die kreisende Verfolgungsjagd führte durch Kriegsruinen, durch eine Stadt, deren Innerstes nach außen drang.

Nun irrte ich in Kreuzberg herum, ohne viel von der im Reiseführer beschriebenen *Szene* zu entdecken. Alles underground, dachte ich, aber ich wollte sowieso nur das Graue und Kaputte, *wie drüben*. Und laufen, bis es nicht mehr weiterging, auf den Schnitt im Raum zu, unendlich weit und tief und lang. *Das würde niemand verstehen*. Warum ich jede Aussichtsplattform erklettern wollte – nein, ich verstand die anderen nicht. Wollte niemand das graue Ufer des fremden Erdteils sehen? Davor die leere Fläche, offenes Gewässer, das Aufbruch verhieß.

Der Ausflug nach Ostberlin kam erst am vorletzten Tag

zustande: drei Stunden im Reisebus, aussteigen durften wir nur am Pergamonmuseum und am sowjetischen Ehrenmal in Treptow. Es war, als wüsste man um meinen Wunsch, in die Seitenstraßen zu schlüpfen. Sie entglitten hinter der Busscheibe wie Alltagsgegenstände in den Museumsvitrinen, an denen wir vorbeigehetzt wurden: Hier verstand man endlich meine abwegigen Wünsche, denn man versuchte sie unbedingt zu vereiteln.

Mein Briefwechsel mit Renate war längst eingeschlafen, als zwei Jahre später die Mauer fiel. Meine Clique ging nach der Schule zu einem Freund, um die Ereignisse im Fernsehen zu sehen, und ich weinte vor allen Leuten. Ich wusste, ich sollte Renate schreiben, ich wusste, ich würde es nicht tun, weil ich ihr übelnahm, dass sie den Mauerfall erleben durfte. Ich hätte gleich in Berlin bleiben sollen. Dass ich in New York vorm Fernseher saß, war mein Fehler und nicht der Fehler der Geschichte. Die Geschichte machte jetzt auf einmal alles richtig. Niemand sprach nun von *Naziland.* Denn ausgerechnet dort geschah etwas Sinnvolles. Es schien plötzlich nicht anders denkbar – hätte der Kalte Krieg noch weiterlaufen sollen, der alte Billigthriller? An der Kellertür in unserer Schule hing noch das schwarzgelbe Schild des Atomschutzbunkers wie ein Requisit eines nie gedrehten Filmspektakels: die Stadt im Fadenkreuz. Wir waren jetzt siebzehn, fast schon mündig und vernünftig. Was hätten wir damit anfangen sollen?

»Ich will nicht studieren!«, brüllte ich meine Eltern an. »Ich gehe nach Berlin und komme nie wieder!«

»Was willst du denn in Berlin?«, fragten sie erschrocken.

»Ich will schreiben!« Sobald ich es aussprach, war klar, dass daraus nichts werden würde.

Noch nie hatte ich aufbegehrt. Ich besuchte eine Schule für Begabte, verschrobene Streber, wir tobten uns mit

Animé-Filmen und Fantasy aus. Im vorletzten Schuljahr wurde aus Spaß Ernst: Adrenalinrausch und Panik, der Wettbewerb um Elite-Studienplätze. Dabei sah ich den Sinn eines Studiums gar nicht erst ein. Meine Eltern mussten sich klarmachen, dass *Begabung* nicht zwangsläufig Lebenstüchtigkeit bedeutete, sondern womöglich nur spektakuläres Scheitern. Was man sich hier nicht leisten konnte – der Puls der Stadt war die Absturzangst, die zugleich der Beweis war, wie viel man erreicht hatte. Eine winzige Wohnung an der Upper West Side, endlich abbezahlt. Das Sparkonto für mein Studium, angelegt, als ich klein war. Das beschämend teure Geschenk nahm ich an. Bewarb mich nach Yale, wurde abgelehnt, bekam meine zweite Wahl, ein kleines *liberal arts college* in den Wäldern von Vermont. Das dortige *creative writing program* solle ausgezeichnet sein, versicherten meine Eltern. Schreiben könne man nicht lernen, schoss ich zurück.

Ich träumte von Berlin, immer die gleichen Träume: Zufällig hatte ich dort Aufenthalt, ein paar Stunden zwischen Flügen. Ich war außer mir vor Freude, die ich verbergen musste, denn ich war mit anderen unterwegs, einer Reisegruppe, Freunde, Familie, Renate, sie waren mir lästig, ich machte mich heimlich davon. Einmal stieg ich am Flughafen in einen Bus voller Fremder – auch sie musste ich loswerden. Einmal war es der falsche Bus, er fuhr aufs Land und landete im Graben. Ich lief davon, hoffte, eine Weile lang im Wald zu überleben und mich zurück zur Stadt durchzuschlagen. Ein andermal fand ich sofort ins Zentrum: Es hieß Unter den Linden. Ich hetzte bergauf und bergab, erkannte nichts wieder. Den Bezirk, den ich suchte, gab es nicht, oder er lag ganz woanders. Verzweifelt suchte ich Orientierung. Was war das für ein großes Gewässer in der Ferne? Ja natürlich, die Berliner Bucht, der Bezirk lag doch auf der anderen Seite. Aber ich hatte keine Zeit mehr, musste weiterlaufen, bergauf, bergab, auf den Hafen zu.

In der College-Bibliothek fand ich einen Ostberlin-Bildband aus den 1970ern. Damit setzte ich mich auf den Fußboden zwischen den Regalen und blätterte immer ungeduldiger, wollte die namenlosen Straßenfluchten sehen. Aber im Buch standen nur die Sehenswürdigkeiten, Betonplätze, Betontürme, Betonpavillons schoben sich mit ihren leeren sauberen Umrissen vor die *eigentliche* Stadt

Vier Jahre vergingen in einem *dormitory*, der einer mittelalterlichen Klosteranlage nachempfunden war. Eine derart heile Welt, die meisten Kommilitonen hielten sie nur aus, wenn sie Donnerstag bis Sonntag in den *fraternity houses* durchfeierten, deren neugotische Fassaden raubritterliches Zechgelage versprachen. Ich sah sie kaum von innen. Im Sommer vorm Studium hatten meine Eltern mir abends von ihrem guten Sonoma Valley Pinot Noir angeboten, damit ich vorab lernte, vernünftig zu trinken. Ich lehnte ab. Es war liebevoll, doch bevormundend. Als eine Bevormundung empfand ich aber auch das Partyritual: Wir durften zwar erst mit einundzwanzig trinken, trotzdem waren die *fraternity houses* eindeutig dafür vorgesehen, dass man schon mit achtzehn anfing, und das gleich bis zum Umfallen. Eine augenzwinkernde Abmachung. Die Jugend hatte zu rebellieren, die Verbote schrieben die Form der Rebellion vor. Alles kreiste um irgendwelche Erwartungen, die letztlich von oben kamen. Das kam mir suspekt vor, eine Ablenkung vom Eigentlichen.

Vor allem von dem, was gerade in Berlin geschah, fernab dieser mittelalterlichen Szenerie. In ihr fühlte ich mich ertappt – offenbar saßen wir Amerikaner seit jeher Phantasiebildern auf. Die Gründer des Colleges hatten mitten im Ersten Weltkrieg den Traum von Europa geträumt, die heiligen Hallen von Oxford, das 12. Jahrhundert nachgebaut.

Wir entdeckten immer wieder die Alte Welt aufs Neue. Ich ärgerte mich, weil ich hier feststeckte, über die Journalisten, die ausschwärmten, um den östlichen Kontinent zu erschließen und von Wundern zu berichten: friedlich entfesselte Massen, friedlich stürzende Denkmäler, friedlich stürzende Staaten. Grenzen lösten sich auf, Grenzen zogen sich neu. Natürlich sei Freiheit alles andere als einfach, das verschwiegen die Berichte nicht, sie bringe Risiken mit sich, Chaos und Misere. Schmerz sei unvermeidlich und läuternd, irgendwie mit Belohnung verbunden – und was für eine: der globale Siegeszug der Demokratie. Daran glaubte auch ich, denn nicht daran zu glauben wäre schrecklich gewesen. Aber die mediale Bescheidwisserei wurmte mich. Ich wollte wirklich Bescheid wissen.

Ein Bild verfolgte mich: ein Grenzsoldat im Turm, wie ein Vogel auf dem Dachgesims. Von da oben sah er, was ich nicht sah. Wie käme ich dorthin, hinter diese Gestalt? Ich sah ihn schon vor mir: ein gewöhnlicher Kerl, den die Umstände zu einer absurden, schrecklichen Tat zwingen. Eine Geschichte. Durfte ich so was schreiben? Ich wagte es nicht. Ich wusste zu wenig. Und ich kam über den Gedanken nicht hinweg, ich hätte flüchten, er auf mich schießen müssen.

Deutsch wählte ich als Nebenfach, Geschichte als Hauptfach. *Isn't history over?*, fragte mein alter Freund Ethan. Ich sagte: *That would be boring.* Und wenn die Geschichte doch zu Ende war, dann war es ja Zeit, sie endgültig zu ergründen. Zum fremden Bezirk auf der anderen Seite durchzudringen, wo doch Menschen lebten, Menschen wie ich.

Die Geschichte hatte uns Recht gegeben, auch wenn das peinlich war – Reagan war peinlich, Bush war peinlich, wir hätten ja Gorbatschow gewählt und hatten also doppelt Recht und wollten an die Quelle dieses Rechtes. Aber die Leute dort drüben, die im Unrecht gewesen waren, auf der falschen

Seite der Geschichte, hatten sie uns nicht etwas voraus, wir wussten nicht, was, und wollten wir nicht deswegen hin? Hier lebten wir in der Gegenwart, die ewig andauern müsste, weil die Geschichte ja zu Ende war. Und die Anderen? Ihre Welt war vergangen: Dort also war Zukunft möglich.

Mein Forschungsthema hieß *Berlin Utopia: The City as Political Text* – ein zweiter Aufguss meiner Bachelor-Arbeit, *The Palast der Republik in Its Utopian-Historical Context* – und brachte mir das Stipendium ein. Damit gehörte ich quasi zu einer Gesandtschaft der *best and brightest* im Dienst der transatlantischen Beziehungen. Das stellte ich mir in etwa vor wie die Reisegruppe in meinem Traum, von der ich mich gleich wieder davonmachen musste.

Anfang Februar in Prenzlauer Berg angekommen, lief ich gleich als Erstes in den Westen. Niemand schoss auf mich. Von der Mauer war nur eine Brache geblieben, wie ein Flusslauf, der sich durch die Stadt wand. Welchen Bezirk hatte ich im Traum gesucht? Ich konnte mich nicht mehr erinnern.

Mitte, womöglich. Der Weg vom Prenzlauer Berg dorthin war nur leicht abschüssig, aber ich spürte einen starken Sog. Die Leere des Zentrums, die Weite des alten Niemandslands, die Tiefe der Baugruben – Potsdamer Platz, das künftige Regierungsviertel – waren wie ein Naturspektakel, das immer da sein würde. So blieb ich meist auf halbem Weg in den alten Straßen des Scheunenviertels hängen: wirre Gänge hinter der Kulisse *Unter den Linden*. Hier war die kriegsversehrte Stadt, die ich in Kreuzberg gesucht hatte. Tagsüber suchte ich die Fassaden nach Einschusslöchern ab: jeweils eine Schreckenssekunde einer Straßenschlacht.

Hier war auch die *Szene* – ein seltsames Wort: ein Ort? ein Ereignis? Nachts brachen Kneipen und Menschen mit Gelächter, Rauch, saurem Atem aus der Dunkelheit hervor;

einen Augenblick später war nichts als ein Flackern zwischen Haustür und Bordstein. Immer wieder zögerte ich, fand endlich irgendwo hinein, ein Schatten, durch den man hindurchblickte. Solange ich in Bewegung blieb, war das wie ein Film noir, aus lauter Atmosphäre musste sich eine Geschichte verdichten: Mord oder Liebe.

In der Straßenbahn nach Prenzlauer Berg wurde ich jedes Mal wieder nüchtern, war hellwach, als ich die Wohnung aufschloss. Meine Mitbewohnerinnen waren ebenfalls *Fulbrighter* und wie ich vor Semesterbeginn gekommen, um sich zu akklimatisieren. Sie kamen selten vor der Morgendämmerung wieder. Am ersten Wochenende hatten sie mich in einen *underground club* mitgenommen. *We'll show you something really Berlin.* Wir gingen nach Mitternacht auf die lange leere Straße, überquerten in konspirativem Schweigen ein Brauereigelände – mondbeschienene Höfe, Bäume auf den Dächern – und tauchten in ein Birkenwäldchen. Mein Traum, dachte ich, aber schon kam die Störung auf, das *Wumm-wumm-wumm* der Wachwelt. Hinter dem Wäldchen lag der Durchgang zum letzten Hof, auf dem eine Halle stand und alles vor Licht und Lärm zuckte. *Lasst mich schlafen.* Aber wir gingen in die Halle hinein. Hier also waren all die Menschen. Meine Mitbewohnerinnen grinsten erwartungsvoll, ich stand beklommen da, als hätten sich die Deutschen wieder einmal zusammengerottet, um eine Dummheit zu begehen. Ein Tanzender neben mir holte mit den Armen aus und schlug mir die Brille vom Gesicht. Als ich sie wieder aufsetzte, strahlte er mich an. Was wollte er mir damit sagen? Stürze dich blind ins Geschehen? Aber ich wollte doch etwas ganz anderes. *Tired*, erklärte ich, musste schreien: *Sleep!* und flüchtete durch das Wäldchen ins Freie.

Lieber zog ich allein meine Kreise, und wenn ich spätnachts in mein Zimmer zurückkehrte, setzte ich mich an den Schreibtisch. Ich wollte den Semesteranfang nicht abwarten. *Berlin Utopia.* Auf das Thema war ich aus reinem Trotz gekommen. Ich dachte ungern zurück an das Seminar *Fundamental Questions of Historiography*, das uns im letzten Studienjahr beim Schreiben der Bachelor-Arbeit begleitete. Anstatt das versprochene theoretische Werkzeug zu liefern, riss uns die Professorin alles aus den Händen. Wie könne man mit Sicherheit wissen, leitete sie die erste Stunde ein, dass irgendein geschichtliches Ereignis sich tatsächlich zugetragen habe? – Archäologische Funde?, schlug jemand zaghaft vor. – Sind immer Auslegungssache. – Schriftliche Zeugnisse? – Können gefälscht sein. – Fotos? – Ebenso. Siehe: die stalinistische Kunst der Retusche. – Zeitzeugen? – Das Gedächtnis ist trügerisch und Menschen können lügen.

Wir verstummten vor ihrem ruhigen scharfen Blick. Das war nicht mehr die sokratische Methode, die unser College anpries. Die Professorin führte uns nicht an der Hand zu der Antwort, die sie für sich doch gefunden haben musste. Schließlich war sie Historikerin. Sogar Holocaust-Historikerin – und war noch nie beschuldigt worden, den Holocaust zu leugnen. Sie musste also mit Sicherheit wissen, dass der Holocaust sich ereignet hatte. Und sie musste wissen, wie sie es wusste. Aber sie sagte es uns nicht.

Eins nach dem anderen *problematisierte* sie unsere Arbeitsthemen. Sie hat wohl einen Burnout, lästerten wir unter uns. Wir kriegen ihre Midlife-Crisis ab. Ich hatte über die Hintergründe des Mauerbaus schreiben wollen. Nun fragte ich mich, ob die Berliner Mauer überhaupt existiert hatte. Ich hatte sie gesehen, aber konnte ich das nachweisen? Ich zweifelte, schmiss mein Thema hin. Hing in der Bibliothek herum und suchte ein neues. Dort stieß ich auf den Ostberlin-Bildband, den ich im ersten Studienjahr in der Hand gehabt hatte. Ich konnte mich noch an den Frust erinnern, mit dem ich geblättert hatte: lauter futuristische Bauten, grell und unscharf, vergangene Zukunft, unbewohnbar. Der Frust stachelte an – so käme ich der Sache vielleicht doch näher. Ich lieh das Buch aus und vertiefte mich in die geometrische Betonstadt. Sie war *utopisch*. Was ich damit meinte, war mir unklar. Nur, dass die Stadt von irgendwem ausgedacht schien, um etwas zu beweisen, was sie dann doch nicht bewies.

Hatte ich über das Real-Existierende schreiben wollen, so schrieb ich nun über das Nie-Dagewesene. Hatte ich noch kurz überlegt, mich an *graduate schools* zu bewerben, eine Historikerinnen-Laufbahn einzuschlagen, beschloss ich nun endgültig, nach Berlin zu verschwinden. Mit dem passenden utopischen Alibi setzte ich mich an den Fulbright-Antrag.

Als ich der Professorin mein neues Thema vorlegte, wurde ihr unerbittlicher Blick ironisch. Ich war ihrer Herausforderung ausgewichen. Sie wies bei der Abnahme meiner Bachelor-Arbeit auf sämtliche Unschärfen meines Utopie-Begriffs hin. Eine gute Note bekam ich trotzdem – bei uns wurde man belohnt, wenn man den Mund zu voll nahm.

Sie hatte Recht, zur Utopie waren mir so paradoxe Gedanken gekommen, dass ich am Ende das meiste wieder rausgestrichen hatte. Das wollte ich nun in Berlin nachholen. Den Utopiebegriff ein für alle Mal erledigen – denn im Grunde war ich gegen die Utopie, wollte auf keinen Fall dort leben. Sondern nur dahinterkommen: Wie konnte man etwa den Palast der Republik schön finden? Für welches herbeigesehnte Leben stand diese Schönheit? Ich verfiel der Suche. Der fremden Stadt, die vertraut, der vertrauten Stadt, die fremd wird, wenn man weit genug gelaufen ist. Darin fühlte ich mich aufgehoben, nachts am Schreibtisch mit Blick auf die Straße. Mein abendlicher Taumel setzte sich in Thesen fort, mit denen ich glaubte, an der Humboldt-

Universität gut anzukommen. Wenn ich durch Ostberlin lief, tauchten Gestalten auf, Stein- und Bronzefiguren in Grünanlagen oder vor Schulen: spielendes Kind, Arbeiterin mit Kopftuch, Arbeiter mit Lederschürze. Einfache Menschen. Vereinfacht, abstrakt – sie illustrierten meine Thesen. Traumlebendig – sie unterliefen sie. Sie führten in meinem Hinterkopf ihr Eigenleben weiter. Eine Geschichte, fast greifbar. Hätte ich um Mitternacht angefangen, sie aufzuschreiben, wäre ich beim letzten Satz angelangt, wenn die erste Straßenbahn um die Ecke polterte.

Noch aber konnte ich nicht anfangen. Erst die Arbeit zu Ende schreiben. Ich wollte nicht immer nur anfangen und nichts zu Ende bringen. Ich wollte aber auch nichts Falsches anfangen. Es müsste einen Augenblick geben, von dem an das Angefangene das Leben wäre. Etwa schon mit dreiundzwanzig? Spätestens mit vierundzwanzig. In New York rechnete man mit mir. Alle Freunde arbeiteten bereits oder machten den Doktor. Und achtundzwanzig hieß: Jahrtausendwende.

Ich kann diese Einstellung nicht leiden: Ein Jahr in Europa verbringen, bevor es zu spät ist. Bevor es losgeht mit dem »wirklichen Leben«. Meine Mitbewohnerinnen kommen nächstes Jahr auf die Harvard Business School. Hauptsache, vorher noch eine Arbeit schreiben von wegen »markets in transformation« und jeden Abend durch die Klubs ziehen, weil das Bier so billig ist. Hauptsache, man kann später als »venture capitalist« was von der »underground scene« erzählen. »Young leaders« sagt man zu solchen Leuten, schrieb ich an Ethan.

Und du?, schrieb er zurück.

Ich habe doch gesagt, ich gehe nach Berlin und komme nie wieder.

Tja. Das ist natürlich eine viel reifere Einstellung. Übrigens, ich will im Sommer zwei Wochen in Europa verbringen, bevor es zu spät ist. Bevor es mit der neuen Stelle in der Bio-

techfirma losgeht. So viel Urlaub habe ich immerhin. Und ein Zwanzigstel meiner Schulden ist schon abbezahlt. Siedend heiß fielen mir seine $ 50.000 Studienschulden ein. Ich, unverschuldet, konnte gut Sprüche klopfen. Er hatte weiterstudieren wollen: Genetik. Stattdessen jobbte er als technischer Redakteur. *Paris und Prag. Und zufälligerweise fährt der Zug über Berlin. Ich dachte mir, vielleicht kann ich dich nach Prag rausschmuggeln. Mit gefälschtem Pass oder so.*

Ethan kannte ich seit der 7. Klasse, ein stiller, mit zwölf schon ironisch lächelnder Junge, damals noch mit Schläfenlocken, die er ein paar Jahre später eines Tages abschnitt. Sein Vater setzte ihn daraufhin auf die Straße. Aber er ging von da an still-entschlossen in eine andere, liberale Synagoge. In der Schule ließ er sich von alldem nichts anmerken. Für mich war er damals nur einer der *science nerds* am Rand meiner Clique, dessen abgeklärte Zurückhaltung ich mochte. Er kam auf dasselbe College wie ich, studierte Anglistik und Biologie, musste abends arbeiten, seine Eltern wollten oder konnten das Studium nicht bezahlen. Dort lernte ich ihn besser kennen und begriff, wie schwer ihm alles fiel, wie verhängnisvoll jede Entscheidung war, nicht nur die unerhörte Geste, mit der er vor den Augen seines Vaters die Schere angesetzt hatte, sondern jedes Ja und Nein zog Konsequenzen nach sich. Ein Semester ließ er ausfallen, saß in der Psychiatrie und wurde trotzdem rechtzeitig fertig.

Dass ausgerechnet Ethan sich einfach so in ein Flugzeug setzen und mit der Bahn von Paris nach Prag fahren wollte, machte Mut. Sofort schrieb ich ihm zurück, endlich die lange E-Mail, für die ich »keine Zeit gehabt« hatte: Ja, natürlich komme ich mit, ob er nicht auch ein paar Tage in Berlin bleiben wolle?

Er hatte ja nicht – was ich befürchtet hatte – gefragt, wie mir Berlin gefiel. *Dass* mir Berlin gefiel, verstand sich also scheinbar von selbst.

Abends laufe ich durch das Scheunenviertel, das alte jüdische Viertel, schrieb ich, und es kam mir jetzt erst wirklich schön vor. *Das würde ich dir gern zeigen. Sobald es dunkel wird, scheint alles tief zu schlafen, als wäre es fast schon wieder Morgen, du läufst und plötzlich stehst du vorm Fenster einer Kneipe, warmbeleuchtet und voll von Menschen, lauter versteckte Spelunken, eingerichtet, als würden Kinder Geheimlabor spielen. Ich glaube, die Kneipen haben nicht einmal Namen. Du läufst weiter und die Straße ist völlig leer, alles flach und eng und als könnte man sehen, wie es zusammengezimmert ist. Auf einmal denkst du: Der Mond über den Dächern, und das ist die Kuppel der Synagoge in der Oranienburger Straße, angestrahlt, silbergolden wie ein assyrischer Helm.*

Nein, danke, schrieb er zurück. *Schöne Beschreibung, aber warum nicht gleich Theresienstadt? Das liegt auch auf dem Weg. Wenn ich an Berlin denke, denke ich an Schmerz und Tod und bellende Schäferhunde. Warum soll ich mir das antun, ich habe doch Urlaub. Die Zugfahrt wird schlimm genug sein.*

Er spinnt doch, dachte ich und sah mich hilfesuchend um. Nichts da, was ihm widersprochen hätte, nicht das Schweigen im Rechenzentrum, nicht die Reihen gleichgültiger Köpfe hinter den Bildschirmen, nicht die schwarzen Rümpfe Preußens im Dunkeln vor den Fenstern. Nichts bewies, dass die Hunde nicht nach Ethan bellten. Ich war in eine Falle getappt, seine Falle, seinen Abgrund. Durfte ich denn die Synagoge nicht erwähnen? Wobei: Was trieb mich eigentlich, sie ihm zu beschreiben, und gleich so pathetisch?

Als ich hinausging auf die Clara-Zetkin-Straße, war die Stadt auf einmal wieder ganz nah. Hinter dem Maxim-Gorki-Theater streckte eine Platane ihre schweren Äste über die Mauer, in den Beugen schlug die zartgelbe Rinde Falten wie Haut. Schnee lag auf den nackten Ästen, aber sie froren nicht.

Ich fror, also ging ich in einen Klub. Es war viel zu früh, ich saß an der Bar und verrenkte meinen Hals dorthin, wo niemand war, nach der Tanzfläche. Und musste an Ethan denken, wie wir bei den *fraternity parties* sarkastisch lächelnd am Rande standen, während unsere Kommilitonen den Kontrollverlust absolvierten. Wie ich lästerte: Der Punsch schmecke ekelhaft, und niemals würde ich hier einen Mann treffen, der so schön wie Joseph Cotten war. Wobei, wenn ich ehrlich war, hatten schöne Männer mich immer gleich in die Flucht geschlagen. Warum war ich denn damals nach Kreuzberg abgehauen? Weil ich in einen Jungen aus Renates Klasse verknallt war, ausgerechnet in den Klassenschwarm, und ich hielt es nicht aus, nach der Schule mit all den anderen mitzuziehen und zuzuschauen, wie er Bier soff und grölte: *It's a … it's a … it's a sin.*

Renate – jetzt spätestens hätte ich mich bei ihr melden müssen, vielleicht hätte sie sich sogar gefreut. Aber das Versäumnis war mir immer peinlicher und die Peinlichkeit unüberwindbar geworden.

Inzwischen tanzten Menschen vor mir, sie waren nicht schön und nicht glücklich und nicht nahbar, sie sind wie Berlin, dachte ich, aber das kam mir gleich wieder billig vor. Ich gab mir redlich Mühe, genug zu trinken. Um mich zu ändern, denn ich wusste, dass das Problem bei mir lag und nicht bei den anderen. Ich war hier das Monstrum. Und ganz kurz fühlte ich etwas, als könnte ich aus meiner Monsterhaut schlüpfen. Wild sah ich mich um, bereit, alle zu umarmen – und war doch verschwunden, winzig klein geworden, die Fliege an der Wand. Ich ging hinaus und setzte mich in den Nachtbus. Plötzlich war ich wieder sichtbar, ein Betrunkener fühlte sich von mir provoziert: *He, junge Frau, willste dich nich ein bisschen zu mir setzen? Ick weeß, wiejet is, einsam zu sein. Blöde Kuh! Hab dich nich so!*

Ein paar Mal ging ich noch in den Klub, dann in einen

anderen, alles wiederholte sich, auch die Betrunkenen im Nachtbus mit ihrem Vorwurf, auch der Gedanke, dass Säufer und Spinner die Wahrheit sagen. Gern wäre ich wieder in die alte Fabrik gegangen. Dort waren die Leute freundlich gewesen, und ich war vor ihnen geflüchtet. Aber ich fand sie nicht, wusste nicht, wie sie hieß, wollte meine Mitbewohnerinnen nicht fragen und ging weiterhin in die falschen Klubs.

Inzwischen hatte das Semester begonnen. Die Gänge hallten, ich stand Schlange, saß auf dem Fußboden, ging im Andrang unter. Die Hauptgebäude *Unter den Linden* schüchterten ein wie Ministerien. Doch wer oder was waltete hier, die Gebrüder Humboldt oder Grimm oder Karl Marx, dessen Worte über der großen Marmortreppe prangten?

Die Philosophen haben die Welt nur verschieden interpretiert, es kommt aber darauf an, sie zu ändern.

Wer sagte mir, wie das System hier funktionierte, musste ich denn *Scheine machen*, und wie und welche, und was waren überhaupt Scheine? Ich war bereit, mich einer deutschen Ordnung zu unterwerfen, konnte sie aber nirgends ausmachen. Von der Studentenschaft war ich enttäuscht. Im Unterricht schwieg man, schrieb mit, ließ sich auf wenig ein. Nicht einmal auf *Berlin Alexanderplatz* – im Seminar dazu hatte niemand das Buch gelesen, also hörte ich mittendrin auf. Bei uns wäre man da rausgeflogen!, dachte ich. Ich sah keine Möglichkeit, mit meinen Thesen anzukommen. Alle schienen mit anderen Sachen beschäftigt. Was waren das für Mensagespräche, empört oder schadenfroh, über Professoren, die entlassen, *degradiert* worden waren, was war das für ein allgemeiner Aufbruch? Nach den Vorlesungen liefen alle zielstrebig davon, in die Stadt zurück, in eigene Wohnungen, zur Arbeit, vielleicht zum Bahnhof, um kurzentschlossen an die Ostsee zu fahren. Gern wäre ich hinterhergelaufen, um herauszufinden, was all die anderen *eigentlich* taten.

Dass ich eines Tages Meta folgen würde, hätte ich nie gedacht. Dienstags und donnerstags vor unserem Seminar zur *Jüdischen Geistesgeschichte Berlins* saß sie mit den Gruftis unter den Kastanien auf dem Hof, als Einzige, die nicht verkleidet wirkte. Ihre schwarze Kleidung war gut geschneidert, nicht faschingshaft, und sie hatte keine Piercings. Das gefiel mir, ich hätte mich auch keine getraut. Das lange schwarzgefärbte Haar ließ sie noch schmaler und blasser wirken, jünger als ich. Aber sie strahlte eine Energie aus, die sie mit weit ausholenden Gesten über die anderen verteilte. Als ich sie das erste Mal so sah, blieb ich im sicheren Abstand stehen, als könnte die Gruppe, in ihrem Bann, gleich zu einer wilden Aktion aufbrechen, sogar kreisend in die Luft steigen. Doch gleich darauf zerstreuten sie sich wie sanft angestoßene Billardkugeln. Meta, die Spielkugel, glitt mir in den Seminarraum voraus.

Im Seminar fiel ihr zu allem etwas ein, und immer so ungestüm, sie stellte Fragen in den Raum, mit denen niemand etwas anzufangen wusste. Das war den anderen lästig, es hieß, *sie hört sich gern reden*. Doch mir schien, Meta wollte auch sie so heftig reden hören, vielleicht käme dann *die* rettende Idee. Nur ließ sich niemand darauf ein, sie schienen Metas Begeisterung peinlich zu finden. So lässt man ein begabtes Kind auflaufen. Jedes Mal steckte sie die Enttäuschung weg, fußreifenklirrend lief sie nach dem Seminar davon. Endlich traute ich mich und widersprach ihr; sie grinste mich an.

Sie meldete sich für das Referat über jüdische Mystik, ich schloss mich ihr an, und wir durften es gemeinsam vorbereiten.

»Hast du die Kabbala?«, fragte sie mich. Ich war mir nicht

einmal sicher, was die Kabbala eigentlich sei. Ethan konnte ich nicht fragen, ich hatte immer noch nicht auf seine Mail geantwortet. »Mein Nachbar hat sie bestimmt. Hast du Zeit, willst du mitkommen? Es ist ja nicht weit.«

Das war mein Weg nach Prenzlauer Berg, an der S-Bahn entlang, über die Museumsinsel, den Hackeschen Markt mit der alten Brandmauer-Werbung für das Museum für deutsche Geschichte: ein Holzschnitt-Bauer, der die Fahne *Frÿheit* schwenkte. Ich bekam jedes Mal Lust, ihm zu folgen.

»Eigentlich habe ich mit Religion wenig am Hut«, sagte Meta. »Als ich klein war, musste ich immer mit meiner Mutter in die Kirche, das fand ich schrecklich. Oh, Entschuldigung, du bist doch Ami, nicht wahr? Ihr seid doch alle so –«

»Ich bin atheistisch erzogen. Ich komme aus New York. Als Kind hatte ich immer Angst, in Kirchen reinzugehen. Meine Eltern schauen sich Kirchen gern an, wegen der Architektur. Aber ich dachte immer, wir dürften das nicht. Weil die Leute da drin glauben, Atheisten kämen in die Hölle. Ich habe mich immer gefühlt, als würden wir gleich in die Hölle kommen. Später bin ich auch gern in Kirchen gegangen, gerade deshalb.«

»Bei uns war es umgekehrt. Wer in die Kirche ging, kam in die sozialistische Hölle.«

Seit wann ich hier lebe, fragte sie, wie alt ich sei, was ich vorhabe – sie: seit 1988, achtundzwanzig, wolle vielleicht mal *Kunst machen*, suche Anregungen. »Ich gehe im Sommer ein halbes Jahr nach Israel, das hat sich durch Zufall ergeben. Ich bin noch nie so weit gereist, mit dem Flugzeug geflogen, habe mich nie mit dem Judentum beschäftigt, da tut sich plötzlich eine ganze Welt auf, und die Mystik erst, jetzt habe ich richtig Lust darauf. *Kunst als Golem*, das wäre doch was – und Geister, der Geist, überhaupt, der Tod müsste das Medium sein …« Was weiß sie denn vom Tod?, fragte ich mich. »Das Material ist ja das Medium des Künstlers, aber der Künstler ist auch das ›Medium‹ des Materials …«

Schon achtundzwanzig war sie. *Jahrtausendwende.* Wäre ich dann also auch noch jung? Ihre graublauen Augen traten leicht hervor, so groß, als müsste das Gesicht die Augen erst einholen. Auf ihrer Kleinmädchenhaut lag jeder Schatten wie ein blauer Fleck. Aber ihre Hände waren rau, rot, knochig, als würde sie längst richtig arbeiten.

Die große Brachfläche hinter der Rosenthaler Straße kannte ich vom Vorbeilaufen, und die graue Häuserzeile dahinter, in der sich ein Haus, zwei Flügel im rechten Winkel, buttergelb abhob. Wenn man weiterlief, schob sich ein marodes Gebäude davor, ein freistehender Gartenflügel. Dorthin, durch Gras und Gestrüpp, führte ein Trampelpfad, den wir jetzt einschlugen. Die gelbe Fassade leuchtete immer makelloser, wie simuliert, davor stach eine Terrakotta-Terrasse in die Brache. Ein Tisch mit Stühlen stand im hohen Gras vorm Gartenhaus: Tassen mit Kaffeesatz, Frühstücksbretter, ein halbes Brot. Die Tür zur Ruine stand offen.

»Dürfen wir überhaupt hier rein?«, fragte ich.

»Alles Eigentum ist Volkseigentum«, sagte Meta. »Außerdem wohne ich hier.«

Wie in meiner Lieblingskneipe: abgewetzte Dielen, zerschlissene Kelims, herunterzüngelnde Tapeten, Familienfotos vom Flohmarkt, Nähmaschinentische, ein Zuckerbäcker-Turm von Kachelofen. Ein wuchtiger dunkler Tresen, dahinter fingen Spiegel und Flaschen das Licht.

Das gelbe Haus und das Gartenhaus hatten lange leer gestanden und wurden kurz vor der Wende besetzt, erzählte Meta draußen beim Espresso. Sie war mit ihrer Schmuckwerkstatt ins Erdgeschoss des baufälligen Gartenhauses gezogen, wo es nie jemand lange ausgehalten hatte. Als das

Haus vor kurzem saniert worden war, war das Gartenhaus wegen ungeklärter Eigentumsverhältnisse verschont geblieben. Im Vorderzimmer, Metas Salon, hatten sich die ehemaligen Hausbesetzer, inzwischen auf Umsatzwohnungen verteilt, ein Jahr lang immer wieder eingefunden, um zuzuschauen, wie die Fassade des Vorderhauses neu verputzt und gestrichen wurde. Die Öfen wurden abgerissen, die winzigen Wohnungen zusammengelegt. Im Januar waren sie allesamt mit Sozialmietverträgen wieder ins Vorderhaus eingezogen. Ins Gartenhaus wollte nun erst recht keiner rein, alle waren viel zu bequem geworden. Nur Meta harrte in ihrem Salon aus. Ja, es sei nicht mehr so wie früher, aber immerhin eine richtige Hausgemeinschaft. Wer trinken wollte, kam zu ihr, wer lesen wollte, ging zum Wölfchen. Na, dann wolle sie mal zu ihm hochschauen wegen Kabbala und so – damit verschwand sie ins gelbe Haus.

Eine gute Viertelstunde war sie weg, einmal winkte sie aus dem ersten Stock. Von dort kam seltsame Musik. Gab es Menschen außer mir, die Gesualdo hörten? Schwalben kreisten über der Brache, vom Horizont kam Fliedergeruch, ein Hämmern und Sägen. Man hatte die Hausbesetzer … was wäre das Gegenteil von *enteignet*? Durch das viele gemeinsame Frühstücken hatten sie sich das Haus verdient. Das hier war die Utopie, klein und bewohnbar. Eine Tür knallte, Schritte klapperten, Meta erschien mit Buch und Bohrmaschine.

»Ich dachte immer, die Kabbala wäre ein Buch. Es sind aber ganz viele Bücher. Wolfgang hat nur *Das Buch des Glanzes*. Nimm du mal, ich komme am Wochenende eh nicht dazu. Mach keine Eselsohren rein. Und jetzt muss ich dich rausschmeißen.«

Ich gab ihr meine Telefonnummer, sie gab mir die von Wolfgang, da sie selbst kein Telefon hatte. An der Tür umarmte sie mich. So taten das die Deutschen, hatte ich beobachtet, es schien nur eine Geste zu sein, wie ein Handschlag. Aber mit solchem Schwung nun, ich war wie herumgewirbelt und ganz woanders wieder abgesetzt. Ich lief durchs gelbe Haus hindurch und um die Ecke zur Straßenbahn. Die wohlvertraute Haltestelle, bloß diesmal war ich nüchtern.

Das Telefon klingelte schon, als ich die Tür zur WG aufschloss.

»Immer fällt mir alles erst hinterher ein. Willst du mit Zelten fahren? Morgen um 23 Uhr bei mir. Weißt du die Adresse noch? C...straße 24.«

Der Name der Straße tut nichts zur Sache. Es gibt sie sozusagen nicht mehr, es hat sie sozusagen auch nie gegeben.

Vor lauter Aufregung konnte ich kaum schlafen. Als ich aufwachte, völlig erschlagen, kam mir die Verabredung lästig vor. Am Abend fuhr ich nach Mitte, doch mit einer Lust wie seit langem nicht mehr auf *meine Mitte*, auf den Wein, das Laufen im Regen, die Tramfahrt danach, die Rückkehr zum Schreibtisch. Als ich aus der Straßenbahn stieg, setzte der Regen stärker ein. Im Luftzug stand die Tür des Hauses einen Spaltbreit offen. Sonst wäre ich einfach weitergelaufen. Denn ich hätte bei Wolfgang klingeln müssen, und ich kannte ihn ja gar nicht.

So sahen damals die Spartakistentreffen aus, dachte ich, als ich durchs Salonfenster spähte: Kerzenlicht, Meta in einer Lederjacke fuchtelte mit den Händen vor versammelter Mannschaft. Sie schenkte mir Tee ein. Ob ich einen Schlafsack hätte? Ich hatte an nichts gedacht.

Ein Knurren aus der Ecke, ein fremdartiges Deutsch: »Ich komm eh ni' mit, sie kann meinen nähmn.« Das war das Wölfchen; er sollte überredet werden, mitzufahren, aber er winkte ab, so ein Stress wegen einer Nacht zelten, es regnete ja, und morgen wollte er auf den Trödelmarkt. Scheu zog er den grauen Kopf ein.

Als wir losliefen, kurz vor Mitternacht, um den ersten Zug mit Wochenendticket zu erwischen, war der Himmel wieder klar: Es würde der erste schöne Samstag werden. Wolfgang begleitete uns, noch unentschieden, zum Alexanderplatz und wollte dann nicht mehr allein nach Hause laufen. Also fuhr er doch mit. Im Zug fragte ich Meta, wo es denn hingehe. Die Antwort verstand ich nicht.

»Polen«, erklärte sie. Nur durch Zufall hatte ich meinen Pass dabei. Wolfgang behauptete, wenn wir schon nach Polen fuhren, müssten wir unbedingt nach – wohin verstand ich auch nicht –, wo es den Wald gab, er hatte gerade einen Beitrag darüber gesehen, den allerletzten Urwald. Sonst sei es Quatsch, nach Polen zu fahren.

Man rauchte und ließ ihn ausreden. Hier herrschte unendliche Nachsicht. Hier wusste niemand, dass ich nicht geschlafen hatte, gar nicht mehr schlief, Rauch nicht vertrug, ohne Kaffee frühmorgens kein Mensch war, ein Monster sowieso, dass das Problem bei mir lag – niemand wusste es, vielleicht stimmte es gar nicht. Im Rucksack hatte ich das *Buch des Glanzes*. Meta lag mit dem Kopf auf dem Schoß des Russen, der in der Unterführung an der Friedrichstraße Geige spielte. Er hieß Wolodja und war erster Geiger der Irkutsker Symphonie gewesen. Ich hatte ihm einmal Geld gegeben.

Wolfgang saß mir gegenüber. Sein Gesicht war jung. Er öffnete eine Büchse Hering und reichte sie mir, und ich aß Hering, als täte ich es jeden Tag. Als die Wodkaflasche die Runde machte, nahm ich einen Schluck und lehnte mich in die Ecke zurück. Die Tür zwischen den Waggons stand offen, der Nachtwind kam herein, der Sommer mit Schnapsfahne.

2

Ich schlief nie wieder in meinem WG-Zimmer. Meine Mitbewohnerinnen zuckten befremdet mit den Schultern. *He could be a murderer for all you know.* Meta half, meine zwei Taschen die Treppe hinaufzuschaffen. Hatte sie uns sogar verkuppeln wollen? Denn wer war letztlich mitgefahren? – Drei Paare, zwei Schwestern und wir beide. Und es hatte nur den einen Schlafsack gegeben. Meta schien es aber nicht so recht zu fassen. Wolfgang sei ein wunderbarer Mensch – wir saßen im Hof, während er die Flasche Meißner Wein suchte, die er seit Ostzeiten für den besonderen Anlass aufbewahrt hatte –, aber er habe schon seine Macken. Falls mir irgendwann die Decke auf den Kopf fallen sollte, könne ich jederzeit zu ihr. Ab Juli sei sie schließlich ein halbes Jahr in Israel, ich könne ihretwegen dann auch bei ihr einziehen, im Salon nach dem Rechten schauen. Auf jeden Fall hoffe sie sehr, dass ich so lange bleiben würde.

Da stand er wieder und grinste schief. »Darauf wollen wir trinken.«

Das Wölfchen, klein und zäh, mit struppig-grauem Haar, artungerecht gehalten in einer zugemüllten Wohnung. *Dipl.-Bibl.*, Privatbibliothekar im eigenen Auftrag. Wozu denn eine Stelle suchen? *Es ist vorbei mit Zukunft.* Und sowieso: Hätte er noch mal von vorne anfangen können, er hätte Tischler werden, mit den Händen arbeiten wollen. Er hätte nicht studiert, keine Bibliothekswissenschaften, keine Mediävistik, keine zehn Semester ohne Zwischenprüfung. Vor allem keine Bücher gekauft, zu Ostzeiten jedes Westbuch, zu Westzeiten jedes Ostbuch, das ihm in die Hände fiel. Er hätte nie gelernt, die Bücher so abenteuerlich zu stapeln, dass seine Räume zu Landschaften wurden: Wolfsberge, Wolfsschluchten. Er hätte ein Haus gebaut und keine Bücherregale.

Einen Raum, den großen, zur Straße hin, hatte er bislang »zugebaut«: die Wände voll mit Büchern in Zweier- und Dreierreihen. Hier stand keins auf dem Fußboden, dafür Schraubstock und Werkzeug, ein Wust von Möbelstücken, zerlegt und neu zusammengefügt. *All das gehört jetzt dir* – wie in einem Märchen. Es verschlug mir die Sprache, das Chaos, nein, die Ordnung. Dass alles seinen Platz hatte: die Einweckgläser, die die Bücher stützten, bis oben voll mit Zahnrädern und Zifferblättern, die Tierschädel auf den Fensterbrettern, die Kakteen, die aus alten Schreibmaschinen wuchsen. Und ich. Wolfgang behielt die zwei kleinen hinteren Zimmer, die vor der Zusammenlegung noch die ganze Wohnung waren, mit Außenklo und Kochplatte, die seine Exfreundin Claudia 1988 besetzt hatte. Er war aus Dresden nachgekommen. Er wäre niemals einfach so in ein leerstehendes Haus gezogen. War ein Haus nicht zum Wohnen vorgesehen, würde der Staat schon seine Gründe dafür haben. Claudia erst stellte diese Gründe in Frage. Aber schon nach einem Jahr hatte sie ihn wegen einer Frau verlassen.

»Arme Claudia, die Frau war genauso schlimm wie ich. Vielleicht, wenn wir mehr Platz gehabt hätten … es ist schon wichtig, dass du dein eigenes Zimmer hast. Meine Werkstatt kann ich in den Keller räumen. Aber die Bücher müssen bleiben.«

Es war mir recht. Fünf Jahre Wohnheim- und WG-Zimmer mit einem Rechner, einer Lampe, drei Plakaten – und nun ein Gefüge aus Bücherrücken, Bildern dicht an dicht, dass ja keine Lücke die Strukturen ins Wanken bringe. Wie mein Kinderzimmer in New York. Die Bilder, Cranach,

Schiele, Klee, hätten auch bei mir hängen können. Dazu kamen aber noch die Fotos: die vogtländischen Bauern, die Uniformmütze des im Krieg gebliebenen Opas, die Holzschuhe des vaterlosen Vaters. Und Wolfgang genauso schwarzweiß, gespenstisch. Wie ich war er ein hässliches, mürrisches Kind gewesen. Aber die Peinlichkeit der 1970er war bei ihm schon verblasst.

Zwischen den Familienbildern hingen auch Fotos der Hausbewohner und -besucher, mit Irokesenschnitt und Glam-Frisur, mit dicken Kajalstrichen und dunklen Mündern, mit Netzstrumpfhosen und löchrigen Jeans, die knochige oder kindlich runde Gelenke zeigten, vor brüchigem Gemäuer und in graffitiübersprühten Treppenhäusern, wie Plattencover einer Underground-Band, deren Musik ich gern verstanden hätte.

Nun waren sie in den zwei makellos gelben Flügeln untergebracht. Das immer noch nach frischer Farbe riechende Treppenhaus bildete das Scharnier zwischen dem Vorderhaus und dem Seitenflügel, der auf der rechten Seite nach hinten in die Brache ragte. Links, hinter der Terrasse und der Linde, stand das marode Gartenhaus frei im hohen Gras wie ein entrücktes Bild des *Vorher*. Wir wohnten im Vorderhaus, unter uns Dora mit ihrem kleinen Modeatelier, über uns Eva und Bruno, zugezogene arbeitslose Russischlehrer, und ganz oben die Zwillingsschwestern Susi und Michi, die Soziologie und Biochemie studierten und tanzen gingen. Neben uns, im Seitenflügel, war Holger, der Trödel verkaufte. Unter Holgers Wohnung lag die Werkstatt des Rahmenmachers Bielagk, über Holger lebte Thorsten, der mit ihm zusammen Informatik studiert hatte, und im Obergeschoss Thorstens Mutter Karla, die Schauspielerin gewesen war und nun Orchideen züchtete.

Als wir an meinem ersten Abend mit dem Meißner Wein unter der Linde saßen, zogen alle nach und nach an uns vorbei, schielten neugierig nach mir und verschwanden im Gartenhaus. Wolfgang und Meta nickten einander zu und ich folgte ihnen in den Salon, mitten hinein in den beruhigenden Stimmenlärm, der mich umschloss wie am Lagerfeuer in Polen, als Meta aus ihrem Leben als Punkerin, Thorsten vom Schwarzhandel mit Westplatten, Eva und Bruno vom Trampen durch Sibirien erzählt hatten. Immerhin habe man dem ganzen Elend ein paar gute Geschichten abgewinnen können. Mit *dem Elend* meinten sie auch die Freiheit. Ich staunte, damals am Feuer: War ihnen gar nichts heilig? Aber Wolfgang schimpfte, *wartet nur ab, ihr werdet euch schon noch dem System anpassen*. Was meint er denn?, hatte ich mich gefragt.

Jetzt wollte ich nur weiter zuhören, aber Wolfgang bestand darauf, mich ordentlich in die Runde einzuführen. Er lieferte mich ans Messer, und Meta ließ es geschehen.

»Das ist Christina. Sie kommt aus Amiland.«

Da wussten alle Bescheid: Ich war nämlich *das System*.

Dabei behauptete ich schon seit der siebten Klasse, die Demokratie sei *das schlechteste aller Systeme, ausgenommen alle anderen*. Nie hätte ich gedacht, mich mit einer derart zynischen Einstellung angreifbar zu machen. Aber plötzlich stand ich unter Beschuss. Meta lächelte vor sich hin, wollte sehen, wie ich mich schlug. In dieser Ruine hatten sich scheinbar die versprengten Reste der Republik verschanzt, ich sollte sie zur Kapitulation bewegen, zumindest die Nachricht überbringen, dass der Krieg längst vorbei war. Ihr Widerstand zwang mich, die Demokratie bedingungslos zu verteidigen. Die schließlich, nun ja, gesiegt hatte.

Doch für sie war der Sieg der Demokratie bereits der Beweis ihrer Minderwertigkeit. Auch wenn sie *damals* den Sozialismus abgelehnt hatten, sie hatten es sich in der Zwischenzeit anders überlegt: Er war gescheitert, wie alles, was für diese Welt zu gut war. Und die Demokratie blieb bestehen, wie alles Gemeine. Wolfgang allerdings räumte ihr die Möglichkeit ein, sich zu rehabilitieren, indem auch sie scheiterte. Ja, ihr Untergang nahte, fast könnte man schon nostalgisch werden.

Da stand ich auf und ging, um nicht vor allen Leuten zu weinen. Zehn Minuten später klingelte Meta an der Tür. Man machte sich Sorgen um mich. Und Wolfgang war dazu übergegangen, mich zu verteidigen.

»Nee –«, er kam hinterhergestürzt, »– ich habe nur gesagt, die Amis werden am Ende Recht behalten, wartet nur ab!«

Wir tranken einen Schnaps, an dem ich mich verschluckte. »Das werden wir dir schon noch beibringen«, sagten sie und schlugen mir verlegen auf den Rücken.

Wolfgang zeigte mir Fotos, album- und kistenweise, eine beflissene Einweisung in seine neunundzwanzig Jahre. Krippe, Pionierlager, Jugendweihe, Penne. Und auf einmal: Wölfchen in Uniform, vor einem Transparent mit der Aufschrift *Grenzausbildungsregiment.*

»In Berlin?«

»Nein, an der grünen Grenze, im Harz.«

»Ich hätte dich nicht wiedererkannt.«

»In der Armee habsch zehn Kilo zugenommen.« Schroff verschanzte er sich in seiner Mundart. Das war seine Art, ehrlich zu sein. »Ich war mit den Nerven am Ende, hing immer in der Küche rum – essen konnte man immerhin so viel man wollte.«

Auf dem Foto sah er aus, als würde er vor Eifer platzen. Wie ein Schüler, der auf der Bühne eine Auszeichnung entgegennimmt und für diesen Moment glaubt, alle, die ihn verachtet haben, werden ihn nun bewundern.

Im selben Jahr war ich in Berlin gewesen, hatte in die Fenster der Wachtürme gespäht. Welches Wissen hatte mir später für meine Geschichte gefehlt? Wie man *an die Grenze kam*? Das wusste Wolfgang selbst nicht. Wenn er sich geweigert hätte, hätte er nicht studieren dürfen – aber er hatte gar nicht daran gedacht, sich zu weigern. Die Mauer war doch der Schutzwall. Erst dort begann das Unbehagen, dort lernte er Kuno kennen, der ihm fast wortlos die Augen öffnete, so dass die Machtstrukturen nackt dastanden, die leeren Parolen, der Zwang als Selbstzweck. Die Sinnlosigkeit ihres Einsatzes: Wenn es wirklich darum ging, den Einmarsch der revanchistischen NATO-Kräfte aufzuhalten, waren sie doch nur Kanonenfutter, im Fall der Fälle wären sie augenblicklich überrollt. Doch in den anderthalb Jahren an der Grenze war nichts *passiert* – nur ganz am Ende hatte er einen … schlimmen Moment, in dem alles durcheinanderkam, vielleicht auch nur ein komisches Gefühl. Irgendwann würde er versuchen, es mir zu beschreiben.

Alles, was er sagte, schrieb ich in Gedanken mit. Aber es war, als sähe ich sein Gesicht nicht, als würde jemand im Fernsehen aus dem Off beichten. Ich lächelte immer verständnisvoller, als hätte man mich geschickt, um ihm sein Geständnis zu entlocken. Ich schlüpfte in meine Schuhe.

»Wo gehst du hin?«

»Zur Vorlesung.«

Von der Vorlesung bekam ich kein Wort mit. Wolfgang sah ich nur noch als Schatten im Turm. Hüte dich vor deinen Wünschen, dachte ich mir. Ich war wieder in eine Falle getappt. Musste ich all das wirklich wissen, ging es mich überhaupt etwas an…? Hinterher lief ich nach Hause und überlegte, wie ich Wolfgang erklären könnte, dass es mit uns *leider unmöglich* sei. Er war auf dem Kanapee eingeschlafen: der greise Kopf, die Jünglingsbrust, die kindlichen Füße. Zehn Kilo hatte er abgestreift und was noch? Ich musste ihn wachrütteln.

»Ich dachte, du kommst nicht wieder.«

»Nein.«

»Ich habe schlecht geträumt. Auf dem Kanapee träume ich immer schlecht.«

Er war schweißnass. Ich wich vor dem Geruch zurück, als könnte seine Angst mich anstecken, überwand mich dann doch. »Armes Wölfchen.«

Er entspannte sich, als ich meine Hand auf seine Augen legte.

Dass ich das konnte. Dass ich in den Raum hineinsprach und eine Antwort bekam. Dass immer einer da war, der imaginäre Freund: hinter mir, an meiner Seite, zu Füßen. Dass wir damals jeweils auf der falschen Seite standen, war im Nachhinein nur folgerichtig – hatten wir nicht schon immer geahnt, dass uns schwer überwindbare Hindernisse trennten? Wo doch jeder in seiner Welt die einsame Ausnahme war. *Die Anderen halten uns für verrückt. Sie kennen die Spielregeln, wir nicht.* Wolfgang hatte Angst gehabt, sich einer Frau zu nähern. Ich fragte ihn, warum. Ein paar Mal war ich mit schüchternen Studenten zusammengekommen, die sich nach zwei, drei Nächten zurückzogen, als ob sie sich für irgendetwas schämten. Ob sie eine ähnliche Angst gehabt hatten? Aber Wolfgang sah mich verwirrt an, das Geschehen im neugotischen *dormitory* schien außerhalb seiner Vorstellungskraft zu liegen. Wovor er Angst hatte, konnte er nicht sagen. Eine Frau musste ihm *zufallen*, wie ich. Oder ihn buchstäblich abschleppen, wie Claudia. Sie war in Dresden zu Besuch gewesen, lernte ihn auf einer Fete kennen und zog ihn an der Hand in ihren Barkas-Kleinbus. Da er sich am Morgen schwer wecken ließ, hatte sie ihn einfach nach Berlin mitgenommen.

Claudia war also stark genug gewesen, Wolfgang nicht nur zu entführen, sondern auch sitzenzulassen. Dabei sah sie ganz zart aus, eine großäugige Elfe auf den Fotos, die hier und da in der Wohnung hingen, neben Frauengestalten, die noch ätherischer waren, Bilder aus mittelalterlichen Manuskripten oder Märchenbüchern von der Jahrhundertwende. Auch sie hätten bei mir im Kinderzimmer hängen können. Hier waren sie mir unheimlich. Das milde Lächeln, mit dem sie über dem Chaos drüberschwebten, machte mich klaustrophobisch und reizbar.

Ich zeigte Schwächen, die ich nie eingestanden, nie geahnt, vielleicht vorher gar nicht gehabt hatte. Ich raste, tigerte auf und ab, fuchtelte mit den Händen. Möbel wackelten, Stapel stürzten, Lampen kippten, Wolfgang fluchte, weil ich in seiner Ordnung wütete, das durfte nur er. Noch nie hatte ich so die Beherrschung verloren. Immer hatte ich geglaubt, bei anderen Menschen hätte man nur eine einzige Chance, allzu leicht könnte man alles kaputt machen. Aber tagein, tagaus wurden jetzt die Scherben zusammengefegt, und es blieb unendlich viel zum Zertrümmern.

Die Hausbewohner stritten sich auch dauernd untereinander – mit etlichen anderen, die abends auf dem Trampelpfad zu uns in den Salon kamen –, so aufeinander eingespielt, dass eine schräge Harmonie entstand. Meta saß am Ende des Tresens und bastelte Ohrringe aus Silberdraht. Im Sessel daneben Dora mit ihren Handarbeiten, ein Haufen halbgeformter Kleiderstücke. Am Wochenende teilten sie sich einen Stand auf dem Trödelmarkt. Dora nähte Metas Kleider, Meta machte ihr Knöpfe und Schnallen. Dora war still, zart und bezopft, wie eine abgelegte Puppe stellte ich sie mir vor, wenn sie auf dem Sofa in ihrem Atelier schlief, zwischen skurril bunten Kleidern, die wie für Puppen gemacht waren.

Thorsten mischte Spezialcocktails und erzählte von Webprojekten. Susi und Michi zogen rastlos von einer Gesprächsrunde zur nächsten. Sie gaben sich Mühe, einander nicht zu ähneln, trugen Glatze bzw. Locken, Jeans bzw. Doras Leinenkleider, tanzten Techno bzw. Tango – bewegten sich aber in unheimlicher Übereinstimmung, wie Katzen aus einem Wurf. Auch Eva und Bruno hielten zusammen, meist am Rande, sie wurden, so Wolfgang, mit ihrem Schicksal nicht fertig: Schon Anfang dreißig, hatten sie ein paar Jahre lang ein *ganz normales Leben* in der DDR geführt, Lehrerstellen, Neubauwohnung, Kinderpläne. Alles war weggefallen und sie hatten noch nicht wieder Fuß fassen können, ein Versagen voreinander, das sie aneinanderzuschweißen schien. Manchmal, nach ein paar Bier, erzählten sie allzu überschwänglich, wie sie nach der Wende in den Osten aufgebrochen, bis nach Kamtschatka getrampt waren. Dort, an der Pazifikküste, hatten sie kurz und innig an den Westen geglaubt.

Karla saß am Tresen, dem Raum zugewandt, um den Überblick zu haben. Sie sah aus, als ob sie alles missbilligte und gleich wieder gehen würde. Die stolze Distanz hatte sie sich angeschminkt, den ernsten roten Mund, graue trauerumrandete Augen, eine strenge schwarzgraue Igelfrisur. Dora nähte ihr extravagante rote Kleider, in denen sie blass und dünn und unansprechbar wirkte. Sie hatte ihren Stolz hinunterschlucken müssen – nachdem Thorsten das Haus mitbesetzt hatte, hatte sie fast den Kontakt zu ihm abgebrochen. Dass er so *asozial* leben wollte, nahm sie persönlich. Er, unerschütterlich gutmütig, hatte sich revanchiert. Als sie nach der Wende ihr Engagement und dann noch die asbestverseuchte Plattenbauwohnung verlor, bot er ihr an, in die leerstehende Wohnung über ihm zu ziehen. Es gefiel ihr dort ausgesprochen gut, *aber sie muss immer so tun, als ob.* Unklar, warum sie nicht mehr arbeitete. Ihr Theaterensemble hatte sich aufgelöst, aber ihre Kollegen hatten, mit Schwierigkeiten zwar, meist schon neue Arbeit gefunden, in Werbespots, klagte sie, oder in bayrischen

Provinztheatern. Karla wollte wieder Brecht spielen. Aber doch nicht *hier im Westen*. In Wahrheit, verriet Bielagk, litt sie an einer Art Lampenfieber, wie sie es vorher nie gekannt hatte.

Bielagk hatte sich gleich mit ihr angefreundet (angebandelt, tuschelte man), kannte Kollegen von ihr, vom Deutschen Theater oder vom Berliner Ensemble, die seit Jahren Bilder bei ihm einrahmen ließen. Er war auch *älteren Semesters* und trug einen prächtigen Walrossbart. Die Rahmenmanufaktur hatte sein Großvater ein paar Straßen weiter aufgebaut, nach dem Krieg war sein Vater damit hierhergezogen, weil sie ausgebombt worden waren. Jahrelang hatte Bielagk allein im gespenstisch leeren Haus gearbeitet, er war froh gewesen, als die jungen Leute einzogen und die Wohnungen in Ordnung brachten, auch wenn es nicht unbedingt nach seinem Geschmack war.

Bei den abendlichen Streitrunden verteidigten Karla und Bielagk – ganz ohne Illusionen, wie sie meinten – den real existiert habenden Sozialismus. Woraufhin die anderen umschwenkten: *Klar, euch Mitläufern ging's da super. Eure Generation glaubte den ganzen Scheiß noch.* Die Wellen der Häme schlugen mal nach rechts, mal nach links. Verteidigte ich die freie Marktwirtschaft, schlossen sie sich zum Angriff zusammen. Gestand ich ein, dass sie perverse Blüten trieb – ja, ich konnte sie viel genauer beschreiben als die Hausbewohner –, übertrumpften sie mich mit den Absurditäten der Planwirtschaft. Woran glauben sie eigentlich?, fragte ich mich. Scheinbar an einen Sozialismus *wie er hätte sein können*. Also: *Wie er aussehen würde, wenn es nach mir ginge*.

Am Ende nahm es niemand so genau mit Siegen oder Niederlagen. Als Wolfgang erklärte, dass man auf mich Rücksicht nehmen müsse, ich hätte den Zusammenbruch meiner Gesellschaft noch nicht erlebt und könne deswegen *nicht damit umgehen*, nickten alle. Aber sie nickten nur ab. Selbst sie nahmen den Untergang und ihn nicht wirklich ernst.

Gerade Wolfgang und Meta waren einander fremd, alte, doch keine engen Freunde. Als er an der Grenze stand, waren Freunde von ihr nach drüben gegangen, waren andere Freunde abgefangen worden. Meta hatte Berlin nie verlassen wollen, aber auch sie wäre aufgebrochen, wenn nicht just in dem Moment alles aufgebrochen wäre. Doch es war Wolfgang, der Abstand hielt. Sie war gemeint, wenn auch nicht namentlich, wenn er auf die Freiheitsfetischisten schimpfte.

Offenbar war auch das *nicht so dramatisch*. Offenbar tat sich hier kein Abgrund auf. Am Ende war ausgerechnet ich die Einzige, die dauernd dachte: *Wäre ich geflüchtet, hätte er auf mich schießen müssen.* Ausgerechnet ich glaubte, dass die Hunde nach mir bellten. Ich überlegte, Ethan zu schreiben – ihn darüber aufzuklären, womit man alles leben konnte. Stattdessen tat ich, als ob nichts wäre, schrieb keinen Unsinn an Ethan, lud Meta zu uns ein, kochte, schimpfte, wenn ich mit scharfen Messern und heißem Fett hantierte und Wolfgang sich immer wieder an mir vorbeizwängte, um etwas nachzuschlagen, ein mittelalterliches Lied zu spielen, ein Buch oder eine topographische Karte zu holen. *Immer musst du deinen Besitz zur Schau stellen!* sagte Meta und ich *Genau so ist das!* und sie *Ihr seid doch schon ein altes Ehepaar*.

Sie lud mich ein, auf Konzerte, Vernissagen, Happenings zu gehen, aber ich war meist zu faul. Selbst den verpackten Reichstag versäumte ich. Meta und Susi und Thorsten gingen hin und waren begeistert – *Das könnte man ruhig so stehen lassen, lasst die Bonzen doch in Bonn bleiben!* –, die anderen lehnten den *Hype* ab. Ich hatte das Gebäude noch klar vor Augen, wie es 1987 einsam und düster in der Leere stand, als schwelte noch der Brand, der alles hinweggefegt hatte – ich konnte den feuchten Herbstwind noch spüren. Nun schien der Reichstag in eine unwirkliche Zukunft entrückt: Hauptstadt Berlin. Ihr sahen die Hausbewohner missmutig entgegen, Größenwahnsinn, der da wieder im Anmarsch war. »Aber das dauert sowieso ewig mit den ganzen Baustellen«, meinte Meta.

Lieber saß ich bei ihr in der Küche und hörte, was sich draußen in der Stadt tat, was sich bei ihr alles anbahnte, *unheimlich spannende Leute* wollten mit ihr *etwas auf die Beine stellen*, wenn sie aus Israel zurück wäre. Jemand hatte eine Spreeinsel entdeckt, dort könnte man hinziehen, Männer entführten sie auf Motorrädern, im Mercedes oder mit der S-Bahn in Schlossruinen, auf eine Feier bei der turkmenischen Botschaft, oder – *eine unangenehme Sache, aber süß war er* – in eine Kommune grüner Nazis. *Stell dir vor, sie nennen sich »Artamanen«! Das ist so eine Geheimbewegung, Wolfgang meint, das gibt es schon seit den 20ern, auch Himmler war so einer! Sobald Polen in der EU ist, wollen sie hinziehen und Land aufkaufen und alles nach und nach »eindeutschen«. Mit Ökobauernhöfen! Nie wieder werde ich dieses Ökozeug kaufen – wer weiß, wo es herkommt!*

Für sie war selbst die Vergangenheit reines Abenteuerterrain, sie bewegte sich darauf wie eine gute Hexe aus einem emanzipatorischen Fantasy-Roman, die sich mit Witz und Zauberei aus jeder Gefahr zu retten weiß. Denn sie hatte ein schweres Studium absolviert, mit dunklen Kräften ringen müssen. *Der antifaschistische Staat hat mich in die Klapse gesteckt, die Faschos haben sie rumlaufen lassen, damit sie auf uns Punker einprügeln. Sie können mir alle sonst wohin rutschen!* Mit allen Wassern gewaschen, war sie immer wie neugeboren. Deshalb war sie hier die *Anführerin*, wie ich sie heimlich für mich nannte. Gerade, weil sie keinen Führungsanspruch stellte. *Ich mache einfach mein Ding, wer mitmachen will, bitte schön.*

Aha, sagte ich immer vorsichtig, wenn sie von ihren Abenteuern erzählte. *Wo war das genau? Wie soll das denn funktionieren?* und *Na, dann pass schön auf dich auf!* Warum musste ich immer mäkeln, den Haken an der Sache suchen, Meta herunterziehen? Aber sie nahm es mir nicht übel. Sie schwärmte, krümmte sich vor Lachen, verlor immer wieder den Kopf. Blieb ich den ganzen Tag bei ihr hängen, kamen immer andere Männer, jeder berührte sie anders, am Knie, an der Schulter, am Nacken, jeder erzählte eine andere Geschichte und mit jedem setzte sie ein anderes Gesicht auf – doch sich selbst und nicht ihnen zu Gefallen.

»Freie Liebe, das ist so schlimm wie der freie Markt, dauernd muss man sich verkaufen«, meinte ich, bemüht, so zu klingen, als hätte ich all das schon durch.

»Ich würde mich eher als Anarchistin verstehen«, sagte Meta. »Damals als Punkerin habe ich Bakunin verschlungen und wie sie alle heißen. Das war schon genial. Nur wollte ich irgendwann was Neues. Vom Anarchismus kommt man hintenrum beim freien Markt raus. Oder umgekehrt. Da hätte ich auch nichts gegen. Geld ist eh völlig fiktiv. Und *Erotik* ist auch nur ein Konstrukt, an dem alle herumbasteln. Überhaupt – Kaufen und Verkaufen könnten einfach von sich aus ins Tauschen übergehen. Weil immer mehr als genug da ist! Das kapiert man vielleicht erst, wenn man zwei Jahre auf der Straße gelebt hat. Die Punker-Zeit war schon toll. Selbst die Schuhe haben wir ständig ausgetauscht, es waren die bequemsten Schuhe, die ich jemals getragen habe – sie mussten sich nie einem einzigen Menschen anpassen.«

»Und nun hast du deine eigenen Schuhe«, wand ich ein, »mit Silberschnallen.«

»Wollen wir tauschen?«

Komisch, wie ich auf einmal an meinen Turnschuhen hing – doch wir tauschten probeweise.

»Ja, jetzt geht es nicht mehr«, sagte sie.

»Du lebst nicht mehr so wie damals.«

»Ich wollte etwas anderes ausprobieren.«

»Dein Atelier, dein Werkzeug, der Salon, das gehört dir doch alles.«

»Das sehe ich nicht unbedingt so.«

»Würdest du all das einfach aufgeben können?«

»Ja«, sagte sie, ohne nachzudenken. Als hätte sie noch nie darüber nachgedacht.

Hinter Büchern verschanzt saßen wir auf einer Decke vorm Gartenhaus, bereiteten unser Referat vor und tranken den Holunderwein von Metas Mutter: Meta war nach Hause nach Doberlug gefahren, noch einmal vor der großen Reise. Wir tranken und blätterten. Auch Walter Benjamin und Theodor Adorno hatte Meta bei Wolfgang ausgeliehen, wollte bei ihnen dem Einfluss der Kabbala nachspüren. Das überließ ich ihr, es war mir zu hoch. Als der Wein zu wirken begann, beschlossen wir stattdessen, einen Golem zu machen, das wäre viel schöner als die übliche öde Theorie. Aber wir fanden keine handfesten Anleitungen. Überhaupt wurden wir aus den Texten nicht schlau. Das war die bunte Dunkelheit, die ich in Kirchen suchte, vor der ich wieder flüchtete. Religion ist so wahnsinnig kompliziert, meinte Meta. Lauter Kram, der sich über Jahrtausende angesammelt hat, Bücher, die man nicht wegwerfen kann, weil sie ja heilig sind, und Kommentare zu den Büchern, und Kommentare zu den Kommentaren, die man auch nicht wegwerfen kann, man muss sie widerlegen, also noch mehr Kommentare schreiben, alles zusammen muss einen Sinn ergeben, also schreibt man weiter, um Lücken zu überbrücken, man schafft neue Bilder, die klarer sein sollen als die alten Bilder, muss Bücher schreiben, um die neuen Bilder zu erklären, und am Ende sieht es aus wie bei Wölfchen im Wohnzimmer, endlos viel Kram, alles hängt zusammen, aber wenn man irgendwo rankommt, stürzt das ganze Konstrukt ein.

Wolfgang, auf dem Kanapee eingeschlafen, hatte leise gewimmert, als ich mit dem *Buch des Glanzes* aus der Wohnung schlich. Er spürte es, wenn ein Buch oder ich das Haus verließ.

»Komm doch mit nach Israel«, sagte Meta. »Wieso lachst du?«

»In der Schule hatte ich Freunde, die mit sechzehn, siebzehn so eine zionistische Phase hatten. Sie wollten alles hinschmeißen und nach Israel gehen, im Kibbuz leben. Ein Freund wollte sogar zur Armee. Ich wollte niemals nach Israel. Weil alle hinwollten. Und jetzt auch die Deutschen.«

»Eigentlich habe ich mit Israel nichts am Hut. Mein Freund Tom hat mich gefragt, ob ich mitfahre, Assistenz mache, der Sender zahlt. Er will durch die Wüste fahren und Leute interviewen, die mal im Scheunenviertel gelebt haben. Also, ja, so ein zionistischer Deutscher. Wessi halt.« Ich musste an Renate denken. Die heile Welt von Hanuta, Haribo, Pelikan, und dahinter das kindlich-haltlose Schuldgefühl, Anne Frank im Bücherregal. Aufwachsen in die Schuld hinein, pädagogisch begleitet. Die Ostdeutschen dagegen, durch eine andere, harte Schule gegangen, genossen scheinbar Narrenfreiheit. »Ich habe keine Erwartungen. Ich bin völlig offen. Und wenn alle Stricke reißen, seile ich mich einfach in den Sinai ab.«

Ich sah sie auf einem Teppich in der Wüste sitzen, so selbstverständlich, wie Punker eben sitzen. Lange wach, weit gelaufen, den offenen Blick in den Horizont gerichtet. Da bekam ich auch fast Lust, mich in den Sinai abzuseilen.

»Na los, ich will die Kabbala noch beherrschen, wie soll ich dort sonst klarkommen. So ganz ohne Golem.«

Aber es war nun zu dunkel zum Lesen, die Seiten glommen wie weiße Wände im Zwielicht. Wir legten uns hin und schauten an den leeren Stockwerken hinauf. Das Gartenhaus war Metas Turm und ragte in den Wüstenhimmel.

Einmal wollte sie noch feiern. *So mit allem Drum und Dran.* Zum Beispiel hatte Tom alte Aufnahmen vom Scheunenviertel, die könnte man irgendwie an die Wände werfen – die Technik war eigentlich unbezahlbar, aber vielleicht könnte man noch etwas zusammenbasteln? »Na, die Technik«, sagte Thorsten, »die Technik ist kein Problem, habe ich längst angeboten und du wolltest immer nicht!« Er schaffte sogar ein Mischpult herbei. Tom, Thorsten und Holger legten Leitungen; Bielagk und Wolfgang bauten Gerüste; Dora hängte Stoffbahnen, die die Projektorstrahlen auffingen. Ich kochte Suppe. Alles ging schief, was schiefgehen konnte. Die Gerüste wackelten, die Stoffbahnen fielen herunter, die Sicherungen brannten durch, die Suppe brannte an. Als am Nachmittag vor der Feier doch alles hielt, Strom und Stoff und Schrauben, und Tom die Projektoren anwarf, standen wir zwischen flirrenden Fassaden, Ziersäulen, Kugelgarben, Bäumchen auf Gesimsen, blätternden Schriftzügen *Kohle Milch Spirituosen* – und dann löste sich alles in groben grauen Blöcken auf.

Ich musste Meta holen, die im Schlafzimmer ihre Koffer packte. Wahrscheinlich klang ich ein wenig hysterisch. Solche *technischen Fehler* stürzten mich in Panik. Das Springen einer zerkratzten CD, das Zeichenchaos einer beschädigten Datei: Es war, als dringe eine fremde Kraft durch kleine Risse, um alles neu zu ordnen.

»Ey –«, fuhr sie mich an »– bin ich eigentlich bescheuert? Warum mache ich überhaupt so was? Und weißt du, was das Schlimmste ist? Die Leute machen alles mit. Kannst du dir vorstellen, wie schrecklich das ist? Du hast irgendeine Scheißidee und die Leute machen alles gleich mit.«

Sie stürmte an mir vorbei in den Salon. »Was ist das hier schon wieder für'n Scheiß!«

Am Abend lief alles reibungslos, und Meta hatte sich wieder beruhigt. Zumindest schien niemand ihre schlechte Laune zu bemerken. Tom, ein überdrehter blonder Lockenkopf, rückte immer wieder nah an sie heran und streifte sie mit seinen Erzählgesten. So hockten sie auch zusammen auf der Treppe im Foyer des Uni-Hauptgebäudes, vorm Marx-Zitat. Was mit ihren Freunden denn eigentlich sei, wusste man nicht immer, nur schien alles immer zu passen, so wie die Schuhe gepasst hatten. Aber ich fragte mich jetzt, ob Tom in sie verliebt war, und wenn, ob sie es wusste. Sie lehnte am Tresen, lächelte verzögert, starrte ins Bilderflimmern und wusste um die Auflösung, wie grob sie war, graue Blöcke, sollte es das gewesen sein? Was hatte sie denn? Wollte sie doch nicht gehen? Oder gerade? Hatte sie hier alles so satt? Aber der Abendwind zog durch die offenen Fenster, an die hundert Menschen gingen ein und aus, der weiße Stoff wehte, und die Bilder, unsere Schatten glitten durcheinander. Metas Laune fiel nicht mehr ins Gewicht. All ihre Freunde kamen, jeder hatte eine Frau mitgebracht, um klarzustellen, dass Meta eine seiner vielen Geliebten war und nicht etwa andersherum. Sie küsste jeden rechts und links, herzlich, zerstreut.

Es wäre doch ein schöner Abend geworden – aber gegen halb zwei fiel die Musik kurz aus, und man hörte das Gespräch am Tresen über Jugoslawien.

Bald wird etwas ganz Schlimmes passieren.

Aber was denn? Was denn?

Es waren zwei von Metas Freunden, ihre Stimmen wie verzerrt in der plötzlichen Stille, die erste selbstgefällig, die zweite höhnisch. Die Musik schallte wieder, zu spät, schon waren alle in das Gespräch verwickelt worden. Was das alles solle, fragte ich schrill vor Empörung, weil sie Meta die Abschiedsfeier mit ihren Streitereien verdarben; man hielt das für eine politische Stellungnahme und griff mich an. Ich verstand nichts. Nur dass wir zwischen beschossenen Fassaden, die Attrappen waren, einander beschossen. Ein blödes Spiel, dachte ich, verdrückte mich hinter den Tresen, spülte die Gläser ab, da Meta sich inzwischen ins Gefecht gestürzt hatte, und ging dann schlafen.

Später hatten sich welche geprügelt, erfuhr ich am nächsten Tag, Tom mit dem Geiger Wolodja, der die Serben verteidigt hatte, Toms Kameramann mit einem Antideutschen. Und zu guter Letzt war auch noch der Artamane aufgetaucht.

»Ach, das ging längst nicht mehr um Politik«, sagte Meta. »Überhaupt geht alles nur um Testosteron.«

Es sei ein Fehler gewesen, Toms Bilder zu zeigen, als sei er jetzt der große Macker, ihr Macker. »Da geht es los mit den Platzhirschen, langsam hängen mir die Männer zum Hals heraus, in Zukunft kommt mir kein Lover mehr ins Haus! Sollen sie mich in den Wald fahren oder sonst wohin, hier will ich meine Ruhe haben!«

Toms Handy klingelte, das Taxi war da.

3

Meine Forschungsarbeit blieb bei einer Aneinanderreihung von ordentlich mit Fußnoten belegten Utopien. Speers Germania und die Stalinallee standen nun der Hausbesetzerszene, den Cafés der 20er Jahre oder Rahel Varnhagens Salon gegenüber, halbherzig verortet zwischen gut und böse, groß und klein, lebensfeindlich und lebensfreundlich. Die steilen Thesen der Stunden, als keine Straßenbahn fuhr, hoben sich gegenseitig auf, und ich kam auf keine Formel, die die Widersprüche gelöst hätte. Es zu versuchen kam mir nun leichtsinnig vor – als müsste eine Formel gleich in Realität umschlagen und die Stadt, die mein Zuhause geworden war, augenblicklich zu einem bestimmten Bild erstarren lassen.

Nach Abgabe der Arbeit schrieb ich mich regulär bei den Übersetzungswissenschaften ein und erzählte meinen Eltern, ich wolle jetzt etwas Praktisches lernen. Seit ich einen Freund hatte, klangen sie am Telefon fast überschwänglich, wie von bisher verschwiegenen Sorgen befreit. Endlich führte ich ein ganz normales Leben. Dabei klang eine andere Sorge durch: Ich führte dieses Leben in der Ferne.

Ich saß am Schreibtisch und blickte durchs Fenster auf die Straßenbahnhaltestelle, an der ich so oft gestanden hatte, die Straßenbahn, die ohne mich nach Prenzlauer Berg fuhr, die Baulücke daneben, rätselhaft zielstrebige Menschen, die die Straße entlang- und hinter den Wohnungsfenstern hin- und herliefen. Wolfgang stöberte in meinem Zimmer und stellte Bücher ins Regal. »Störe ich dich?«

»Ja, aber mach ruhig.«

Und er las mir ein Gedicht vor, oder sein Schulzeugnis aus der fünften Klasse.

Im Salon wurde nur noch gefeiert – weil Ferien waren, ein kühler Sommeranfang vorbei, alte Freunde des Hauses zu Besuch aus dem Westen, weil immer mehr Leute auf dem Trampelpfad hierher fanden. All das hatte Meta mit ihrer Abschiedsfete bewirkt. Mit dem Mischpult war klar geworden, wie laut man die Musik aufdrehen konnte, wo man nur leere Stockwerke oben drüber hatte. Nun, da Meta weg, das Haus ganz unbewohnt war, musste diese unheimliche Leere mit Lärm gefüllt werden. Im stillen Einvernehmen übernahm Thorsten den Salon und legte abends auf. Eine einzige Feier unter sich, und der DJ war der Gastgeber, der sich solche Mühe gab und es sich nicht ansehen ließ, sondern alle nur anstrahlte. Thorsten tanzte hinter seinem Pult umher, mal tapsig, mit geschlossenen Augen, wie in seinem Wohnzimmer, für uns aus dem Küchenfenster sichtbar, mal mit priesterlichen Gesten. Ich musste an meinen ersten Abend im Klub denken, an den Tänzer, der mir so freundlich die Brille vom Gesicht geschlagen hatte. Thorsten forderte uns spaßeshalber auf, uns als Masse zu fühlen. Sein Techno klang wie die Abspannmusik eines Sci-Fi-Films: Die Welt wurde gerade zerstört, und wir, die Menschheit, stoben ins Freie. Selbst Wolfgang ließ sich mitreißen, steuerte ausgefallene CDs bei und wankte von Freund zu Freund im Weltraum.

Thorsten ging als Letzter ins Bett und stand als Erster auf. Zuerst baumelte das Modemkabel aus seinem Fenster, dann erschien er mit dem schlanken Notebook unterm Arm, schnappte das Kabel und zog es durch das Gras zum Frühstückstisch. Ein Notebook, das konnten sich die Wenigsten leisten, aber er kaufte defekte Rechner auf, bastelte an ihnen und verkaufte sie weiter. Er räumte auf und holte Brötchen, während das Notebook Geräusche von sich gab.

Jedes Systemereignis war mit einem anderen Ton verbunden und es ereignete sich viel, manchmal wachte ich morgens davon auf. Während wir frühstückten, oft bis in den Abend hinein, arbeitete der Rechner unermüdlich. Er brütete vor sich hin, erwog abertausend Möglichkeiten, und ich fragte mich, wofür er sich entschieden und was er verworfen hatte, was für Ideen, die ich selbst gern gehabt hätte. Es war schon verlockend, abstruse Fakten im Netz nachzuschlagen, beziehungsweise von Thorsten nachschlagen zu lassen, denn er wusste am besten, durch welche Portale man an das Wissen gelangte. *Portal* – das klang nach einer anderen Dimension. Das Weltraumrauschen, wenn Thorsten sich hineinwählte, ließ alle verstummen: Es könnte ja *fehlschlagen*.

Noch schien das Netz eine Vorstellung – eine Metapher, ein Gedankenspiel – zu sein, die nur einem bestimmten Anhängerkreis etwas bedeutete. Aber Thorsten versicherte, das Netz gebe es bald für uns alle und für jeden gebe es dort einen Ort, den er sein eigen nennen könne. Für die Ostdeutschen sei ja sonst kein Platz vorgesehen, sie müssten ins Virtuelle ausweichen. So würden sie als Erste begreifen, woher der Wind wehte. An dieser neuen Front musste man Ruhm und Reichtum suchen, bevor auch sie zusammenbrach. Thorsten holte mit den Händen aus, wenn er von seinen Plänen sprach, und zwinkerte mit den blauen Augen.

Seine Freundin Jana studierte Mediengestaltung in Köln. Wenn sie am Wochenende zu Besuch kam, brachte sie Arbeit mit. Sie wollte Spiele entwickeln, verdiente ihr Geld aber mit Webdesign-Aufträgen, an denen sie so vergnügt bastelte, als seien auch sie süchtig machende Spiele. Ich sah ihr gern über die Schulter. Sie besaß, als Raubkopie, eine neue, unbezahlbar teure Software, mit der sich Seiten wie aus edlem Papier schaffen ließen, seidig-bunte Oberflächen, denen man Regungen und Geräusche entlocken konnte.

Thorstens Leidenschaft galt dem Untergrund, den er in all seiner Vielfalt *darstellen* und *zugänglich machen* wollte. Er baute nämlich mit Jana zusammen ein Portal für Untergrundlokale auf. Auf einmal war er nur noch auf Recherchen unterwegs, und die anderen zogen mit. Der Salon kam mir langsam gespenstisch vor, tagsüber, weil es nur noch die Wohnung einer verreisten Freundin war, wo ich die Blumen goss, nachts, weil das Mischpult verwaiste, Wolfgang Industrial-CDs auflegte und dahergelaufene Linksautonome sich am Tresen über Jugoslawien stritten, ob dort gerade etwas passiere, das man als Genozid bezeichnen könne. Ich stand hinterm Tresen. Sie hätten sich auch aus dem Kühlschrank bedienen können, aber ich sagte mir, es sei in Metas Sinne, wenn ich die Stellung hielte. So hatte ich denn auch eine Aufgabe, doch sie bestand vor allem darin, mir diese Gespräche anzuhören. Weit weg, nicht weit genug, gab es einen Krieg, den es nicht hätte geben sollen, der Beweis, dass die Geschichte doch nicht zu Ende war. Ich hätte mich damit beschäftigen müssen. Aber diese Menschen vor mir hatten sich damit beschäftigt und wie abartig war doch ihr Eifer, als wäre der Krieg nur die willkommene Bestätigung ihrer jeweiligen Weltanschauung.

Da freute ich mich schon auf das Frühstück mit Thorsten und den anderen, auf das gute Schwarzbrot, das es *bei uns* nicht gab. Vielleicht war das Internet selbst so ein offener Frühstückstisch, wo jeder willkommen war und etwas mitbrachte – so könnte man es mir schmackhaft machen. Wolfgang wollte sich knurrend in seine Höhle zurückziehen, aber ich brach eine Lanze für das Virtuelle. *Das kommt nur dazu, das nimmt uns doch nichts weg.* Alles noch da – ein altes Haus etwa –, und wir könnten darin wuchtige Klänge, Bilder, ganze Welten spielen lassen, die der Realität nichts streitig machten. In der virtuellen Welt nähmen Wolfgangs Bücher keinen Platz ein und er fände alles sofort.

»Das will ich eben gerade nicht! Wenn ich alles sofort finden würde, würde ich nicht mehr das finden, was ich nicht suche!«

Thorsten grinste. »Das ist es also! Danke! Das ist der Knackpunkt.«

Der Untergrund nämlich hatte sich bis jetzt geweigert, sich im Portal erfassen zu lassen, trotz des günstigen Startangebots. Man sah den Nutzen nicht, die Kneipen waren ohnehin schon rammelvoll, wenn noch mehr kämen, hätte man das Ordnungsamt am Hals. Der Untergrund wollte nicht gefunden werden, und niemand wollte den Untergrund finden. Jedenfalls nicht *so*.

»Ja, was denkst du eigentlich?«, fragte Karla. »Glaubt irgendwer, dass das Internet bei virtuellen Kneipenführern bleibt? Es läuft doch auf die totale Überwachung hinaus.«

»Na, dann ist es doch wie im Osten, Mutti, da kannst du nachts ruhig schlafen, weil der Große Bruder aufpasst.«

»Das hier ist Selbstzweck, reiner Kommerz, eine Eigendynamik, die doch viel gefährlicher ist. Das geht den Leuten irgendwann zu weit, wer macht da noch freiwillig mit?«

»Sie werden schon mitmachen«, meinte Wolfgang düster.

»*Ihr* seid doch damals gegen die Stasi auf die Straße gegangen«, erwiderte Karla.

Es sei falsch gewesen, räumte Jana ein, die *übersichtliche Oberfläche* des Portals anzupreisen, vielmehr sollten sie den Suchenden eine *unübersichtliche Unterseite* bieten. Wer die richtige Kneipentür nicht schon kannte, der sollte erst im Virtuellen umherirren, in finsteren Gassen, an gespenstischen Fensterauslagen vorbei, man sollte Stimmen vernehmen, zornige Analphabeten, die den Aufstand schürten, bedrohliche oder erbärmliche Gestalten im Augenwinkel, aber in leuchtenden Fenstern immer wieder heile Welten – auch an ihnen müsste man vorbei …

Eines Abends zog ich mit Thorsten und den anderen mit, um zu sehen, worin ihre »Recherchen« bestanden, und vor allem, um dem Tresengespräch über den Krieg zu entkommen. Nun, an fremden Tresen, waren die Gespräche von sagenhafter Leichtigkeit. Menschen sprachen mich an, als sei mein Kommen längst erwartet, als überbrächte ich eine Botschaft – worum es sich handeln könnte, war uns vor lauter Aufregung entfallen. Wo waren all diese freundlichen Menschen in meinem einsamen Frühjahr gewesen? War ich damals schlicht und einfach in die falschen Kneipen gegangen? Hatte ich *diese* gesucht, als ich meine Kreise zog? Hätte ich nur Zugriff gehabt auf Thorstens Webportal!

Nicht einmal einen Kater hatte ich am nächsten Tag. Aber als Wolfgang fragte, wie es denn gewesen sei, zuckte ich mit den Schultern. Und ich beließ es dabei. Beim zweiten Mal wäre es vielleicht nicht mehr so schön. Am Ende würde ich gar noch meinen alten Mitbewohnerinnen über den Weg laufen, *Hey! How's it going, what're you up to?*, und ich wüsste nicht zu erklären, was ich trieb. Sauftouren, das war nicht das, was ich wollte. Schon gar nicht wollte ich meine Erlebnisse in einer Datenbank erfassen, was am Morgen danach immer anstand. Denn auch wenn die Kneipiers nicht zahlen wollten, Thorsten ließ all die Daten nicht umkommen. Irgendwie würde sich das schon bezahlt machen. Noch im Nebel ihrer Schulden – die Runden, die Thorsten schmiss – arbeiteten die Feldforscher dieselben an Thorstens Rechnern ab, er erteilte Aufgaben und künftigen Ruhm. Ich hätte meinen alten Mitbewohnerinnen erzählen können, dass ich bei einem bahnbrechenden Internet-Startup mitmachte, dass ich zum Beispiel das Projekt ins Englische übersetzte. Aber Thorsten und sein Team warben sowieso nicht um mich.

Sie meinten nur, Meta würde ganz schön was verpassen. Meta, dachte ich, verpasst doch nichts. Was sie erlebt: Das ist es. Alles andere hat höchstens *sie* verpasst. Und das Internet, das war nicht Metas Welt. Sie hatte versprochen, sich eine E-Mail-Adresse zuzulegen und zu schreiben, doch es kam nichts. Ich machte mir Sorgen, wie damals, als meine zionistischen Freunde von Israel schwärmten. Wären sie hingefahren, hätten sie die Unschuld verloren. Wie konnte man so naiv sein? Oder so rücksichtslos? Ethan hatte sich in Kibbuz-Broschüren vertieft, ebenfalls – verstohlen, sich sträubend – in Zeitungsberichte über Selbstmordanschläge. Zur Vorbereitung. Er fuhr dann doch nicht. Meta war ja ohne Erwartungen aufgebrochen, ohne Unschuld, offen. Mit dem *Buch des Glanzes* zum Nachschlagen zwischendurch. Wie sagte sie doch? – *Praktische Kabbala*. So konnte ihr nichts passieren. Oder gerade? Eine Karte, die ich an ihre Adresse in Tel Aviv geschickt hatte, war als unzustellbar zurückgekommen.

Mir war, als müsste ich sie sehen, wenn ich mir nur Mühe gab. Das würde es irgendwann geben, behauptete Thorsten, im Netz würde man alle Freunde und jeden Fleck der Erde nach Belieben aufrufen können. Ich meinte, das müsse man auch so können, durch bloße Willenskraft. Olivenhaine sah ich, Straßen, Wüsten, Strände, aber Meta nicht. Ich konnte sie nicht ins Bild rufen. Als gäbe es sie schon nicht mehr.

Aber an Ethan schrieb ich; es wäre doch Quatsch, ihm nicht zu schreiben, meinte Wolfgang, wenn ich mir immer wieder einen Kopf deswegen machte. Ich hatte versprochen, mit ihm nach Prag zu fahren, aber auf seine Worte vom *Schmerz und Tod* hatte ich nicht zu antworten gewusst – an der Funkstille war ich schuld. In der Zwischenzeit hatte ich Wolfgang kennengelernt, und wenn ich mich bei Ethan gemeldet hätte, hätte ich erzählen müssen, dass ich einen Freund hatte. Es stolz zu verkünden kam mir taktlos vor. Zumal ich vermutete, dass Ethan nach wie vor keine Freundin hatte. Ich fragte erst einmal nur, wie es ihm in Europa gefallen habe. Aber er war noch gar nicht gefahren: In zwei Wochen erst würde er nach Paris fliegen, eine Woche später ginge es weiter nach Prag.

»Lad ihn doch ein. Er kann ja auf dem Kanapee schlafen.«

Ich musste lachen. »Wir müssten dann deinen Opa abhängen.« Dessen schnittige Uniform fiel sofort ins Auge.

Damit war Wolfgang sogar einverstanden. Aber all die Bücher, fuhr ich fort, all die Frakturschrift auf den ledernen Rücken hieße Schmerz und Tod für Ethan.

»Die Nazis haben die Fraktur doch 1941 verboten! Sie war Hitler zu jüdisch – Schwabacher Judenlettern sagten sie dazu.« Er sah mich an, als hätte er die Trumpfkarte gespielt.

Eine mächtige Schicht, die sich vor den Augen seines Opas durch die Bücherstapel zog, hier Grundgestein, dort Gipfel, bestand aus den Stoffen *NS* und *Shoah*. Anne Frank, das war was für Anfänger. Mit jedem Rucksack voll Trödelmarktbücher bauten sich Berichte aus den Kreisen der Macht neben Schtetl-Erinnerungen und Exil-Geschichten auf. Schon in ihrer Masse, mit ihren Querverbindungen, mit den dauernd sich füllenden Lücken waren diese Gebilde eine stumme Antwort auf die Frage meiner Professorin: Wie könne man mit Sicherheit wissen …? Das Wissen wurde aufgeschichtet, Baustein für Baustein, wie das einzig Sichere auf dieser Welt. Wie ein Haus, bloß wer sollte darin wohnen? Ethan: Er sollte dort auf dem Kanapee schlafen.

Ethans Großeltern mütterlicherseits waren kurz vorm Münchner Abkommen aus einem böhmischen Dorf ausgewandert. Dessen jüdische Gemeinde wurde wenige Jahre später ganz und gar ausgerottet – so viel hatte seine Mutter erfahren, kein Wort mehr. Es machte ihr zu schaffen. Sie war eine ungebildete Frau, sie musste ihren Mut zusammennehmen, um auch nur in die Stadtteilbibliothek zu gehen. Dort gab es keine Bücher über jüdische Gemeinden in böhmischen Dörfern. So glaubte sie, niemand habe es für wert erachtet, solche Geschichten festzuhalten. Ethan hatte längst Recherchen anstellen wollen – so könnte er sich vielleicht wenigstens mit seiner Mutter versöhnen. Bei Wolfgang hätte er auf alles Nötige zugreifen können, ohne auch nur vom Kanapee aufzustehen. Und Wolfgang hätte sich ohne Ende gefreut, wenn die Bücher so den richtigen Leser gefunden hätten.

Ich schrieb Ethan, dass ich ihn gern eingeladen hätte, bei mir und meinem Freund zu übernachten, dass wir aber leider wenig Platz hatten. Er antwortete so brüsk, als hätte er der ganzen Diskussion beigewohnt: Es sei alles schon geregelt, er habe in Berlin nur zwei Stunden Aufenthalt. Ob ich nicht doch mitfahren wolle?

Ich hätte es gekonnt. Eine mir unwirklich vorkommende Geldsumme war von meinem Stipendium übrig geblieben, da ich nun Wolfgangs Sozialmiete teilte, im Billigsupermarkt einkaufte und abends nicht wegging. Manchmal quälte mich die Lust, ins KaDeWe zu gehen, in die Philharmonie oder in die Nobelgaststätte, die eine Straße weiter aufgemacht hatte. Aber es wäre ein erbärmlicher Verrat an der Hausgemeinschaft gewesen. Geld musste man möglichst schnell loswerden, aber nicht für bürgerlichen Luxus. In Prag hätte ich mich heimlich austoben, mein ganzes Geld mit einem Schlag ausgeben können. Prag, wovon man im Haus sehnsüchtig sprach – vor der Wende so schön gewesen, nun überlaufen und totsaniert –, stand vor mir als gefährliche Fata Morgana. Ich schrieb Ethan, dass ich leider zu viel Arbeit habe. Wir verabredeten uns zum Kaffee am Hauptbahnhof.

Inzwischen legten Fremde im Salon auf, erschreckend junge Leute schoben die Tische noch weiter zur Seite und tanzten, während am Tresen die Gespräche vom Krieg sich im Kreis drehten. Am Ende führte jeder seine Haltung auf die Schrecken der deutschen Geschichte zurück, aber die Lehren, die man daraus zog, waren diametral entgegengesetzt. Undenkbar, sich *als Deutsche* an einem Kriegseinsatz zu beteiligen. Undenkbar, *als Deutsche* wieder einmal wegzuschauen, wenn in Europa erneut KZs errichtet wurden. Ich gab die Stellung am Tresen auf, tanzte, um nicht schon wieder von Genozid zu hören oder vom imperialistischen Krieg, den *die Amis vom Zaun brechen* würden, oder, der einzige Konsens, dass *damals so was nicht passiert wäre*, sie mussten sich halt aus dem Kühlschrank bedienen. Wolfgang zog sich zurück, erschien nur noch einmal im Salon, um seine Industrial-CDs demonstrativ auf Kratzer zu untersuchen und zusammenzupacken. Wenn ich bei Morgendämmerung ins Bett ging, stand er schon auf, um mit Holger »rauszufahren«. Eines Morgens schließlich hatte ich alles satt, ich legte mich nicht hin, sondern fuhr gleich mit. Und ich schloss mich ihnen danach immer wieder an.

Es war, als hätte ich mein Leben lang versucht, aus der Stadt herauszufinden. In New York kam die Natur vor allem in Büchern vor. Ich verschlang damals Fantasy-Romane wegen der Landschaften, der Fußmärsche durch grüne Täler und finstere Wälder, übers schroffe Gebirge und an breiten Flüssen entlang. Leuchtende Räume, durch die ich mich mühelos bewegte – es gab sogar die Möglichkeit zu fliegen. So hatte die Natur für mich etwas Phantastisches, ich glaubte nicht recht an sie, auch jetzt nicht, in Berlin, dieser Stadt, die an allen Rändern in Wälder und Seen überging. Wir liefen stundenlang durch Einförmigkeit, Felder, Forst, schmale, sich schlängelnde Seen, alles wiederholte sich, weigerte sich, mir das zu zeigen, was ich sehen wollte. Schließlich flößte mir die Sturheit der Landschaft Respekt ein. Man musste sie lesen können.

Holger konnte das. Er verkaufte Dinge, die er im Wald

fand. Auf den Waldwegen hielt er immer wieder inne, um dann bedächtig wie ein Reiher ins Unterholz zu staksen. Zunächst sah ich nur Laub und Moos – dann eingebeultes Essgeschirr, Patronenhülsen, Leuchtkugeln, Gasmasken, ein zerknülltes Panzerblech. Und der Müll kleiner Dörfer und Forsthäuser, vor fünfzig Jahren von der Landkarte verschwunden, stieg an die Oberfläche: Tellerscherben, irisierende Fläschchen, Porzellanpuppenglieder.

Wolfgang saß Holger im Nacken und spähte nach Gegenständen, um sie vor dem Verkauf zu retten. Holger protestierte nicht. Ihn interessierte vor allem die Suche, das Geld war Nebensache. Geld hätte er als Programmierer verdienen können, hätte er nur die neuen Sprachen gelernt, die benutzerfreundlichen Oberflächen, sich von der Vorstellung verabschiedet, ein Computer müsse einen ganzen Raum füllen, wie ein Dampfkessel, in dessen tiefe Strukturen man nicht durch Fenster drang.

Wolfgang hätte Holger gern im Gegenzug Gefallen getan, aber Holger brauchte nichts. Von seinen Streifzügen hatte er einen einzigen Fund für sich behalten, ein Gipsgesicht aus einem Schutthaufen. Wolfgang schenkte ihm Bücher, alte Beschreibungen von Berlin und der Mark, die Holger neben seiner Matratze stapelte. Sonst war seine Wohnung fast leer: Holzdielen, weiße Wände, das weiße oder graue Tageslicht. Für Wolfgang ein unerreichbares Vorbild. Raffgier war ihm aufgezwungen worden; er rang mit sich bei jedem Buch, das er verlieh, und trug den Titel in ein Heft ein. Aber er konnte sich nicht nur vorstellen, alles aufzugeben, er wünschte es sich, er wollte, man nähme ihm alles.

Immer bei der letzten Pause, als der Schnaps und die Salami vom Spätkauf die Runde machten, durchsuchte ich Wolfgangs Rucksack, beschlagnahmte sämtliches Kriegsgerät und übergab es Holger. Wolfgang hockte gleichgültig auf seinem Stein, als sei für ihn der Krieg jetzt aus. Er verschlang die Wurst und horchte in den Wald.

Einmal, wir saßen mitten auf einem Feld, starrte er plötzlich ins hohe Gras hinein. Dort war nichts als Bewegung in Windböen, aber er lief hin und her, als wollte er prüfen, ob aus irgendeinem Blickwinkel im Taumel der Halme etwas zu erkennen wäre. Holger beobachtete ihn besorgt, während er sich immer weiter entfernte.

Ich lief Wolfgang hinterher. Nun drehte er sich um und beobachtete mich, wie ich ihm durchs Gras entgegenlief.

»Was machst du?«, fragte ich.

»Ich wollte wissen, ob man sich täuschen kann.«

»Und kann man sich täuschen?«

»Nein.«

Er sah mich an, als müsste ich verstehen, dass das schlimm war. Aber ich verstand gar nichts. Ich hatte scheinbar die falsche Frage gestellt.

»Das hat er schon einmal gemacht«, erzählte Holger später, »ganz am Anfang, als wir mit Claudia rausgefahren sind. Sie meinte, er hätte einen Knall wegen der Grenze. Da hätte er seine grauen Haare bekommen. Kann schon sein. Ich war nicht an der Grenze, aber ich hatte allein von der Grundausbildung fast schon einen Knall. Du siehst die ganze Landschaft anders.«

Manchmal schlug der ganze Waldboden Wellen, die Bäume schienen wie Masten zu schwanken. Wie das geologisch zu erklären sei, fragte ich.

»Na, Schützengräben.«

»Das kann ich mir nicht vorstellen.«

»Das ist damals Feld gewesen.« Holger musste dauernd Dinge erläutern, Pflanzen, Tier- und Menschenspuren, und nuschelte dabei, als sei ihm sein Wissen peinlich. »Das war Feld, sie haben die Schützengräben quer durchgezogen. Und nach dem Krieg haben sie Bäume drauf gepflanzt.«

»Aber ich kann es mir nicht *vorstellen*!«

Die beiden sahen mich betreten an.

»Na, stell dir vor … stell dir vor, du lebst in Berlin damals. Und dein Mann oder dein Bruder kämpft hier an der Front…«

»Aber das ist es genau, das kann ich nicht! Wir sind ständig hier im Wald mit den ganzen Panzerteilen, und ich kann es mir immer weniger vorstellen!« Gab es kein anderes Wort dafür?, fragte ich mich. Ich wusste gar nicht mehr, was ich damit meinte.

»Na ist doch gut so«, sagte Holger, und Wolfgang sagte »Eben!«, aber ich glaubte nicht, dass sie auf ihre Einsicht wirklich verzichten wollten, auf das Wissen, das sie besaßen, schon dadurch, dass sie Männer waren.

Seitdem, wenn irgendwo auf einem Forstweg ein Motor anlief, ein Försterfahrzeug ratterte, war der Wald für mich auf einmal anders, die Reifenspuren auf dem Waldweg tiefer gewühlt, als wäre der Krieg, der all das Zeug hier abwarf, gerade erst vorübergezogen.

Ich traf Ethan am Hauptbahnhof. Er wollte einen Döner essen, hatte gelesen, dass man in Berlin so was aß, und glaubte, sich damit anfreunden zu können. Er bestand darauf, mich einzuladen. Es war kein guter Döner, dort am Bahnhof, aber ich ließ mir nichts anmerken, er sich auch nicht.

Er glaubte wohl, dass ich kein Geld hatte, so heruntergekommen, wie ich aussah, mit abgetragenen Schuhen, einer alten Jeans von Wolfgang, einer Strickjacke, die irgendwer im Salon hatte liegen lassen. Er glaubte, dass ich deswegen nicht mitfuhr, und fand es taktlos, mich danach zu fragen. Zwar hatte *er* die Studienschulden. Aber große Schulden waren wirklich fast so gut wie ein Guthaben: Sie bedeuteten, dass man Teil des großen Kreislaufs war. Ethan sah ganz richtig, dass ich außen vor stand. Nicht aber, dass es mir egal war. Er fragte mich, wie es sich hier lebe, *what's it like living here*, so neutral, als handele es sich um Minneapolis oder Toronto, um die Mieten, das Kulturangebot und die Qualität des Nahverkehrs. Das Leben sei schön und entspannt, sagte ich, die Mieten günstig, die Stadt sehr grün, wir würden oft in den Wald fahren, im Haus – *it used to be a squat* – kannten sich alle, wir feierten viel, lebten in den Tag hinein.

Dabei hatte ich Zeitmangel vorgeschoben – mein Alibi war entlarvt, er musste erst recht glauben, es gehe mir ums Geld. Zugleich hatte ich ein völlig falsches Bild von meinem Leben vermittelt. In was für einen Tag lebten wir denn hinein? Einen Tag vielleicht vor zwanzig Jahren. Oder zwanzig Jahre hin, nach der nächsten Wende zum Guten oder Schlimmen. Als wäre die bunte Gegenwart rein virtuell, wie Geld eben, wie die Demokratie – all meine alten, all Ethans Selbstverständlichkeiten waren zeitweiliges Spielzeug. Handfester war das blaue Zwiebelmuster *Made in GDR*, das aus der Zeit gefallene Damals, die bescheidene Nachkriegsgemütlichkeit. Von diesem Geschirr aß ich, aber es fiel mir nicht ein, Ethan davon zu erzählen, genauso wenig, wie es mir einfiele, den Menschen hier zu berichten, dass die Häuser in New York anders, sehr groß, die Straßen Schluchten seien, die Zwillingstürme hässlich und vertraut … War das hier denn auch schon *mein* Alltag, und ich würde ihn niemandem mehr beschreiben können?

Ich hätte Ethan zeigen müssen – was denn? Das Scheunenviertel? Wir hätten jetzt noch schnell in die S-Bahn springen können – doch im Grunde gab es dort nichts zu sehen, selbst auf der Oranienburger Straße *sah* man nur die Synagoge, man sah die Tacheles-Ruine … man sah der Stadt den Krieg an, der aus dem Wald hier durchgezogen war. Sonst nichts als marode Häuser, die etwas zu verbergen schienen. Nichts als Menschen. Ich hätte Ethan die Geschichten der Menschen erzählen müssen, aber kannte ich wirklich welche? Ich konnte sie nicht mehr aus dem Alltag lösen.

Als wir den Imbiss Richtung Bahnsteig verließen, sagte Ethan, er freue sich, dass es mir gut gehe. Übrigens habe der Döner wirklich gut geschmeckt. Das war ihm offenbar wichtig.

In der Nacht lag ich wach, glaubte, etwas zu versäumen. Es war nicht einmal die Reise nach Prag, obwohl mir jetzt klar war, wie gern Ethan mit mir gefahren, wie wichtig es gewesen wäre. In Prag wäre ich aber erst recht in Panik verfallen, denn auf der langen Zugfahrt oder später in irgendeinem *pivnice* hätte ich den Fragen nicht mehr ausweichen können: Was ich in Berlin denn eigentlich treibe? Was ich vorhabe? Wie es zum Beispiel mit meinen Schreibprojekten aussehe? Ich hätte mich fragen müssen, warum ich nicht, wie die meisten meiner Landsleute, nach Prag gezogen war, in eine märchenhafte Stadt von unschuldiger Skurrilität. Aber was ich versäumte, war keine andere, schönere Stadt, nicht Prag, nicht New York – was ich versäumte, war *hier*. Auch am Bahnhof mit Ethan war mir etwas entgangen. Vorm Zug hatten wir uns umarmt, unbedarft, denn sonst umarmten wir uns nie, und als ich dann zusah, wie er durch den Waggon lief, wirkte sein Gang fremd, wankend, bang und resolut. Er war unterwegs.

Ende September kam der Wind aus Sibirien, helle Tage mit fliegenden Schatten. Wolfgang zerstritt sich wortkarg mit Holger und lautstark am Telefon mit seinen Eltern, die drohten, den Geldhahn zuzudrehen, wenn er nicht bald seine Zwischenprüfung machte. Thorsten und seine Mitstreiter kamen mit ihren Recherchen nicht recht zum Ergebnis. Die fremden DJs und Tänzer des Sommers blieben aus. Im

Balkan hatte sich die Lage beruhigt, und die Tresengespräche wurden gemütlicher, die Stellung zu halten leichter. Notwendig allemal. Im Salon musste geheizt werden, sonst wäre alles verschimmelt, wenn Meta wiederkäme. Wir spürten die leeren Stockwerke über uns. Ein Gerücht kam auf: Das Gartenhaus sollte verkauft werden. Für Wolfgang stand fest, es würde abgerissen werden, um einen »Wohnkomplex mit Freizeitmöglichkeiten« zu bauen. Ein paar Mal blieben Thorsten und die anderen doch noch abends im Salon und diskutierten hitzig, ohne Ergebnis. Wenn nur Meta endlich wiederkäme, sich wenigstens meldete! Als wäre nur sie der Situation gewachsen. Und schon zog das Hausvolk weiter durch den Untergrund, *die Ratten verlassen das sinkende Schiff*, so Wolfgang.

Immerhin war es nun ruhiger im Haus, wir dafür unruhig. Mir war, als müsste langsam etwas passieren. Noch eine Mauer fallen, jetzt, wo ich in Berlin war. Wir ließen Seminare ausfallen und machten lange Spaziergänge, nach denen die Ohren vom Wind schmerzten. Wolfgang hatte schon lange den ganzen Mauerstreifen ablaufen wollen, das taten wir Stück für Stück und wurden nie damit fertig. Gut, dass ich ihn endlich dazu brachte, sagte er. Er lief und schien zu horchen, wie im Wald. Auch er konnte nur ahnen, wie es an der Berliner Mauer gewesen war. Vieles würde der Grenze im Harz geähnelt haben – die Schikanen, die Kameradschaft. Die Erschütterung, nicht über sich selbst zu verfügen. Der kleine Widerstand, die um zwei Millimeter zu langen Haare, die ständige Mühe, einen Rest der eigenen Persönlichkeit festzuhalten. Aber was war denn diese Grenze, die eine Stadt und keinen Wald teilte? Dort eine Bresche durchs Grüne, hier eine grüne Bresche durch die Häuser. Hatte es hier Füchse gegeben? An der grünen Grenze hatte er Füchse gefüttert. Hatten die Berliner Posten nachts dasselbe gespürt: vollkommene Bedrohung und vollkommenen Frieden? Frieden, wie es ihn nur mitten im Krieg gibt? Nein, hier musste es ganz anders gewesen sein, so, als schaue die ganze Welt hin. Im Harz aber … natürlich wurde man ständig beobachtet, trotzdem schien man aus der Welt gefallen zu sein, als könnten Dinge passieren, die nie jemand erfahren würde.

Auf dem Abschnitt in Treptow waren wir den ganzen Tag unterwegs. Danach saß ich lange in der Küche, ohne Licht zu machen. Nebenan schlief Wolfgang schon. Heute, als er mir auf dem Kolonnenweg vorausgegangen war, war ich plötzlich stehen geblieben. Es kam mir unmöglich vor, hier entlangzulaufen, wie mitten auf einem Fluss. Ich stemmte mich gegen den Sog. Wolfgang entfernte sich nichtsahnend. *Dinge, die nie jemand erfahren würde.* Ganz am Anfang hatte er mir etwas erzählen wollen. Etwas ganz Bestimmtes. Er würde es nie tun. Und wir würden irgendwann auseinandergehen. Ich wollte mich zu ihm legen. Ich wollte ihn nicht wecken. Ich wollte, dass Meta zurückkäme. Im Gartenhaus, ganz oben, ging ein Licht an. Im ersten Schreckensmoment hielt ich es für ein Zeichen: Jetzt, in Tel Aviv, hatte Meta an mich gedacht. Oder sie hatte dasselbe gedacht wie ich. Oder sie war gestorben. Ich blickte auf die Küchenuhr, um mir die genaue Uhrzeit zu merken, doch es war zu dunkel. Wenn ich Licht gemacht hätte, hätte der Eindringling mich bemerkt. Es könnte ein Jugendlicher aus der Schule sein, oder ein Artamane, oder wer auch immer die Hakenkreuze im Treppenhaus gemalt hatte. Im hellen Fenster sah ich einen Schatten. Mann, Frau, Kind? Ich starrte so lange hinauf, bis das Fenster wie eine Laterne im Wind zu schaukeln schien.

4

Sie hielt Distanz, wie jemand, der nach langer Zeit zurückkehrt und alles verändert vorfindet. Hatte sie schon einmal hier gelebt? Das Gartenhaus hatte über 25 Jahre leer gestanden, als Meta dort einzog, so alt konnte das Mädchen gar nicht sein. Mit ihrer Glatze wirkte sie wie ein sehr junger Mann.

Als wir uns am Tag nach ihrem Einzug auf dem Hof begegneten, trug sie einen Arbeitsoverall und roch nach Farbe. Sie nickte mir kurz und sachlich zu. Ich hielt sie zunächst für einen Handwerker. Den ganzen Tag spähte ich aus dem Fenster, sah sie mit ihren Farbeimern und Gipssäcken ein- und ausgehen und freute mich grimmig auf die allgemeine Entrüstung: Gerüchte über Sanierungspläne oder neue Besitzer waren eines, aber das würde man sich doch wohl nicht gefallen lassen.

Abends im Salon, wenn das Gespräch verstummte, war oben ein Klappern und Trampeln zu hören. Aber die anderen lächelten nur ironisch. Immerhin mache sie das ganz professionell. Vielleicht würde sie es dort länger als zwei Wochen aushalten. Dann müssten wir eigentlich Meta Bescheid geben, aber wie? Und wenn, dann auch über die Verkaufsgerüchte. Darauf hatte niemand Lust. Vielleicht sei alles auch gar nicht so schlimm. Man würde das Haus nicht so schnell abreißen können, wenn jemand darin wohnte, und es sei auf alle Fälle gut, wenn oben geheizt werde.

Für mich war das Gartenhaus Metas Turm. Aber die anderen hatten keinen Begriff von Unantastbarkeit. Glaubten die Ostdeutschen tatsächlich noch an Volkseigentum? Oder war ihnen nach der Wende jede neue Wendung gleich?

Ab und zu sprach jemand die Fremde an, so, wie man eben mit Handwerkern plaudert, aber sie ging nicht darauf ein. Als Thorsten mit einer Flasche Wein hochging, um sie im Haus zu begrüßen, war sie nicht da.

Ein neuer Briefkasten erschien neben Metas im Eingang des Vorderhauses: V. Grünberg. Wenig später fuhr der LKW vom Brennstoffhandel vor. Die Kohlenträger liefen gebeugt unter ihren Säcken über den Hinterhof – wohin sie die Kohlen wohl tragen würden? Meta lagerte ihre Kohlen in einer Speisekammer, denn der Keller des Gartenhauses stand unter Wasser, er war gruselig, hieß es, von der Decke hingen Dreckschwaden voller weiß verschimmelter Spinnenleichen. Offenbar wollte das Mädchen die Männer überzeugen, die Kohlen ins Dachgeschoss zu schaffen. Sie hievte selbst einen Sack auf die Schultern: Sie würde tragen helfen. Im alten Armeemantel sah sie wie ein ausgemergelter Heimkehrer aus. Wolfgang packte seine Jacke und rannte hinunter. Ich kniete mich auf den Stuhl am Küchenfenster und sah zu, wie sie zu viert die Tonne Kohle über den Hof und ins Gartenhaus trugen, die zwei Kohlenträger mit ihren schwarz-blonden Schöpfen, Wolfgangs grauer Kopf und die Glatze des Mädchens. Schließlich verließen die Kohlenträger das Gartenhaus, steckten Geld weg und schüttelten die Köpfe. Ein Fenster schwang auf. Wolfgang rief: »Christina! Wir wollen einen Schnaps zusammen trinken!«

Die Treppe des Gartenhauses betrat ich zum ersten Mal. Türen schwangen im schwankenden Licht, ließen steinern schimmerndes Linoleum blicken, Tapetenhäute, einen Küchentisch vollgehäuft mit Schutt. Ein alter Schauer, meine Kindheitsangst vor Gegenwartskunst. Meine Eltern hatten mich in eine Ausstellung mitgenommen: In großen weißen Räumen lagen banale Objekte, senil und albtraumhaft geworden, in Gips erstickt oder haarig eingesponnen. Ich wusste, dass diese Objekte von Menschen stammten, aber ich dachte an Aliens, an große Insekten – das Fremdartigste, was ich mir vorstellen konnte.

Die Tür des Mädchens stand angelehnt: Sie wollte wohl den peinlichen Moment zu zweit im Flur vermeiden. Die Tür klemmte, ich musste sie zuknallen. Nun, da sie mich schon gehört hatten, hatte ich keine Zeit, mich umzuschauen; ich lief den Stimmen am Ende des Flurs nach, im Augenwinkel der unwahrscheinliche Eindruck reich ausgestatteter Räume. Der Flur war mit einem Kelimläufer ausgelegt, an den taubenblauen Wänden hingen goldgerahmte Bilder. Es war eiskalt und roch nach Terpentin und Firnis, Ruß und Rauch.

Sie lehnte in der Küchentür und lächelte. »Vera«, sagte sie und reichte mir die kalte trockene Hand.

Ein gekachelter Herd, ein runder Holztisch, eine Duftgeranie auf dem Fensterbrett. Auf dem wuchtigen Küchenbuffet – hatte sie es in Teilen hochgeschafft? – standen eine Flasche Wodka und drei Gläser. Hinter den Glastüren weitere passende Schnapsgläser, Groggläser, metalleingefasste Teegläser, geschliffene Weinkelche. Sie goss so flink ein, als sollten wir sehen, wie geschickt ihre Hände waren. Oder als wollte sie uns schnell wieder loswerden.

Ob sie auch studiere, fragte Wolfgang. Nein, sie habe ausnahmsweise ein Bild verkauft und wolle sehen, wie lange sie von dem Geld leben könne. Wolfgang nickte anerkennend: Nur so könne man *hier* noch ein würdevolles Leben führen: gar nichts verdienen und so wenig wie möglich ausgeben. Sie sagte nur, in diesem Haus könne man es lange aushalten: Es gab noch Strom und Wasser, Öfen – nur der Ofen im Wohnzimmer zog nicht, sie hatte es vorhin probiert.

Sie sprach gedehnt, mit einem leichten Dialekt, der Wolfgangs ähnlich war, nur geschraubter. Ihre Stimme war tief und warm, aber die Wärme war wie eine fremde Kraft. Ihre dunklen Augen waren Tieraugen, man erschrak, sie so aus der Nähe zu sehen. Sie war wohl doch älter, als ich gedacht hatte, oder vorzeitig gealtert, nicht zart, sondern ausgezehrt. Schatten lagen bräunlich wie alte Prellungen auf ihrem tabakgebeizten Gesicht. Sie rauchte so flink, wie sie Gläser füllte, fast eine Angeberei.

Wolfgang wollte sich den verstopften Ofen anschauen. Sie komme schon zurecht, wehrte sie ab, müsse wohl nur das Abzugsrohr saubermachen. Aber er ließ nicht locker, bis sie uns schließlich ins Wohnzimmer führte. Weinrote Tapeten, gerahmte Bilder, blinde Spiegel, Wandleuchter, geschwungene Holzstühle, Ecktischchen. Alles auf dem Rücken hochgetragen. Sonst hätte es noch einen Sekretär geben müssen, und Büchervitrinen mit weinroten Vorhängen. Ich musste an mein Puppenhaus denken, das ich opulent viktorianisch ausgestattet hatte, obwohl ich mir nur Kleinmöbel leisten konnte: Die Prachtstücke, erklärte ich, standen an der Wand, die es nicht gab, deswegen sah man sie nicht.

Genau wie sein alter Ofen, meinte Wolfgang, *schön schlicht*, und legte seine Hand auf die weiße Flanke wie ein Pferdearzt. Er ließ sich über die alten Öfen aus, die ihm das neue System geraubt hatte. Man musste sich die Hände schmutzig machen, dafür wusste man, was man hatte. *Eine ganz andere Wärme*, nicht zentral gesteuert von irgendwelchen Rechnern.

Er fummelte aufgeregt an der Ofenklappe. Seine Klagen hörte ich jedes Mal, wenn er die Heizung aufdrehte. Inzwischen reagierte ich gereizt, worauf er immer meinte: *Du kennst ja nur die Westwärme*. Ich war nicht befugt, über Wärme zu reden. Aber Vera vielleicht, Vera könnte sagen, dass die Wärme von damals nicht wirklich wärmer war. Ihr kühles kleines Lächeln war so starr wie ihr Blick. Sie könnte ihn in der Luft zerreißen, dachte ich im aufgestauten Ärger des endlosen Heizungsstreits. Es würde ihm guttun. Aber sie sagte nichts. Wolfgang bat um einen Schraubenzieher, und zusammen nahmen sie das Rohr ab. Sie arbeiteten einander gut zu. Vera bewegte sich, wie mir schien, sehr vorsichtig – sie war gnädig und vernichtete ihn nicht.

Ich trat ans Fenster, sah, dass ich in der Küche das Licht angelassen hatte, lief im Zimmer umher und blieb vor einem großen Bild stehen, Albrecht Altdörfer, dachte ich, oder Hercules Seghers, den ich erst durch Wolfgang entdeckt hatte. Ein solches Plakat hätte ich auch gern gehabt. Doch das war kein Plakat: Das Bild war gemalt, die Pinselstriche kaum auszumachen, die Farbe dafür fühlbar, ein Schmelz wie Emaille. Die Berge blau vor frisch entdeckter Luftperspektive, in weiter Ferne unter dem kleinen Streifen Himmel, den der Wald frei ließ. Er ragte auf beiden Seiten, glatte graue Stämme trugen an einer Masse aus grünbraunen Schatten und Licht. Dazwischen schlängelte sich ein Bach durch Auen, die im Licht lagen, obwohl die Äste sich fast darüber berührten. Das Wasser war hell und dunkel zugleich. Rechts unten standen die Initialen V. G., das Datum des letzten Jahres. Vera beobachtete mich.

Verstohlen suchte ich Wolfgangs Blick: Ob er es auch gesehen hatte? Aber er hockte vorm Ofen und machte darin Feuer. Vera kauerte neben ihm, wandte ihrem Raum den Rücken zu, schien plötzlich stumpf und unbeteiligt, nur ein Diener, vorausgeschickt, um dem Herrn das Haus zu richten.

Schon schraubte Wolfgang die Ofentür zu, er stand auf und wischte sich die Hände und sah sich im Zimmer um. Lief zu einem Gemälde, zum nächsten, setzte sich die Nickelbrille auf und bewunderte das Waldbild, es komme ihm so vertraut vor. Er rieb sich die Hände davor, als sei es eine noch schönere Art von Ofen. Er wandte sich Vera zu, nahm die Brille wieder ab, der aufgestaute Wortschwall brach los. Lauter Namen: Ich verstand nur *Leipziger Schule*.

»Ich komme gerade von dort«, sagte Vera mit einer derart gewürgten Stimme, dass Wolfgang verstummte, und wir gingen.

Von da an nahm sie seine Hilfe an; auch wenn sie es ungern eingestand, gab es Dinge, die sie allein nicht schaffte. Eines Abends trugen die beiden tatsächlich eine Büchervitrine mit rotverhängten Türen nach oben, sowie mehrere große Bücherkisten. Ich lud zu Kürbissuppe ein. Wolfgang zeigte Vera die Wohnung, die Wolfshöhen und -klippen. Als sie sich an den Küchentisch setzten – Wolfgang erzählte noch von den Bildbänden, die er vorhin ans Licht gezerrt hatte –, wünschte ich mir, ich hätte etwas Kompliziertes, Beeindruckendes gekocht. Vera lächelte mir zu, weil ich gerade Suppe servierte, aber mir schien, sie lächelte über uns. Aus der Bewegung des Lächelns heraus zündete sie sich eine Zigarette an.

»Das hat Christina verboten«, sagte Wolfgang. »Ich finde es Quatsch, aber sie hat gedroht, sonst nie wieder Suppe zu kochen.« Er tätschelte meine Hand. Der Streit hatte mehrere Wochen gedauert, und ich hatte noch ganz andere Dinge angedroht.

Ich entzog ihm meine Hand und stellte Vera den Aschenbecher hin. Sonst, fürchtete ich, wäre sie aufgestanden und gegangen. Sie hatte keine Anstalten gemacht, die Zigarette auszumachen, vielleicht war sie nicht einmal mehr in der Lage aufzuhören. Wolfgang fragte wieder nach Leipzig. Diesmal erzählte sie schulterzuckend, leicht nuschelnd: Ja, Malerei hatte sie in Leipzig studiert, ja, auch bei dem *großen Meister*. Sie hatte in den 80ern schon angefangen, eigentlich war sie viel zu jung gewesen, na ja, da hatte ihre … Stiefmutter … ihre Beziehungen spielen lassen. Vera hatte dem Meister eine Weile lang assistiert, das hatte sich aber zerschlagen. Nach dem Studium wollte sie sich mit Privatunterricht über Wasser halten. Aber Unterricht, das war dann auch nicht ihres.

»Und die ganzen Kisten, sind das alles deine Bücher?«

Sie schwieg einen Moment lang, dann sagte sie: »Das sind die Papiere von meinem Vater, er war Schriftsteller. Sie sind jetzt erst wieder aufgetaucht.«

Sie hätte nichts erzählen müssen, aber sie sagte es so sachlich daher. Nicht so, als wollte sie etwas loswerden, eher alles herunterspielen.

»Und dein Vater?«, fragte Wolfgang.

»Er ist verschwunden. Ich bin ihm nur kurz begegnet.«

Sie saß da, rauchte, sah uns an, als seien wir dran, ihr die richtige Frage zu stellen. Oder ihr etwas zu erzählen, was sie interessieren könnte. Wir schwiegen lange. Niemand war dran. Gegen eins begann ich demonstrativ abzuwaschen. Sie bedankte sich, sagte feierlich, die Suppe habe gut geschmeckt, und ging.

Später weckte mich Zigarettengeruch. Ich lehnte mich aus dem offenen Fenster. Der Halbmond kippte, die Linde auf dem Hof schüttelte sich, die ferne Glocke der Sophienkirche schlug drei. Unheimlich, dass ich immer kurz vorm Uhrschlag wach wurde. Vera saß auf der Bank unter unserem Fenster. Es war nicht kalt, eine herbe Klarheit lag in der Luft. Ich dachte, Vera müsste sie auch empfinden. Ich rief sie leise. Langsam und mit Entsetzen sah sie zu mir hinauf, warf die Zigarette weg, ihr Gesicht verschwand in der Dunkelheit. Ich schlüpfte in Bademantel und Hausschuhe und ging auf den Hof. Sie war verschwunden. Ich hörte ihre Schritte auf der Treppe im Gartenhaus, eilig – einmal stolperte sie –, aber nicht enden wollend. Zwei

Stunden musste sie im Hof gesessen haben. Sie hatte sich wohl nicht mehr hineingetraut. Hatte an das dunkle Wasser im Keller gedacht, an weiße Spinnen, an den Modergeruch im Treppenhaus, an die leeren Wohnungen, die angelehnten Türen, die in dunkle Gänge führten. Hätte sie nur etwas gesagt, ich wäre mitgegangen. Aber das wollte sie ja nicht. Bei ihr gingen die Lichter an, eins nach dem anderen.

Am nächsten Tag trafen wir uns am Hauseingang, als sie mit zwei Farbeimern hereinkam. Ich hielt ihr die Tür, und sie starrte mich an, als wäre ich ein Prospektverteiler. Ob sie einsam sei, hatte ich mir gerade überlegt, hatte mir auf dem Weg zur Uni weiter überlegen wollen: Ob wir ihr sogar helfen könnten? Aber dieser Blick an der Tür. Als hätte ich ihr nachgestellt, ihr hinterhergegrölt: *Ick weeß, wiejet is ...* Blöde Kuh, dachte ich. Als große Künstlerin kann man sich das leisten oder was? Sie will irgendwas beweisen. Dabei hat sie es nicht nötig. Schon auf der Spreebrücke hatte ich mich beruhigt. *Eigentlich kommt sie mit sich selbst nicht klar.* Ein Spruch von Wolfgang, wenn andere ihn vor den Kopf stießen.

Über Vera sagte er das allerdings nicht. Es sei vielmehr angenehm, dass sie so zurückhaltend sei und nicht so viel *herumlabere*, außerdem möge er ihren Leipziger Dialekt. Der für mich allerdings hochmütig klang, er schien Wolfgangs arglosem Dresdnerisch ständig eine Abfuhr zu erteilen. Überhaupt fragte ich mich, ob sie ihn nur duldete, sich über ihn amüsierte, während sie seine Hilfsbereitschaft ausnutzte. Als er sich nach der nächsten Trageaktion zum Tee bei ihr einlud, zögerte ich mitzukommen. Aber ich wollte das Waldbild wiedersehen. Ich hatte es noch vor Augen und konnte doch nicht sagen, was mich an seiner Schönheit so irritierte. Vielleicht, dass der Maßstab abhanden gekommen schien. Auf der Wiese hatte eine kleine Figur gestanden, glaubte ich mich zu erinnern – daran müsste ich den Maßstab doch erkennen können.

Während Vera einen Samowar aus einer Kiste packte, stand ich auf und ging ins Atelier. Sie würde *Halt!* rufen, dachte ich, und ich würde fragen können, wovor sie denn Angst habe. Sie sagte nichts. Keine Figur war auf der Wiese zu sehen. Der Maßstab war an nichts festzumachen. Der Fluss war vielleicht so breit wie die Spree – oder doch nur ein schmaler Waldbach. Ich spürte die Strömung am Kräuseln der Oberfläche, aber wie tief das Wasser war, konnte ich nicht ausmachen. Knöcheltief, ein Plätschern über Kiesel. Oder es gab keinen Grund, nur das stille kalte Wallen, ein Sog, der mir keine Angst mehr machte. Mir war, als hätte ich geträumt.

In den Traum hinein klangen Stimmen, Tassenklirren aus der Küche, so gemütlich, als hätten die beiden sich schon seit Stunden unterhalten. Ich setzte mich wieder zu ihnen.

»Und deine Mutter?«, fragte Wolfgang.

»Sie ist in den Westen gegangen, da war ich erst ein Jahr alt.«

»Wer hat dich denn großgezogen?«

»Meine Großmutter. In Wünsdorf.«

»Ach«, sagte Wolfgang, »Russen. – Da hatten sie ihr Hauptquartier«, erklärte er mir.

»Meine Großmutter war Samojedin. Aus Syktywkar. Aber ja, meine Großeltern waren Offiziere.«

»Deine Großmutter auch?«

»Sie war Kampfpilotin. Sie hat im Krieg einen Arm verloren.«

Sie hatte alles sachlich dahergesagt, nun klang ein kindlicher Stolz durch, eine Lust, zu erzählen, anstatt bloß artig zu antworten – sie schien es selbst zu spüren und verstummte. Ich hätte das gern so gekonnt: einfach schweigen, wenn man nichts mehr zu sagen hat, schweigen, ohne hektisch Mienen und Gesten aufzusetzen, die zeigen sollen, dass man noch bei der Sache ist. Einfach da sein. Ich schwieg auch, fiel mir ein, ich hatte kein Wort gesagt. Aber sobald ich darüber nachdachte, wurde ich unruhig. Der Samowar dampfte. Veras Schweigen hatte nun einen Sinn: Konzentration auf die Zubereitung des Teeextrakts, das Einschenken, das Aufgießen mit kochendem Wasser.

Wolfgang war begeistert: »So was hat Meta mal gehabt – das ist die, die den Salon macht –, aber sie hatte den Dreh nicht raus, hat die Bude fast abgefackelt. Du könntest den Samowar ja mal mit in den Salon nehmen, überhaupt musst du in den Salon kommen, es ist wie in alten Zeiten, so was gibt's nur noch selten in Berlin, wer weiß, wie lange noch …«

Sie lächelte sanft, als ob das niemals in Frage käme.

»Das ist ja krass, das mit ihrer Mutter«, meinte Wolfgang hinterher, als wir die Treppe hinunterstiegen. »Darüber redet keiner. Die abgehauen sind, die sind auch von ihren Leuten abgehauen.«

Da hätte ich die Mutter gern in Schutz genommen, aber ich wusste ja nichts von ihr.

»Wer weiß schon, was passiert ist«, sagte ich.

Ich hätte flüchten, er auf mich schießen müssen. Der Satz drängte sich wieder auf und war doch plötzlich nur ein Satz. Die Flüchtende, die Figur, in die ich mich hineinversetzte, wenn ich von fern auf jenes *Damals* blickte, die Einzige, deren Handeln nicht erklärungsbedürftig schien mit ihrem Aufbruch, ihrer Flucht in die Freiheit – sie war auf einmal nur ein Bild. Jemand, nicht ich, war geflüchtet, und gerade sie und gerade die Freiheit, in der ich selbst lebte, verschwanden aus meinem Blickfeld, im blinden Fleck.

Karla sah, wie wir bei Vera ein- und ausgingen. Sie wohnte ihr direkt gegenüber, und wenn sie ihre Orchideen goss, blickte sie Vera ins Fenster. So viel, wie sie beobachtete, goss sie ihre Orchideen wohl mehrmals am Tag. Endlich hat sie eine neue Beschäftigung, meinte Thorsten. Aber auch die anderen hatten nun nichts Besseres zu tun, als über Vera zu spekulieren. Im Moment zogen sie nicht einmal durch die Kneipen, das Geld war alle. Warum hast du sie nicht mitgebracht?, fragten sie, wenn ich nach den zähen Gesprächen mit ihr in den Salon flüchtete. Vera weiß ja, dass der Salon jedem offensteht, erwiderte ich, ich kann sie nicht zu ihrem Glück zwingen. Aber sie glaubten, Wolfgang und ich behielten Vera für uns und wüssten mehr, als wir verrieten.

Warum ist sie denn aus Leipzig weg, wo sie dort so tolle Beziehungen hatte? Wieso zieht sie ausgerechnet hier ein? Gehört das Haus am Ende ihr? Hängt es mit ihrem Vater zusammen? Dem Schriftsteller? Wie hieß er? Was hat er geschrieben? Was heißt »verschwunden«? Tot? Oder abgehauen? Hat sie denn nun Kontakt mit der Mutter?

Die Fragen waren mir so lästig, als hätte ich ein paar Ideen für eine Geschichte verraten und man würde jetzt gnadenlos nachhaken. Aber mehr war im Moment nicht zu holen. Die Prämissen, ohnehin bemüht, sollten nicht weiter strapaziert werden. Im Nachhinein erschienen mir Veras Geschichten zurechtgelegt, das Verschwinden ihrer Verwandtschaft verdächtig. Ob überhaupt irgendetwas dran war?

Ich weiß es nicht, das hat sie nicht gesagt.

Dann stellt ihr die falschen Fragen.

Geht doch hin und fragt selber!

Nicht einmal zu den Bildern konnte ich eine befriedigende Auskunft geben. Ob es surrealistische Bilder seien? Aber die meisten waren schlichte Landschaften, Straßenszenen des 20. Jahrhunderts. Des ausgehenden – um so gestochen klarer, doch menschenleer und mit einer leichten Verzerrung, wie mit einem fremden Wahrnehmungsapparat aufgenommen. Jede Landschaft wies kaum merkliche Muster auf.

Wenn ich am Waldbild vorbeilief, sah ich wieder eine kleine Figur auf der Wiese. Wenn ich mich umdrehte – oder nur den Kopf drehte oder auch nur die Augen –, war da nichts. Das erleichterte mich: Der Figur hätte ich es nicht gegönnt, die Landschaft betreten zu dürfen. Aber ich wollte sie wiederum unbedingt erkennen. Ich lauerte dem Bild auf, das ich Vera nicht gönnte geschaffen zu haben.

All das sagte ich natürlich nicht, und während ich noch nach Worten suchte, preschten die anderen mit ihren Theorien vor.

»Sie arbeitet die ganze Nacht«, meinte Susi. »Das Licht ist immer an, ich sehe, wie sie herumläuft.«

Karla schüttelte den Kopf. »Sie arbeitet nicht. Sie sitzt im Atelier und raucht und starrt die Bilder an. Dann geht sie ins Wohnzimmer, wühlt in den Kisten von ihrem Vater, sitzt auf dem Fußboden und liest in den Papieren. Bis sie unruhig wird, sie sieht völlig angeekelt aus, springt auf …«

»Nicht angeekelt«, sagte Bielagk. »Das habe ich anders gesehen, als ich bei dir Kaffee trinken war. Sie hat gelächelt.«

»Gegrinst hat sie. Ganz zynisch. Irgendetwas stimmt da nicht. Das sind keine Privatpapiere, wie man sie bei sich zu Hause hat. Das sind Kopien von Kopien, fein säuberlich abgeheftet in alten Aktenordnern.«

»Seine Stasi-Akten oder wie? Ach, Quatsch!«, rief Bielagk.

Karla zuckte mit den Schultern. Wolfgang saß stumm und gequält.

Aber zu Vera sagte er am nächsten Tag: »Wenn du reden willst, bin ich da.«

Sie grinste zynisch. Sein Mitgefühl musste ihr lästiger sein als all das Geschwätz. Das war ihm aber egal.

»Es muss ganz schön hart gewesen sein, so ohne Mutter aufzuwachsen.«

»Denkst du, meine Großmutter hätte mich schlecht erzogen?«

»Warst du sauer auf deine Mutter?«

»Ich kann mich an sie nicht erinnern.«

»Und dein Vater?«, fragte ich.

»Ja. An ihn kann ich mich erinnern.«

»Komisch«, sagte Wolfgang, »uns haben sie kaum etwas über die ›Grenzverletzer‹ erzählt. Dass es sie gibt, natürlich, und wie wir uns zu verhalten haben. Dass das eine Staatsgrenze ist und es bestimmte Regeln gibt und wer sich nicht an die Regeln hält … aber warum die Leute abhauen, dazu hat keiner was gesagt. Nur dass das kaputte Typen, Asoziale sind. Keiner hat gesagt, wir sind ihretwegen da. Es ging immer nur um den Feind da drüben. Wir sollten ja den Dritten Weltkrieg aufhalten. Jawohl. Ich habe im Harz das Vaterland mit der Waffe in der Hand verteidigt.«

»Tatsächlich?« Vera lächelte fast böse, eher über sich selbst, als hätte sie zu spät begriffen, worum es hier ging. Und jetzt hätte sie fragen können – aber Wolfgang kippte den Rest Tee hinunter und stand auf, denn wir waren nur zu ihr gekommen, um im Atelier einen Tisch zu rücken. Er hatte gar nicht so viel erzählen wollen.

Vera lief auf und ab, rauchte, bis nur Rauchen nicht mehr ging, setzte sich und blätterte verdrossen in den Papieren. Sie tat mir leid – aber ihr Vater doch auch. Von ihm war nur ein Stapel Aktenordner übrig geblieben und selbst das war der Tochter zu viel. Wir trauten uns nicht zu fragen, wie er mit Vornamen geheißen hatte. Auf einen *Grünberg* war ich sicher schon einmal gestoßen, bei all den Büchern, die ich aus Wolfgangs Stapeln nahm, las, beiseite legte, vergessene Bücher aus verschwundenen Ländern. Vielleicht hatte ich den Grünberg schon gelesen und ihn besser verstanden als sie, die verzweifelt in den Kisten kramte. Dass gerade irgendein dem Autor völlig unbekannter, ja nachgeborener Leser verstehen musste, worüber die ihm Nahestehenden sich die Köpfe zerbrachen, das erschien mir schlüssig und vielleicht nicht einmal so traurig.

»Übrigens«, sagte Wolfgang ein paar Tage später, »Vera meinte neulich, sie würde mir gern etwas geben, weil ich ihr geholfen habe. Ich habe sie gefragt, ob sie ein Aktporträt von dir malen würde.«

»Und?« Ich hielt es für einen gar nicht so schlechten Witz.

»Ja.«

»Das ist doch nicht dein Ernst.«

»Ich glaube, sie macht es sogar ganz gern. So kommt sie wieder ins Arbeiten.«

Was dachte er sich! Ich schrie ihn an, es ging die halbe Nacht hin und her. Es war ein typischer Einfall von ihm: naiv und verschlagen. Er hatte gewusst, dass Vera ja sagen würde, denn sie verweigerte nichts. So musste man um das bitten, was man auch wirklich wollte. Er hatte sich einen Streit mit mir eingehandelt, hatte er das gewollt? Ich hatte keine Zeit, Modell zu sitzen, ich wollte wieder öfter zur Uni gehen und abends endlich schreiben. Und wie kam er auf ein Aktporträt? Das habe sich einfach so ergeben, es sei doch etwas völlig Normales, ich weiß, du bist Amerikanerin, aber du bist jetzt nicht mehr so prüde, am Liepnitzsee waren wir ganz normal nackt baden, du hast sogar gesagt, wie schön das ist, nackt an der Luft zu sein, außerdem hast du einen schönen Körper, irgendwann hast du Hängebrüste und willst dich erinnern, wie sie mal ausgesehen haben, au, nicht schlagen …

Es war eine Mutprobe, die ich annehmen musste. Ich wollte Veras Blick standhalten. Auf einem bestand ich: Wer ein Porträt in Auftrag gibt, bestimmt, wie er sich zeigt. In welcher Haltung, bei welcher Handlung, mit welchen ausgesuchten Attributen. So war das doch bei den Alten Meistern.

Wolfgang meldete Vera die Entscheidung: Sie sollte mich malen. Nackt. Am Schreibtisch.

Sie dachte nach, nickte, lächelte mich versonnen an. Dann verschmitzt. Wie seit jeher der Maler über die Vorstellungen des Auftraggebers.

Ich saß also am Schreibtisch, aber arbeiten konnte ich nicht, sagte ich, wenn jemand in der Nähe war. Ich bereute die Worte sofort: Schließlich musste sie auch in meiner Gegenwart arbeiten. Es war ihr aber recht, denn ich sollte mich ja nicht bewegen. Stattdessen las ich eine Novelle von E. T. A. Hoffmann, ich weiß nicht mehr, welche, ich bin auch nie zur unerhörten Begebenheit vorgedrungen, weil ich nur in den Pausen umblättern durfte. Ich las jede Seite mehrmals, bis ich vergaß, von wem die Geschichte war, Hoffmann oder mir selbst. Ich vergaß, dass ich nackt war, oder dass es nicht üblich war, nackt zu sein. Überhaupt kam keine Peinlichkeit auf. Sobald ich meine Kleider ablegte und mich hingesetzt hatte, schien Veras Blick über mich hinwegzuschweben. Wenn ich nicht gewusst hätte, dass sie gerade mein Porträt malte, hätte ich meinen können, sie nähme mich überhaupt nicht wahr. Langsam freute ich mich sogar auf die Sitzungen, denn ich las, und gleichzeitig machte ich etwas. Etwas wurde aus mir gemacht. Und wenn sie mich nicht sah, konnte ich sie um so besser beobachten. Sie lächelte, sie grinste. Sie führte den

Pinsel mit demselben akribischen Elan, mit dem sie mir manchmal ihre Technik erklärte, die durchscheinenden Öllasuren, Schicht für Schicht auf einen »Lichtkern« aus Tempera gelegt. Oder sie humpelte geschlagen ihrer tollkühnen Hand hinterher.

Das Bild wurde kurz vor Weihnachten fertig, ich sah es da zum ersten Mal. Das war nicht ich. Sie hatte mich von der Seite gemalt, aber die Figur war nur von hinten zu sehen, ein Rücken, verrenkt, die Beine um die Stuhlbeine geschlungen, die Ellbogen auf den Tisch gestützt, eine gequälte Haltung, sie fror, oder es war der Moment des Aufbäumens, unersichtlich, ob der Kopf sich hob oder senkte. Unersichtlich gar, ob Mann oder Frau. Die nackte Haut war eine undurchdringliche Farbschicht. Nicht einmal der Haarschopf war zu erkennen, ob lang oder kurz, braun oder blond oder grau. In irgendeiner Farbe dazwischen war die ganze Figur gehalten, schillernde Klarheit, zum Feld verflacht. Dafür wucherte der Hintergrund, grau-weiß und rissig wie ganze Stöße zerknülltes Papier, schwer und scharfkantig, verschmutzt, beschrieben, ein Bergsturz.

Bei den Sitzungen hatte ich gefürchtet, am Ende eine Fratze zu sehen, und sah sie schon vor mir. Oder eine Schönheit – und ich sah sie schon –, die mir gar nicht gehören würde. Dass mein Gesicht ganz und gar auf der Strecke bleiben könnte, auf die Idee war ich nicht gekommen. *Was willst du mir sagen?,* dachte ich, ich sah sie scharf an.

Wieder war sie ganz der Diener, ihr Blick traf meinen, offen, leer, sie hatte sich nichts dabei gedacht, nur das gemalt, was sie vor sich sah. Sie hatte mich nun einmal nicht gesehen.

Wolfgang meinte, es sei eine schöne und treffende Rückendarstellung. Eines Tages würde auch mein Rücken alt und welk sein, nicht mehr schlank und biegsam, sondern knochig und gebeugt. Und dann würde ich mich gern erinnern. Er hängte das Porträt neben den Schrank, in dem er seine Puzzles aufbewahrte. Bald war es nur noch ein weiteres Teil des Chaos, welches, wie er meinte, eines Tages »ein Bild« ergeben sollte.

»Ich finde den Wald so schön«, sagte er, nachdem er es aufgehängt hatte.

»Was für einen Wald?«

»Den Wald hinter dir.«

»Das ist doch kein Wald. Das ist ein Haufen Papier. Als ob sie wüsste, wie es aussieht, wenn ich hier arbeite.«

»Das ist ein Wald. Wie das Bild im Atelier. Nur im Winter, mit Schnee.«

Wenn ich die Augen zusammenkniff, konnte ich mir die Risse als Äste vorstellen. Trotzdem: Was er sah, sah ich nicht.

»Weißt du«, sagte ich, »bei dem Waldbild glaube ich immer, eine Figur auf der Wiese zu sehen, aber wenn ich genau hinschaue, ist nichts da. Geht es dir auch so?«

»Nein, wo? Wo? Zeig mir.« Aufgeregt zog er mich näher ans Bild heran.

»Ich kann sie dir jetzt nicht zeigen, weil das hier für mich kein Waldbild ist!« Er hatte mich falsch verstanden, oder gar nicht, es war egal, was ich sagte, weil es anders ankam, als ich es meinte, bis ich selbst nicht mehr wusste, was ich gemeint hatte – mit diesem mir völlig fremden Porträt stand mir all das klar vor Augen. Es war, als hätte Vera uns eine Falle gestellt. Allein dadurch, dass sie so artig tat, worum wir sie baten.

Erst bei dem Andrang, als die Hausbewohner das Bild bewunderten, begriff ich, dass sie uns einen ungeheuren Gefallen getan hatte. Es war, als würden sie *mich* bewundern – niemand zweifelte, dass ich das war –, mich auf meine Beschaffenheit prüfen, wie die Künstlerin mich so hinbekommen hatte. Man konnte gar nicht nah genug herangehen, wusste ich, um zu sehen, wie das Bild gemacht war. *Leipziger Schule*, flüsterte Karla. Wir könnten es sicher teuer verkaufen, meinte Dora, eine haustypische Einschätzung: Man führte sich immer wieder vor Augen, dass *heutzutage alles käuflich* sei.

Ich hob 1000 DM ab – gut die Hälfte meines Restvermögens –, steckte sie in einen Umschlag und warf sie ohne Mitteilung in Veras Briefkasten. Ich fühlte mich erleichtert und befreit. Doch auch, als hätte ich mich endgültig auf etwas eingelassen, wenn auch nur auf die im Haus gefeierte Mittellosigkeit. Danach ging ich Vera aus dem Weg.

Wenn nur Meta käme. *Endlich wieder ein normaler Mensch!*, würde ich sagen, und sie würde protestieren – *Ich und normal?* –, und mir gerade damit Recht geben. Niemals ließe sie sich von solch *komischen Geschichten* verrückt machen.

Es war sowieso bald Weihnachten. Ob ich vorhätte, über die Feiertage nach New York zu fliegen?, hatten meine Eltern gefragt. Sie würden das Flugticket zahlen, auch Wolfgangs, wenn er mitfliegen wollte. Ein Angebot ohne Druck. Ich wusste, dass meine Mutter jeden wehmütigen Satz wieder gelöscht hatte, damit ihre Mail so munter-nüchtern klang. Ich wusste, dass sie ohne mich keinen Baum aufstellen würden, weil sie so taten, als machten sie sich nichts aus Weihnachten, Weihnachten war das gern gemachte Zugeständnis an die Phantasie eines Kindes, ich wusste, sie taten nur so. Ich bekam schlagartig Heimweh. Aber Wolfgang konnte sich nicht entschließen mitzufliegen. Er war von der Vorstellung überfordert, dann begeistert, dann wieder überfordert. Außerdem wollte er endlich mal wieder nach Dresden zu seinen Eltern, ich sollte unbedingt mit, denn jetzt, wo ich da war, traute er sich so eine Familienfeier halbwegs zu. Ich gab erleichtert nach – der Stich

Heimweh war ein kurzes Aufwachen gewesen, als ob ich Gefahr lief, nicht zu Ende zu träumen.

Aber kurz vor Weihnachten stritt Wolfgang sich mit seinen Eltern, dieselben Themen wie immer: Geld und Zwischenprüfung. Wir schlossen uns Holger, Susi und Michi an, die Familie und Weihnachten längst aufgegeben hatten und lieber in den Harz zum Skilaufen fuhren. Hatte Wolfgang *dort* im Harz …? Hatte er mir überhaupt gesagt, wo genau er »gestanden« hatte? Nun brummte er nur Unverständliches, also wohl nicht dort, dachte ich und ließ es sein.

In Wernigerode, wo wir Aufenthalt hatten, blätterte ich im Antiquariat in einem DDR-Harzführer und las die Behauptung, im Harz seien die letzten Reste des deutschen Urwalds zu finden, von dem schon Tacitus berichtet habe. Ich überlegte kurz, das Buch zu kaufen, stellte es aber zurück. Ich musste jetzt aufs Geld achten.

Als wir in der Schmalspurbahn nach Schierke saßen, der Wald vorbeiglitt, schwarz im Schnee, der weiße Dampf, der schwarz roch, in die Wipfel stieg, wurde ich in der Kälte hellwach, anders wach als sonst, wie plötzlich träumend. Das kommt, wenn man die Stadt verlässt, dachte ich.

Selbst für Langlauf war ich zu ungeschickt; so gingen wir und die anderen dann meist getrennte Wege. Jeden Morgen fluchte Wolfgang über meine vermeintliche Renitenz, bis wir zu einer zermürbenden Wanderung aufbrachen, die er hinterher für rundum gelungen erklärte. Am letzten Tag ging es zur Warmen Bode, dem alten Grenzfluss. Wir irrten lange durch den Wald – Wolfgang hatte nur alte Karten mit, eine von 1887 und eine von 1928, »zu Vergleichszwecken« –, bis wir das Bodetal fanden, eine weiße Bresche im Wald.

»Nun können wir uns nicht mehr verlaufen«, sagte Wolfgang, aber ich war schon taub vor Kälte. Ich stapfte voraus, der Schnee lief abendrot, dann blau an. Mittendrin wand sich das Flüsschen, wollte mich an etwas erinnern oder bloß ahnen lassen, dass es im Sommer hier schön wäre, und war doch nur ein schwarzer Schlund in sicherer Entfernung. Einmal glaubte ich, im Wald ein Haus zu sehen, endlich, dachte ich, aber danach kam lange nichts. Bis wir das nächste Dorf erreichten, war es stockfinster und ich hatte längst aufgehört, mit Wolfgang zu reden. Eine halbe Stunde lang standen wir an der Bushaltestelle vor einem verlassenen Hotel, überhaupt schienen alle Häuser hier im Tal verlassen. Erst im Bus sagte Wolfgang: »Das war mein Abschnitt, die Warme Bode. Dort habe ich gestanden.«

»Warum hast du nichts gesagt?«

»Hab ich doch.«

Der Weg, den wir gegangen waren, was wir gesprochen hatten – ich konnte mich an nichts erinnern. Nur an Schnee und Taubheit. Die Taubheit war geblieben, Hände und Füße wie Stümpfe, mit denen ich mich durch den Schnee getastet hatte. Wie sah der Grenzfluss aus? Ein schwarzes Rinnsal unterm Eis.

Zurück in Berlin, lag ich mit einer Grippe im Bett und wehrte Wolfgangs Hausmittel ab – Zwiebel mit Honig, Wodka mit Salz. Er las mir die Harzmärchen vor, die ich in Schierke gekauft hatte, auch, plötzlich beflissen, eine Dokumentation über die grüne Grenze, für die ich im Souvenirladen auf dem Brocken meine letzte Mark ausgegeben hatte. *Ja, ja, so ist es gewesen* oder *nicht ganz so*, bemerkte er. Bis er auf ein Bild stieß und die Fassung verlor. *Das gibt's doch nicht! Siehst du, wie sie die Leute verarschen!*

Ein Feld, eine Schneefläche, ein Drahtzaun mit einem Schild:

HALT
HIER
ZONENGRENZE
ACHTUNG
LEBENSGEFAHR
WIRKUNGSBEREICH
SOWJETZONALER MINEN

Sein Finger wies auf die Bildunterschrift: *Verminung der Grenze.*

»Was denn? Du hast mir doch selbst von den Minen erzählt.«

Er schüttelte ärgerlich den Kopf. »Aber was zeigt das Bild hier? Ein Schild im Schnee. Verstehst du den Unterschied nicht?«

»Wie soll man sonst die Verminung der Grenze zeigen?«, fragte ich schwach.

»Doch nicht *so*. Wo siehst du hier Minen? Wo siehst du hier Verminung? Was siehst du? Ein Schild, wo draufsteht: *Minen*. Ein West-Schild übrigens. Ein Schild kann jeder aufstellen. Wenn die Leute da einfach drüberlesen« – er stieß wiederholt mit dem Finger gegen die Seite –, »dann kann man denen alles erzählen.«

Das Bild eines Schilds, das einen Sachverhalt behauptet, sei kein Bild des Sachverhalts selbst, beharrte er. Damals habe man gelernt, solche Behauptungen in Frage zu stellen. Was bei der heutigen Bildüberschwemmung kaum noch möglich sei, und so schreite die Volksverdummung immer weiter fort. Wie hätte man die Verminung denn zeigen sollen, fragte ich wieder – etwa mit einem unterirdischen Infrarotbild? Einem Aufklärungsfoto der Soldaten beim Minenlegen? Aber wie denn nachweisen, dass es Minen gewesen waren …? Sowohl das Bild als auch die Unterschrift entsprachen der Wahrheit, das stritt er gar nicht ab, warum also sollte das keine angemessene Darstellung sein?

Alles drehte sich mir im Kopf, als säße ich wieder im Seminar *Fundamental Questions of Historiography.* Der Blick der Professorin war nach wie vor ohne Gnade. Sie hatte das Werkzeug nicht rausgerückt. Sie hatte sehen wollen, ob wir mit leeren Händen auskämen. Eigentlich hatte ich ihr alles zu verdanken. Hätte sie mich nicht derart vor den Kopf gestoßen, säße ich jetzt womöglich in irgendeinem *history department*, anstatt in Berlin mit einem Zeitzeugen, dem die Grundsatzfragen der Geschichtsschreibung von noch existenziellerer Bedeutung waren als meiner Professorin. Was trieb meinen Zeitzeugen, was saß ihm im Nacken? Die Angst scheinbar, man könne *ihm* etwas nachweisen. Aber was genau, schien er selbst nicht zu wissen.

Als es mir etwas besser ging, schleppte ich mich im Bademantel durch die Wohnung, hinter mir stürzten Bücherstapel. Alles war wertlos, bewies nichts. Nur Veras Bild war von Bestand, hing und ging weiter in seiner Unveränderlichkeit auf. Das war nicht ich. Aber es gehörte mir.

Vera arbeitete nun bei Tag und las bei Nacht, berichtete Karla. Selbst über Weihnachten hatte sie gearbeitet. Karla, die in der Weihnachtszeit aus der Rolle der strengen Atheistin fiel, einen Herrnhuter Stern aufhängte und Stollen buk, hatte Vera Heiligabend eingeladen. Sie hatte so ruhig abgelehnt, als hätte sie andere Pläne. Aber sie ging nicht weg, und niemand kam sie besuchen. Karla, Thorsten und Bielagk saßen beim Glühwein und schauten zu ihr hinüber.

»Ihre Oma lebt wohl nicht mehr. Aber ich hätte gedacht, sie würde vielleicht zu ihrer Stiefmutter fahren. Sie hat Vera schließlich schon mal geholfen. Editha Grünberg heißt sie, ich habe mich umgehört. Sie lebt in Berlin, soll aber viel unterwegs sein, ist wohl sehr gefragt. Hat den Sprung in den Westen geschafft.«

Vera hatte Schwibbögen in den Fenstern aufgestellt. Überhaupt sah es bei ihr weihnachtlich aus, man blickte in ihre Wohnung wie in eine Jahrmarktbude voller Kostbarkeiten. Sie hatte alles so liebevoll hergerichtet. Wie ein richtiger Salon, nicht wie unser Provisorium da unten. Sie führte eine kultivierte Lebensart fort, so Karla, die leider abhanden gekommen sei. Bei Vera hätte man so schön feiern können. Wieso lud sie niemanden ein?

Manchmal streifte ich spätnachmittags im Dunkeln eine nach Leinöl riechende Gestalt auf dem Hof, die schnell noch das Nötigste einkaufen ging. Nicht ich hatte ihr den Rücken gekehrt. Sie hatte nur meinen Rücken gesehen. Ich ließ sie in Ruhe. Schließlich wollte ich sie nicht mit meiner Grippe anstecken.

5

Eines Abends Anfang Januar stand Meta vor der Tür, die Haare kurzgeschoren, ausgeblichen, die Haut gebräunt, gealtert. Sie umarmte uns, stellte eine hebräisch beschriftete Plastiktüte auf den Küchentisch und packte Olivenöl, Wein und Honig aus. Sie kochte Mokka mit Kardamom in einem kupfernen Kännchen. Erzählte etwas – ich verstand nur *Sonne*. Wolfgang ging ins Bett, überfordert von so viel fremder Welt.

»Was ist mit Tom?«, fragte ich.

»Ach, der ist doch früher zurück. Er kam mit Israel nicht klar. Er konnte die Israelis nicht leiden. Die Holocaust-Überlebenden, die er interviewen wollte – am Ende hat er sich mit ihnen nur gestritten. Er meinte, das müssten alles bessere Menschen sein, bloß weil wir sie fertiggemacht haben, nette Omis und Opis mit weisen Sprüchen von wegen Toleranz und Menschlichkeit. Aber natürlich waren knallharte Zionisten dabei. Und er fing an: Gerade ihr sollt begreifen, wo solcher Nationalismus hinführt! Ein bisschen konnte ich ihn verstehen, man ist erst mal völlig entsetzt, die krasse Spannung dort, die Militarisierung, die Kontrollen, fast schon wie im Osten. Aber sich dann moralisch zu empören nach dem Motto *Die Israelis haben uns den Faschismus abgeguckt und machen jetzt alles noch viel schlauer, raffinierte Juden halt* – also nee, das hat mich direkt an die Propaganda bei uns erinnert. Nach ein paar Wochen ist er in den Sinai abgehauen, wollte doch lieber über die Beduinen drehen. Ich bin in der Wohnung in Tel Aviv geblieben. Es war schrecklich. Gegenüber war ein Technoklub.

Ich konnte nachts wegen der Musik nicht schlafen, und ich konnte mir den Klub nicht einmal leisten. Dann bin ich auch noch krank geworden. So etwas habe ich noch nie erlebt. Als wäre ich gelähmt, kein Appetit. Vielleicht lag es an der Hitze. Es war mit Tom so schlimm gewesen, auch nur einkaufen zu gehen, er hat sich über alles aufgeregt, er guckte so, als würde alles stinken. Ich dachte, ohne ihn könnte ich mich normal bewegen, Menschen kennenlernen. Aber ich war völlig fertig. Und mir war irgendwie alles egal.«

»Das kommt vor.«

Sie schüttelte verwundert den Kopf. »Jedenfalls gab es dann ein Attentat auf den Klub.«

»Ach du ...«

»Das ist dort Alltag.« Sie sah mir dabei in die Augen, so sachlich, das musste sie geübt haben.

Ich wusste nicht, was man da sagt. Und das machte mich wütend. »Sind Menschen umgekommen?«

»Sechs. Sieben – auch das Mädchen mit der Bombe.« Sie hielt kurz inne. »Der Tod ist dort wirklich etwas ganz anderes. So – öffentlich. Schlägt zu, wirft alles durcheinander, man rappelt sich auf und alles geht so weiter. Ein paar Kids sind umgekommen, und ich bin nach Jerusalem. Nach all den Wochen, wo nichts passiert ist, wo ich nicht vom Fleck kam. Auf einmal war ich wie losgesprengt. Ich war nicht da, als es passierte. Ich bin mitten in der Nacht Falafel essen gegangen, und als ich wiederkam, war alles gesperrt, ich durfte nicht wieder ins Haus. Ich habe nur gesehen, dass meine Fensterscheiben kaputt waren. Da hatte ich keine Lust, zu warten, die Scheiben ersetzen zu lassen, überhaupt noch dort zu leben. Auf der Straße standen lauter Leute herum, ich ... ich habe jemanden kennengelernt, der mich nach Jerusalem mitnahm.« Bei Vera ging das Licht an. »Vorhin habe ich Holger auf der Treppe getroffen. Er meinte, eine Frau wäre dort oben eingezogen. Was ist das für eine?«

»Eine Malerin. Sehr – schüchtern.« Ich hatte mehr über den Anschlag erfahren wollen, sagte aber doch lieber: »Komm, ich zeig dir was. Sie hat mich nämlich gemalt.« Ich führte sie in Wolfgangs Arbeitszimmer und machte Licht. Nebenan drehte er sich im Bett um.

»Du meine Güte«, sagte Meta und lachte leise. »Das ist ja fast schon Rembrandt.« Sie ging näher heran. »Bist du das wirklich? Das ist doch jemand, der schon seit 300 Jahren tot ist. Dass man heutzutage immer noch so malen kann. Leipziger Schule oder was?«

Sie setzte sich im Schneidersitz aufs Kanapee darunter. Ich setzte mich neben sie, obwohl ich mich auf dem Kanapee immer unwohl fühlte, mich selbst im Rücken. Nun war meine Nacktheit, die im Raum stand, Metas Meinung nach nicht einmal große Kunst. Warum war sie so mäkelig? War sie schon immer so gewesen, und ich hatte sie falsch in Erinnerung, als Dauergenerator positiver Energien?

»Weißt du, ich habe auch gemalt, in der Schule haben sie mich dafür gelobt – nur dafür. Es hieß dann, *Schade um dein Talent, unser sozialistischer Staat hat dir die Möglichkeiten geboten, aber du hast alles nur mit Füßen getreten.* Wobei, ich glaube nicht, dass ich so wahnsinnig talentiert war. Aber wenn ich ihnen schon durch die Finger rutschte und mich mit den Punkern herumtrieb, sollte ich mir wenigstens einbilden, ich hätte eine strahlende Zukunft verspielt. Das wollte ich dir eh gerade erzählen. Ich sage schon seit Jahren, dass ich *Kunst machen* will. Aber erst seit Jerusalem weiß ich, wie, oder zumindest weiß ich, dass es egal ist, ob ich gut male. Komisch, was man für Maßstäbe mit sich herumschleppt, man lehnt sie ab und wird sie gerade dann nicht los. Das Palästinensermädchen hat mir den Maßstab gesprengt. Es war, als würde ich von vorne anfangen. Mit Hebräisch habe ich angefangen, wie ein Kind

Sprache lernt, von den Dingen her. Ich habe so viel – gezeigt bekommen …«

Sie ließ den Kopf auf die Wand zurückfallen, schloss die Augen. Mir war, als beschlösse sie gerade, etwas für sich zu behalten. Oder war sie nur müde? Sie riss die Augen wieder auf. »Ja, genau, was ich eigentlich erzählen wollte – ganz am Anfang in Jerusalem bin ich in ein Archiv, na ja, reingeraten. Da war der Nachlass eines Berliner Professors, der hat alles schon '31 kommen sehen und ist nach Palästina. Es muss bei ihm schlimmer ausgesehen haben als beim Wölfchen. Was er für Sachen hatte … uralte Bücher, Philosophie, Geschichte, vor allem okkulte Schriften aus Berlin, Breslau, Wilna … seltsame Sekten … praktische Kabbala … Genau das hat uns für das Referat gefehlt, weißt du noch?« Aber alles, was mit dem Referat zusammenhing, hatte ich gleich nach Metas Abreise wieder vergessen, es schien ein für alle Mal erledigt, wie meine *Utopia*. »Wie soll ich es beschreiben – ach, ich bin viel zu müde.« Sie verstummte. Ich dachte, sie wäre eingeschlafen.

»Kann ich hier bleiben?«, fragte sie. »Bei mir ist es so kalt. Ich dachte, ihr würdet heizen. Es sieht so verwahrlost aus. Wo sind sie denn alle?«

»Na ja … abends viel unterwegs halt.«

»Was ist hier los gewesen? Ich werde den Laden hier aufmischen müssen. Ich sage dir, es wird aufgeräumt! Aber schlafen muss ich …«

»Ich hole dir eine Decke.«

»Wie heißt sie eigentlich«, rief sie mir hinterher, »deine Malerin?«

»Vera Grünberg.«

»Grünberg – das erinnert mich an etwas. Ach, frag mich nicht, was. Übrigens, heute sind die Raunächte zu Ende. Denk dran.«

»Die Raunächte?«

»Die zwölf Nächte zwischen Weihnachten und Dreikönigstag. Hat meine Mutter immer erzählt. Hast du viel geträumt die letzten Nächte?«

»Ja, ich hatte Fieber.«

»Du hättest die Träume aufschreiben müssen. Jede Nacht steht für einen Monat im neuen Jahr. Was du träumst, wird wahr.«

»Wenn ich das gewusst hätte.«

»Du hast noch eine Chance!«

Geträumt hatte ich endlos, selbst im Wachzustand, sobald ich kurz die Augen schloss, unverständliche Hektik, so zermürbend wie Arbeitstage, sinnloser Druck, der mich immer wieder aus der Traumwelt riss. Oder ich wachte auf, weil ich so angeödet war. Es war so schwer, klar und schön zu träumen, Träume wie Risse im Gemäuer, Versprechen der Freiheit: entschlüpfen zu können.

Ich brachte die Decke und sah gerührt, verletzt, dass Meta schon schlief.

Als Kind konnte ich meine Träume manchmal lenken. Ich wollte vom Fliegen träumen und träumte dann vom Fliegen. Wovon hätte ich nun träumen wollen? Von der Berliner Bucht? Von einem blühenden Feld, auf dem ich allein stand? Mein Kopf war vollkommen leer, nicht einmal Wolfgang, der neben mir lag, konnte ich vor mein geistiges Auge rufen. Nur das leere Strahlen eines abgestürzten Monitors, nicht auszuschalten, nicht einzuschalten. Als es hell wurde, glaubte ich, überhaupt nicht geschlafen zu haben. Aber Wolfgang war verschwunden. Ich schloss die Augen wieder, erinnerte mich, dass ich doch geträumt hatte: von meinem alten Zimmer in New York. Das war seit langem nicht mehr vorgekommen.

Endlich stand ich auf und ging in die Küche, da wurde es schon wieder dunkel. Hellwach und durcheinander blickte ich aus dem Küchenfenster. Unten im Gartenhaus ging das Licht an. *Im Salon wird aufgeräumt.* Ein Satz, woher? Wer räumte auf? Eine zierliche Gestalt, ein kahler Kopf, Vera, dachte ich, Vera räumt auf, was wird denn Meta … mir fiel alles wieder ein: Meta war da. Die Haare weg. Sie wandelte sich ja immer wieder, konnte sich leichten Herzens von allem trennen. So auch von ihren Haaren. Das hätte ich mich nie getraut.

Ich ging nach unten.

»Fasst du mit an?«, fragte sie, riss schon ein Ende des langen Ausziehtisches in die Höhe. Fatal, das ewige Möbelrücken. Zwangsläufig entstanden, bewiesen sich dadurch Freundschaften. War es ein Verrat an der alten, langhaarigen Meta, wenn ich der neuen, glatzköpfigen aufräumen half? Denn nicht nur Thorstens Ordnung, auch ihre alte Ordnung löste sie auf. Sie wuchtete die Leiter von einer Ecke in die andere, ich hielt gegen das Schwanken, während sie die Stoffbahnen von ihren Haken riss und auf den Fußboden fallen ließ. *So viel Staub!*

»Und nun«, sagte sie, »gehen wir deine Künstlerin besuchen.«

Das hatte ich befürchtet. Ich überlegte schon, wie ich Vera erklären konnte, dass Meta zwar keine Ahnung von Kunst habe, aber ein toller Mensch sei … ein toller Mensch, was könnte Vera schon mit solchen Floskeln anfangen? An der Tür war Vera kurz angebunden, als hätten wir sie bei der Arbeit unterbrochen, aber sie führte uns herein. Meta hielt ihr eine Flasche Wein entgegen, und aus dem Schwung dieser Geste heraus nahm sie sie sogar in den Arm. Sonst war niemand auf den Gedanken gekommen, Vera zu umarmen. Sie stolperte. Metas Umarmung war wie eine Flugbahn, die man lediglich abfing.

»Es tut mir leid, dass wir lange nicht vorbeigekommen sind«, sagte ich. »Ich war krank, Weihnachten, wir mussten lernen, Wolfgang will die letzten Scheine für die Zwischenprüfung machen …«

Vera sah mich verständnislos an, wandte sich an Meta, als könnte Meta meine Bemerkung erklären. Als wäre Meta, die sie so familiär umarmt hatte, tatsächlich eine alte Freundin und ich ein wildfremder Mensch.

»Willkommen im Haus! Ich wohne unten, schon ganz lange, bin froh, wenn ich nicht mehr allein im Haus bin. Das hast du hier schön gemacht, Wahnsinn!« Metas Blick blieb an den Bildern hängen, eine kurze Desorientierung, so ging es mir jedes Mal bei Vera, als ob ich eine Kulisse betrat, die sich als realer Raum um mich schloss. »Darf ich?«

Vera begleitete Meta, die Hände hinter dem Rücken verschränkt in der klassischen Pose des Ateliergängers. Ich folgte mit Abstand, fürchtete Schlimmes. Wie oft hatte ich mir vorgestellt, Meta das Bild des Waldes zu zeigen, mit einem Stolz, als hätte *ich* diese Landschaft geschaffen. Nun kam sie mir wie ein Eindringling vor, sie machte mich zum Eindringling, wie ich hinter ihr herschlich. Aber auch an dem Waldbild hielt sie nur kurz – sie ließ sich nichts anmerken als die Mühe, ihre Hektik zu zügeln –, und zog weiter, ich hinterher, im Augenwinkel wieder die versteckte Figur. Am Arbeitstisch blieb sie etwas länger stehen, beugte sich vor: »Starke Frauen, das mag ich!« Dabei streifte ihr Blick nur umher. »Beinah zum Anfassen, diese komischen Rüstungen!« Die beiden zogen weiter und ich trat an den Tisch.

Da lag ein Wust aus Papier, vollgekritzelt mit Skizzen, Figuren, deren Haltungen ich schwer deuten konnte, ob stehend, kauernd, purzelnd oder schwebend. Lauter Rückenfiguren, wie ich zu einer geworden war. Ich beugte mich hinab, ob ich mich selbst erkennen würde, und sah, dass die Figuren durchaus Gesichter hatten, nur steckten sie scheinbar in düster glänzenden Panzerkleidern, dunkle Augen spähten hervor, oder war das nur das Schattenspiel im klaffenden Visier? Das musste doch Vera sein – als Geharnischte. Eine Angst-, eine Wunschvorstellung? So genau wollte ich es nicht wissen, wie es um ihre Angst oder Lust bestellt war, so peinlich genau, wie sie es ausmalte. Ausmalte, anstatt die Rüstung abzulegen, sich wehrlos vorzuwagen, dem Anderen entgegen. Das kannte man doch, dazu musste man kein Malergenie sein.

Meta fragte, was wir uns nicht getraut hatten, nach Aussagen und Vorbildern, und Vera hatte Antworten parat, ein höfliches Murmeln über die Bildsprache des Figürlichen.

»Es gab eine Zeit«, sagte Meta, »da wollte ich an die Kunstschule. Aber ich durfte ja nicht studieren. Das war wohl richtig so.«

Vera fuhr zusammen, als wäre das eine Kritik an ihr selbst.

Sie bestand darauf, den Wein mit uns zu trinken. »Auf dich, auf die Kunst, auf die Kulturrevolution im Haus!«, sagte Meta. »Bist du schon unten im Salon gewesen, hast du die Leute alle kennengelernt?«

»Im Salon? Wo die laute Musik herkommt?«

»Ich habe mit Thorsten schon darüber gesprochen. Es soll ruhig mal lauter werden, aber … wir haben hier doch keinen Rave. Seit Thorsten sein DJ-Pult da reingeschleppt hat, ist so ein Pseudountergrundklub daraus geworden, so was Ödes, Kommerzielles …«

»Es hat nichts gekostet«, warf ich ein, »da stand nur eine Büchse auf dem Tresen.«

»Trotzdem kommerziell, *kommerziell* heißt nicht gleich *Geld*. Thorsten ist ein kleiner Spießer, sage ich euch. Ich habe mich schon lange gefragt, als was er sich entpuppt, wenn ich mal weg bin.« Sie grinste. »Jetzt werde ich aber hart durchgreifen. Das ist hier was Besonderes und nichts für Spaßmenschen, die nichts in der Birne haben. Wir müssen sie irgendwie abschrecken. Ein Manifest, ein Geheimbund, Initiationsriten oder so. Ich habe schon ganz große Pläne. Aber erst einmal … ich habe in Israel einen Kurator kennengelernt, der ein Kunstfestival organisiert in einer alten Brauerei, gleich hier um die Ecke. Er hat mich eingeladen, eine Installation zu machen.«

»Bist du also doch Künstlerin?«

»Nicht wirklich. Aber ich habe eine Idee. Ein Raum aus Bienenwachs. Es geht um den Tod.«

»Warum geht es um den Tod?«, fragte Vera höflich.

»Ich habe eine Bienenallergie. Als Kind bin ich an einem Bienenstich fast gestorben. Hör mal – ich könnte mit dem Kurator reden. Willst du nicht ein paar Bilder beisteuern?« Vera schüttelte ruhig den Kopf. »Hast du denn was anderes vor … hast du eine Galerie … stellst du überhaupt aus?«

»In Leipzig habe ich ein paar Mal ausgestellt, musste ich ja.«

»Hier solltest du doch eine Galerie finden können! Ich weiß, heutzutage verstehen die meisten unter Kunst nur noch Monitore mit Neonröhren obendrauf, aber in Berlin ist doch jede Richtung irgendwo vertreten ... Oder willst du gar nicht ausstellen? Malst du nur für dich?«

»Für mich?«

Meta schwieg. Schon wieder Begeisterung verschwendet. Ob Vera sich bitten lassen wollte? Aber Vera wusste selbst, dass es so aussah. Sie starrte uns an, in die Enge getrieben. Wollte uns verjagen, damit wir später wiederkämen.

»Mach, wie du denkst«, sagte Meta. »Jedenfalls ist es schön, Licht zu sehen, wenn ich nach Hause komme. Und ich glaube, du gehörst hierher, habe ich Recht?« Meta zwinkerte Vera zu, küsste sie rechts und links zum Abschied. Vera lächelte uns hinterher, argwöhnisch, bedauernd.

»Eigentlich habe ich für solche Bilder nicht so viel übrig«, sagte Meta auf der Treppe. »Aber – alle Achtung, technisch hat sie ganz schön was drauf. Und ich habe eine Vermutung – aber das erzähle ich dir später mal …«

Es wurde ein langer Abend. Alles, was Meta mitgebracht hatte, wurde auf den Tischen im Salon verteilt: Wein, Olivenöl, Oliven und Gewürze. *Es soll alle werden.* Sie hatte Brot und Käse geholt, die Möbel mitten auf die Tanzfläche gerückt. *Sollen sie auf den Tischen tanzen.* Die Diskokugel abgehängt, ein Tuch über das DJ-Pult geworfen. *Schluss mit Disko. Ich will erst die Disko sehen, in der ich glücklich sterben könnte.* Die in die Ecke geräumten Kelims hatte sie wieder ausgerollt, damit sie barfuß gehen konnte, die hinter den Stoffbahnen zum Vorschein gekommenen Flohmarktfotos ungeduldig von der Wand gerissen. *Nichts Halbes und nichts Ganzes.*

»Das wird schon noch«, sagte ich. *Hauptsache, es gibt was zu trinken.*

Der Wein war so schwer, dass ich dagegen ganz leicht wurde. Mein Missmut – weshalb eigentlich? – löste sich auf. Nach und nach trafen alle ein, Meta schenkte aus und erzählte von Israel, die Leute lösten sich am Tresen ab, verteilten sich an die Tische, stritten sich über Israel und übertrumpften sich gegenseitig, denn Israel war wie Amerika: Alle wussten darüber Bescheid. Jeder hatte einen Friedensplan. Meta erzählte von einer Untergrundszene in Tel Aviv, da sei *unheimlich viel los*, sie habe *viele Kontakte geknüpft.* Nichts mehr vom Attentat, nichts vom Privatarchiv, sollte das nur ich erfahren? Und ich hatte doch gedacht, sie verschweige mir etwas … aber das störte mich nun nicht mehr.

Vera trat an die Bar. Es war schon lange nach Mitternacht. Sie lächelte gelassen, wie frisch aufgestanden. Die anderen ignorierten sie ehrfürchtig, wie die graue Eminenz eines Lokals, die spätabends hereinschneit, um mit der Stammkundschaft ein paar Worte zu wechseln. Im Moment mit niemandem, als wären wir noch keine Stammkundschaft. Ich suchte ihre Augen, sie nickte mir fast unmerklich zu. Meta schließlich warf ihr einen Blick zu, verstohlen-verschmitzt: Da bist du doch. Erzählte ununterbrochen weiter, dass sie einen Raum aus Bienenwachs bauen wolle.

»Aber wo bekomme ich so viel Wachs her?«

Dora kannte eine, die Kerzen machte, sie hatte eine Quelle in Polen. War mal spottbillig, jetzt leider nicht mehr so ganz.

»Ich habe doch ein Budget! Zum ersten Mal in meinem Leben habe ich ein Budget. Also her mit dem guten polnischen Bienenwachs. Nächste Frage: Wie macht man einen Raum daraus?«

Die Frage schien an Vera gerichtet, mit ihrem *technischen Können*, damit sie sagen könnte, als erste Meldung in diesem Kreis: Ich weiß die Lösung. Und alle würden sie bewundern. Aber sie schwieg aufmerksam, als gelte es hier, *ihre* Anerkennung zu gewinnen. Die anderen hatten sowieso Ideen genug. Bausteine formen? Meta schüttelte den Kopf. Die Wände sollten dünn, lichtdurchlässig sein. Platten auswalzen? Das wär's schon eher. Aber sie würden doch gleich zusammensacken. Vielleicht, wenn sie nicht zu groß wären – und mit einem Gerüst ... Ja, das war es, kleinere Platten, in Rahmen eingefasst.

Bielagk erklärte sich bereit, ein Holzgerüst zu zimmern. Nur, wie groß?

»Körpergroß. Wie eine Wabe, aber zum Liegen.«

»Ein Sarg.«

»Ein Sarg ist gut. Es geht ja um den Tod!«

6

Mit dem Wein, dem Öl, den Oliven war am nächsten Tag auch Metas gesunde Farbe verbraucht. Sie habe einfach zu viel geschlafen die letzten Tage, meinte sie zu mir, ob der Berliner Winterschlaf denn immer so schlimm gewesen sei? Irgendwie sei sie noch nicht ganz da.

»Sondern – dort?«

»Nein, leider, hoffentlich nicht.«

»War es so schlimm? War es so schön?«

»Schwer zu sagen. Das ist ein Land von Verrückten. Aber *wir* haben sie verrückt gemacht. Und wahrscheinlich haben die Verrückten mehr Ahnung als wir.«

Sie schwieg eine Weile, wärmte die Hände an ihrer Kaffeetasse. »Weißt du, das war meine erste richtige Reise. Ich dachte immer, was brauche ich außer Berlin? Auch zu Ostzeiten – ich wollte eigentlich nicht *weg*. Sondern nur frei reden können, alles lesen dürfen. Ich wollte, dass die Welt herkommt. So war das dann auch. 1990 sind wir ein paar Mal weggefahren, nach Hamburg, Kopenhagen, nach Paris einmal in Karlas Wartburg – das hat Spaß gemacht. Wobei es nicht unbedingt aufregender als Westberlin war. Aber Israel. Ich wusste nicht, wie doll das sein kann. Dort ist alles völlig fremd, es kommt auf ganz andere Dinge an. Dann kommst du wieder nach Hause und alles hängt mit diesen Dingen zusammen, von denen du vorher nichts geahnt hast. Du denkst, mit dem, was du dort gelernt hast, müsstest du hier etwas anfangen können. Quatsch, was?«

»Warum nicht?«

»Warum nicht. Weil ich viel zu wenig weiß. Vielleicht

sollte ich es gut sein lassen! Was soll ich mich mit den Juden herumschlagen! Wobei … vielleicht war es kein Zufall, vielleicht musste ich nach Israel gehen. Denn, wie gesagt, jetzt scheint alles damit zusammenzuhängen. Mir ist, als könnte ich mit der S-Bahn dorthin fahren. Israel gehört ja sozusagen zu Berlin, das ist Ostostberlin oder die 5. Besatzungszone. Denn Israel gibt es nur wegen des Kriegs und der Krieg ging von *hier* aus. Und schließlich haben die Deutschen auch die Deutschen verrückt gemacht. Wie zu Hause habe ich mich gefühlt … Thorsten erzählte, ihr hättet mir schreiben wollen von wegen: Das Haus wird abgerissen und es kommt ein Wohnkomplex mit Freizeitmöglichkeiten hin – na, da wäre ich einfach in Jerusalem geblieben!«

»Wir wussten nicht so richtig … alle meinten, wir können eh nichts tun – auch, als Vera einfach so eingezogen ist.«

»Was hättet ihr da tun sollen? Es ist ja auch nicht schlimm! Das Haus ist noch da und Vera ist da und ich bin wieder da. Das passt alles, das passt doch alles zusammen … langweilig wird's jedenfalls nicht!«

Sie gähnte, reckte sich anfallartig und schleppte sich hinter den Tresen, wo sie mit verkaterter Gemütlichkeit wieder ausschenkte und Ohrringe bastelte.

Etwas war mit ihr passiert. Der Anschlag? Aber wie fragt man nach so etwas? Wenn ich auch nur sagte: *Du hast dich verändert*, könnte es heißen: *Mit mir ist nichts passiert, du hast einfach ein falsches Bild von mir gehabt*. Nein, so barsch wie Wolfgang würde sie das niemals sagen. Aber wenn, dann hätte sie wahrscheinlich Recht.

Ich hatte gefürchtet – oder mir heimlich gewünscht –, dass sie sich mit Vera krachen würde, Veras dämonisches Genie anerkennen, um sie schließlich auszutreiben. Aber es passierte genau anders herum. Meta hielt sie nicht für ein

Genie, *aber schon ein interessanter Mensch, nicht wahr?* Sie beobachtete sie, als hätte ihr Einzug eine besondere Logik, als lasse Meta sie deshalb gelten, als stehe ihr deshalb zugleich ein Urteil über sie zu. Sie war dabei, Vera einzuordnen. Bei ihr im Salon war immer alles einzuordnen – das war Metas Leistung. Sportlicher Ehrgeiz trieb sie an, und Vera ließ sich ruhig und bedacht auf das Spiel ein. Man darf bei ihr bloß keine Ehrfurcht zeigen, dachte ich. Unsere ungelenke Ehrfurcht hatte sie abgestoßen.

Nun kam sie abends öfter, setzte sich ans Ende des Tresens, vor der Tür. Meta stellte ihr immer wortlos ein Bier hin. Sie verstand es, Menschen im richtigen Moment zu ignorieren. Wie Tiere, denen man die Scheu nehmen will. Einmal sprach Eva Vera auf Russisch an, schüchtern, fast konspirativ, umso erschrockener schaute Vera, als wäre ihr da erst aufgegangen, dass jeder inzwischen ihre Familiengeschichten kannte. Sie antwortete einsilbig und ließ sich danach immer erst sehr spät abends im Salon blicken. So spät kam ich ungern hinzu, wenn alle schon hinüber waren, tief im Gespräch oder in sich gekehrt, und ich sie wie von draußen durchs Fenster sah. Eine längst angelaufene Kraft schien die Runde zu bewegen, mit weit ausholenden Gesten, übertriebenen Mienen, der Redefluss ein einziges Vorbeirauschen, zu sehr angeschwollen, als dass ich noch hineinsteigen könnte. Aber gerade dann, wenn niemand sie bemerkte, kam Vera, setzte sich ans Ufer und zeichnete.

Ob sie ein paar von den Zeichnungen aufhängen dürfe, fragte Meta eines Abends, just in dem Moment, als Vera ihren Block aufschlug. Vera erstarrte. Dann legte sie den Block auf die Bar. »Nimm sie. Ich brauche sie nicht.« Als wäre es ihr peinlich, sich mit unseren Gesichtern Mühe gegeben zu haben. Sie schickte ein entschuldigendes Lächeln hinterher. »Ich habe noch viel mehr.«

Kein Wunder, dass sie so nachlässig damit umging – es

gab so viel davon. Nicht mehr und nicht weniger als das Gesehene. Aber sie fand jedes beliebige Bild sofort. Sie suchte uns ein paar besonders Gelungene aus, Doras Hände, Thorstens Augen, dann ging sie wieder und überließ den Block Meta. Wie immer, wenn Meta ein seltener Stoff in die Hände fiel, wusste sie, was damit zu tun war. Sie heftete sämtliche Blätter an die Wand, Gesichter, Nacken, Schultern, Schatten. Wir saßen im Spiegelsaal der letzten Nächte. Jeder musterte verstohlen die Wände, ob er selbst dabei war, ob er jenes Detail auch gesehen hatte. Und ob die altmeisterlichen Bleistiftskizzen ihre Gegenstände so seltsam mutieren ließen wie mein Porträt mich. Unheimlich war aber nur die Menge: dass diese wenigen Nachtstunden den Raum ganz und gar ausfüllten.

Davor standen nun alle gehörig beeindruckt, wie sie meinten, in Wirklichkeit leicht enttäuscht – sie hatten sich sonstwas davon versprochen. Immerhin: Alle Achtung. Vera gestattete, dass man ihr über die Schulter sah, dabei zeichnete sie noch schneller und grinste wie ein Musiker beim Solo. Ihr Blick glitt daneben – er galt ja nicht einem selbst.

»Veras Stiefmutter, oder was auch immer sie war, soll auch einen Salon gehabt haben, sie ist Bildhauerin und hatte ihr Atelier in Berlin, in Pankow. Freitags hat sie immer die Kollegen eingeladen, die ganze staatstreue Kunstelite, so stelle ich mir das vor. Und Vera hat da auch immer gezeichnet«, sagte Meta eines Morgens, als wir Gläser spülten.

»Das hat sie dir alles erzählt?«

»Ja, ja. Sie fing einfach damit an. Als ob sie mit der Stiefmutter, mit dieser Editha eine Rechnung offen hätte. Editha hat ihr oft geholfen. Aber das war für Vera immer – zwiespältig. Zum Beispiel hat jemand neulich Geld in ihren Briefkasten geworfen, das kann nur Editha gewesen sein, meinte sie. Die aber eigentlich nicht wissen soll, wo sie ist. Das macht sie jetzt ganz verrückt – was das nun bedeuten könnte. Editha war ja stinksauer auf Vera, weil sie von ihrer Koryphäe in Leipzig abgehauen ist. Also ist das Geld nun … eine Machtgeste, ein Versuch, Vera irgendwie zu erpressen? Oder soll es heißen, dass Editha doch alles so in Ordnung findet, dass Vera ruhig so weitermachen soll?«

Eine Machtgeste – das stimmte, dachte ich verwundert. Vera hatte mein Geld angenommen, und das hatte ich für ein Zugeständnis gehalten. In Wirklichkeit hatte sie gar nicht erst an mich gedacht. Ich holte Luft, aber mir gelang nur ein nervöses Lachen. Meta erzählte schon weiter.

»Das erklärt so einiges für mich. Diese Ostintelligenz! Das ist ein ganz spezieller Menschenschlag. Bildungsbürgerlicher als jedes Wessi-Bürgertum. So eine Treibhausatmosphäre. Ich denke nur an Karla mit ihren Orchideen. Und Vera dazwischen, wie ein Tier im Zoo. Von der Natur her ganz fremd. Ihre richtige Mutter war ja eine ganz andere Sorte Mensch, aus dem tiefsten Osten, mit einem Freiheitsdrang. Und väterlicherseits … Aber Vera hatte ja nur Editha. Und sie will letztlich auch immer von ihr gelobt werden. Schon seit sie klein war. Editha muss sie regelrecht vorgeführt haben in ihrem tollen Salon. Weißt du, Vera ist noch gar nicht so alt. Sie ist erst so alt wie du. Noch ganz grün hinter den Ohren.«

Ich lachte wieder, ungläubig. »Ein begabtes Kind«, sagte ich spitz. Als hätte mich Vera mit ihrer Jugend vorsätzlich vor den Kopf gestoßen.

»Ein Wunderkind! Aber daran sieht man, wie schlimm es ist, jemanden so zu dressieren. Sie ist so … gefangen. Als hätte sie noch nie aufbegehrt. Schade, dass sie sich nicht mehr zutraut.«

»Was meinst du?«

»Na ja … sie könnte mal etwas Experimentelles machen.«

»Experimentell? In den ganzen Galerien in der Gegend hier soll doch alles so experimentell sein. Da steht irgendein schwarzer Kasten und soll *den Betrachter zum Nachdenken anregen* – als ob ich sonst nie nachdenken würde. Oder ich darf drei verschiedene Knöpfe drücken und das ist dann *interaktiv*. Aber das Leben ist doch interaktiv. Ich will nicht, dass der Künstler mir *Möglichkeiten anbietet*. Es gibt unendlich viele Möglichkeiten. Der Künstler soll das tun, was ich nicht tun kann. Damit kann ich dann etwas anfangen.«

»Ja, ja … Ich habe mich einmal mit Wolfgang gestritten, er meinte, *Kunst kommt von Können*, heutzutage müsse ein Künstler nichts können und das sei alles keine Kunst. Aber genau darum geht es – sich nicht hinter dem Können zu verstecken … Man *kann* nicht, sondern man *ist*, man *wird* … In Israel haben wir viel darüber geredet, das erste Mal so richtig …«

»Und was ist mit deinem Kunstexperiment?«

»Ich muss erst mit einer anderen Sache fertig werden. Einer Recherche.«

Das sagte sie so tapfer daher wie eine schlechte Ausrede. *Recherche* – das war ein Alibi, sich zu verzetteln, das wusste ich von meiner Fulbright-Arbeit. Dabei freute ich mich doch auf ihr Experiment, ja ich verließ mich darauf, darauf schließlich, dass sie alles tun konnte, was sie wollte … was sollte also all ihr Nichts-Können-Wollen?

»Weißt du noch, den ganzen Quatsch, den ich damals erzählt habe, von wegen *Kunst als Golem*? Wenn ich ehrlich bin, das war nur so dahergesagt. Ich hatte mich nun mal auf diese Israel-Reise eingelassen und gedacht: Jetzt muss ich mich doch endlich mit den Juden beschäftigen. Sonst hatte mich die ganze Pietät immer so abgeschreckt. Mit den *Ideen* anzufangen, gerade mit diesen ganz abgefahrenen mystischen Ideen, das war für mich ein Weg, völlig verkehrt vielleicht, einfach nur *neugierig* sein zu können. Als ich in Israel ankam, sind die Gedankenspielereien erst mal komplett weggefallen. Weil ich da im Laufe eines Vormittags etwas begriffen habe, was vorher durch all die Gedenkrituale für mich so abstrakt und tot war. Tom hat ja diese Omis und Opis interviewt, sie haben noch Deutsch gesprochen, so richtig schön berlinert. Da ist mir plötzlich klargeworden: Das hätten unsere Nachbarn sein müssen. Wir hätten sie beim Bäcker treffen müssen, so normale grantige alte Berliner. Und die Bäckerei hätte ausgesehen wie die gegenüber von der Wohnung in Tel Aviv, wo wir frühmorgens Eierzopf geholt haben. Das habe ich im Altersheim gedacht mit dem Mittelmeer vorm Fenster. Und das Meer, der blaue Himmel, das war plötzlich so eine schreckliche Leere. So … als wäre die Welt auseinandergeklafft und hätte etwas verschluckt. Das habe ich immer stärker gespürt, ich habe versucht, mit Tom darüber zu reden, aber er war so … so politisch drauf. Und es war bei mir einfach so ein Gefühl, oder zwei Gefühle: dass alles so ineinander übergeht, die Straßen in Tel Aviv und zu Hause, und gleichzeitig, viel stärker, diese Leere, diese absolute Entfernung. Das hat mich fast irre gemacht. Bis ich auf das Archiv gestoßen bin, da am theologischen Institut in Jerusalem. Auf diese verrückten Gedanken wieder, bloß hatten sie jetzt einen richtigen Zusammenhang. Aber dazu muss ich noch einiges herausfinden …«

Abends im Salon ließ sie sich über die jüdische Mystik aus. Über das Bilderverbot, das *gar nicht so verkehrt* sei.

»Ein Bild ist immer zu viel und zu wenig. Es ist eine Anmaßung, weil man damit Gott nachmacht. Aber man ist nur ein Mensch, und so ist es immer nur ein Machwerk. Man darf sich kein Bild von Gott machen, streng genommen auch kein Bild von der Schöpfung. *Du sollst dir kein Bildnis noch irgendein Gleichnis machen, weder von dem, was oben im Himmel, noch von dem, was unten auf Erden, noch von dem, was im Wasser unter der Erde ist.* Damit haben sich die

Juden im Mittelalter herumgeschlagen, weil sie ihre Bücher auch so schön ausmalen wollten wie die Christen. Alles Mögliche haben sie sich da einfallen lassen: dass man Menschen darstellen darf, aber ohne Gesichter, nur mit leeren Ovalen, oder umgedrehten Köpfen, die man nur von hinten sieht. Oder mit Tier- und Vogelköpfen! Oder sie haben Bilder ganz aus Schrift gemacht, jede Linie eine Schriftzeile aus winzig kleinen Buchstaben, so ist das Bild eigentlich nur ein Text. Dabei behaupten Kabbalisten, dass gerade die Buchstaben die Bausteine der Schöpfung sind – wenn man sie nur richtig kombinierte, könnte man Welten erschaffen. Bloß: Das bekommt nur Gott so wirklich hin. Ein Rabbi soll ein Kalb geschaffen haben und hat es gegessen, ein anderer schuf einen Golem, einen Menschen, der kein richtiger Mensch war. Und das war's. Sie konnten keine Seele in ihre Bilder hauchen. Hätten lieber bei der Schrift bleiben sollen!«

Sie geriet außer Atem, wie damals im Seminar, forderte die anderen auf, den Spielball zu übernehmen, damit sie sich verschnaufen konnte. Vor allem Vera, das fremde Mädchen, das man, ohne es böse zu meinen, mit Bällen bewirft, weil man mit ihm spielen will. Trau dich! Riskiere was! Vera lächelte schmal, hatte es nicht nötig, sich an fremden Risiken zu messen.

»Was soll das Gerede von Gott?«, fragte Karla traurig. »Seit wann bist du für so was zu haben?«

Religion, das war der *alte Kram*, das war wie Wolfgangs gemeingefährliche Bücherstapel – hatte Meta selbst gesagt, damals im Sommer. Nun hatte sie da einen *richtigen Zusammenhang* gefunden. Einen Gedankensprung gemacht – oder einen Glaubenssprung? Ein Mensch, der Schlimmes durchmacht, sucht Sinn in den verrücktesten Ideen. Aber auch ich war kurz mitgegangen. Du sollst dir kein Bildnis machen – das verstand ich, seit Vera mich gemalt hatte, von hinten, abgewandt, verrenkt beim Versuch, dem Bildverbot beizukommen.

»Das ist doch nur ein Denksystem! Nicht einmal so esoterisch wie Marx.«

»Marx – Marx ist doch Materialist. Das ist ja die große Gabe der Juden – die Ratio, die Skepsis. Sie haben immer wieder versucht, uns vor unserem mystischen Größenwahn zu retten.«

»Marx ist der reinste Messianist. Aber wenn schon! Das gehört doch zu den Menschen dazu. Ihre – Phantasien. Man muss sich darauf einlassen können. Wie soll man sie sonst verstehen?«

»Dann muss ich Marx lesen«, sagte ich, »damit ich euch endlich verstehe.«

Meta war in den nächsten Wochen öfters unterwegs, kam immer mit leeren Händen wieder, brachte keinen Einrichtungsgegenstand, der den Salon verwandelt hätte, nicht einmal einen Mann. Kein Bienenwachs traf ein. Verbissen drehte sie an ihren Silberohrringen. Bielagk hatte Skizzen für die Installation gemacht, sie dankte und legte sie ohne hinzusehen in eine Pfütze auf den Tresen. Von Thorsten ließ sie sich über Verlängerungskabel einen inoffiziellen Internetanschluss basteln und kaufte ihm einen zusammengeschusterten Laptop ab, damit schloss sie sich stundenlang ein. Im Salon räumte sie hin und her und hängte Veras Skizzen auf.

Und Vera zeichnete immer schneller. Ich konnte nicht fassen, dass sie so alt war wie ich, eine Zeitspanne von ungefähr 24 Jahren, 288 Monaten, 1248 Wochen durchlebt hatte. Vielleicht war ihre Zeit eine andere als meine – jede Sekunde hatte sie gezeichnet. Deshalb war ihr Gesicht so fein schraffiert.

»Soll das denn etwas werden?«, fragte Meta mit dem ironischen Unterton, der Vera gut zu tun schien. *Sie nimmt sich selbst viel zu ernst.*

»Nein. Im Moment arbeite ich nicht, ich bin noch dabei, die Papiere von meinem Vater durchzulesen.«

»Sag mal, worum handelt es sich eigentlich bei diesen geheimnisvollen Papieren?«

Wieso fragt ihr sie nicht einfach? hatte Meta gemeint. *Schlimmstenfalls lässt sie euch abblitzen. Was macht ihr alle für ein Theater! Stasi-Akten? Unsinn! Wo soll sie sie herhaben? Man kann nicht einfach fremde Akten anfordern!*

»Fünf Kisten Notizen, das sollte wohl ein Buch werden. Nicht schlecht teilweise, aber ganz schön verschwafelt. Das war einer, der nichts so richtig auf die Reihe kriegte.« Ihre Stimme neutral, um so vernichtender. »Aber vielleicht komme ich dahinter, was mit ihm passiert ist.«

»Ich dachte, er ist gestorben.«

»Wahrscheinlich. Er ist nachts aus seinem Haus in den Wald gegangen, das war Grenzgebiet, da im Harz. Er ist nicht wiedergekommen.«

Zwei Wälder, dazwischen eine lange leere weiße Fläche.

»Wo denn?« fragte ich. »Wolfgang war in –«

»Und du?«, fragte Vera. »Was macht dein Projekt, Meta?«

»Im Moment mache ich auch nur Recherchen.« Sie sah Vera keck in die Augen. »Ich bin auch einer alten Geschichte auf der Spur. Da komme ich noch auf dich zurück!«

Vera presste die Lippen zusammen. Vorsicht, dachte ich, Vorsicht, wollte ich Meta sagen, und wusste doch nicht, wie. Du verstehst nicht, wie so ein Mensch tickt, du darfst sie nicht bedrängen. Man müsste ganz anders herangehen. Aber wie, das wusste ich auch nicht. Ich wusste nur, wie gern ich in den Papieren hätte blättern dürfen: Stoff, nah und fassbar geworden. Schnee, Wald, Wasser.

»Wie heißt der Ort, wo Veras Vater lebte?«, fragte ich Wolfgang am nächsten Tag.

»Weiß ich doch nicht.«

»Er soll im Harz gewesen sein.«

»Im Harz? Das gibt's nicht!« Er sprang auf, rannte die Treppe hinunter und lief über den Hof bis zur Tür des Gartenhauses. Dann kehrte er um.

»Sie weiß, dass ich im Harz an der Grenze stand«, sagte er geknickt. »Wenn sie mir nichts erzählen will, dann wird sie wohl ihre Gründe haben.«

Ein paar Tage später, als ich von der Uni kam, warf Meta gerade einen großen Umschlag in Veras Briefkasten.

»Warte –«, sagte ich, aber um meine Bedenken zu begründen, hätte ich die Geschichte mit den tausend Mark erzählen müssen. Das konnte ich nicht, mich zu einer solchen Geldsumme bekennen. Und der Umschlag war schon im Briefkasten verschwunden.

»Vera ist gerade nicht da. Aber ich habe endlich gefunden, was ich gesucht habe. Ich muss es unbedingt jemandem zeigen – komm, ich zeige es dir!«

Auf ihrem Arbeitstisch waren Papiere ausgebreitet, alte Stadtpläne, Fotokopien aus Büchern, Zeitungen und Typoskripten. Die letzten Wochen habe sie im Archiv verbracht. Ein wenig bekanntes Archiv der jüdischen Gemeinde, das schon zu Ostzeiten existiert habe, da sitze ein uralter Archivar mit langem weißen Bart. Sie hielt mir eine Dissertation hin, Freie Universität, 1979, *Ostjüdische Glaubensgemeinschaften in Berlin, 1890–1938*. Ein Satz war gelb angestrichen und mit Ausrufezeichen versehen:

Im Gartenhaus der G…straße 18 (Nachkriegsnumerierung: C…straße 24) lebte der Wunderrabbi Mordechai Grynberg…

»Du glaubst gar nicht, was ich da für Sachen gelesen habe, völlig irre. Wenn auch nur die Hälfte stimmt. Wenn nicht, ist es auch total abgefahren – was die Leute sich ausdenken. Jedenfalls bin ich mir sicher: Das hier ist *Veras* Haus. Sie will nur nichts sagen. Sie will das Haus nicht zurückbekommen. Sie will einfach hier sein. Aber ob sie alles weiß? Mit dem Wunderrabbi? Ich habe ihr ein paar Sachen rauskopiert, so kann sie alles in Ruhe lesen. Und dann schauen wir bei ihr vorbei. Jetzt muss ich noch einkaufen, bis später.«

»Warte –« Die Haustür fiel ins Schloss.

Du kommst wieder nach Hause und alles hängt nur noch mit diesen Dingen zusammen … Wunderrabbis, Geschichten, auf die sie kein Recht hat, dachte ich – aber auch ich wollte, dass die Geschichte wahr wäre, wollte Ethan schreiben können, dass im Haus ein Wunderrabbi gelebt hatte und wir uns um sein Andenken kümmerten. Je länger ich überlegte, desto unklarer schien mir, wer worauf welches Recht hatte.

Ich beschloss, auf jeden Fall zu Vera mitzugehen, wenn auch nur, um irgendwie das Schlimmste zu verhindern. Aber Vera kam erst sehr spät wieder, als Meta schon schlafen gegangen war.

Am nächsten Morgen klingelte Meta bei mir und fragte, »Wollen wir?«

»Aber Vera arbeitet sicher … Sie schläft …«

Ich wollte alles noch einmal gut durchdenken, aber schon standen wir bei Vera vor der Tür. Meta musste dreimal klingeln, immer länger, übermütiger. Das Guckloch schlug auf. Ich hatte keinen Schritt gehört, auch das Scharren der Klappe nicht. Rasch wurden ein, zwei, drei Schlösser entriegelt. Vera lächelte, lachte fast, als seien wir glücklicherweise nicht die, die sie erwartet hatte.

»Wollt ihr einen Tee trinken?«

Eins nach dem anderen hielt sie die Gläser mit den metallenen Haltern unter den Hahn des Samowars, das kochende Wasser bespritzte ihre Finger, und sie verzog keine Miene. Eine Hand war verbunden, schien sie aber nicht zu schmerzen. Sie trug die Gläser durch das Atelier ins Schlafzimmer, wo ihr Teeglas und ein voller Aschenbecher auf dem kleinen runden Messingtisch standen. Daneben lag ein Haufen Kissen. In der ganzen Wohnung herrschte penible Sauberkeit, keine Papiere lagen mehr herum, keine Skizzen, im Atelier stand eine grundierte Leinwand auf der Staffelei, daneben lehnten zwei Leinwände zur Wand gekehrt. Das Waldbild war abgehängt. Die Wohnung war unbeheizt, ein Fenster stand offen. Die sonst dichten Gerüche hafteten nur noch brenzlig an den Oberflächen. In Veras Gesicht lag zum ersten Mal seit Wochen eine Spur von Müdigkeit. Sie ist wieder runtergekommen, dachte ich. Sie setzte sich in einer langsamen Bewegung, samuraigeschmeidig, und winkte uns heran. Meta warf sich genüsslich hin, sie saß mit Vorliebe auf dem Fußboden.

»Hast du die Sachen eigentlich gelesen? Die ich dir in den Briefkasten geworfen habe? Ich habe auch eine Kopie dabei.« Sie holte sie hervor und reichte sie Vera.

... lebte der Wunderrabbi Mordechai Grynberg und empfing seine Anhänger. Vera las laut zu Ende, sah Meta kurz an, ein strenger Blick, der auf einen frech neugierigen traf. Langsam senkte Vera wieder den Kopf, tiefer, als notwendig gewesen wäre, um das Ganze noch einmal durchzulesen, und schaute wieder hoch, noch strenger.

»Und du denkst, das hat etwas mit mir zu tun?«

»Ich frage, ob es mit dir zu tun hat.« Vera zog langsam an ihrer Zigarette, so konnte sie ihr Gesicht um so skeptischer verziehen. »Natürlich *muss* Grünberg kein jüdischer Name sein ...«

Vera lachte auf: »Der Name ist höchstwahrscheinlich erfunden. Da muss ich wohl die ganze Geschichte erzählen.« Sie drückte die Zigarette aus, richtete sich im Schneidersitz auf und drehte eine neue, vollkommen darauf konzentriert, als sei dies die Geschichte. Da die Zigarette ihr wie immer gut gelang, blickte sie beherzt wieder auf.

»Mein Vater war Kriegswaise. Ein russischer Offizier hat ihn gefunden, hier in der Gegend irgendwo. Er war angeblich in einer Geheimkammer versteckt, mit Wasser und Zwieback, er war vielleicht zwei Jahre alt. Der Offizier war Jude, aus Estland, seine ganze Familie ist dort umgekommen. Er hielt den Jungen für einen Juden – denn warum hätte man ihn sonst versteckt? – und hat ihn adoptiert. Der Offizier hieß allerdings Dumesch. Wo der Name Grünberg herkommt, ist völlig unklar. Ob mein Vater wirklich so hieß, ob der Offizier ihm den Namen gab, ob er den Namen später bekam, als er dem Offizier weggenommen wurde, irgendeinen jüdisch klingenden Namen, irgendeine Geste, ein Witz vielleicht … Ja, der Offizier ist nach Russland zurück, wohl in ein Lager gekommen. Mein Vater wurde nach Berlin ins Heim geschickt. So hat das meine Großmutter erzählt. Darum geht es auch in seinem ersten Roman – aber alles nur so halb. Das Kind ist irgendein deutsches Kind, der Offizier ist irgendein heldenhafter Rotarmist. Nichts mit Juden, nichts mit Gulag. Solche Themen waren damals nicht so beliebt. Jedenfalls: Ob ich *jüdisches Blut* habe, kann ich mir wohl aussuchen. Wie es mir passt.«

Und wie passt es dir?, könnte Meta fragen, fürchtete ich, denn Veras Ton war aufgeräumt. Zu aufgeräumt, das schien auch Meta zu spüren. »Und in seinen Papieren?«, fragte sie zögerlich. »Hast du gefunden, was du gesucht hast?«

»Ach. Was er sich alles zusammengesponnen hat. Es geht da um alles Mögliche. Bis hin zu den alten Germanen.«

»Ich dachte, du hättest Hinweise gefunden – was mit ihm passiert ist.«

»Ach Quatsch. Da ist nichts. Das könnt ihr mir glauben.

Das ist ein historischer Roman. Mönche. Kaiser. Der deutsche Wald. Die Slawen. Akribisch recherchiert, bis ins letzte Detail. Schön beschrieben, weiter nichts. Es sind lauter Anfänge. Skizzen. Völlig unklar, worauf er hinauswollte. Keine neuen Erkenntnisse, keine Enthüllungen, keine Botschaft. Vor allen Dingen über ihn nicht. Höchstens über seinen Geisteszustand. Das war nur ein harmloser Spinner. Schaut euch das selbst an. Ihr werdet auch nicht schlau daraus!«

Sie war aufgesprungen, stand an der Ateliertür und sah uns auffordernd an. Wir standen auf, ich so widerwillig wie vorhin, als Meta die Treppe hochgestürzt war: Was in den Kisten lag, könnte eine Peinlichkeit, könnte eine Offenbarung sein, keine Frage, ich wollte es sehen, aber doch nicht *so*.

»Sie waren doch …« murmelte Vera, ratlos am Ofen, wo die leeren Kisten standen. Auf der breiten Lehne des grünen Sessels daneben stand noch ein Aschenbecher, als habe sie gerade eben gesessen und gelesen – aber von Papieren keine Spur. Einmal, zweimal lief sie durch alle Räume, wir hinterher, sie mit stumpfem Blick, als kannte sie sich hier gar nicht aus. Zu gehemmt, wegen uns, für die üblichen sinnlosen Suchrituale – unter dem Bett, im Kühlschrank, hinter dem Klo. Sie sah uns ratlos an.

»Ich habe sehr tief geschlafen, da hätte jeder …«

»Aber wer sollte sie denn …?«

Sie atmete tief durch. »Am besten, ich suche noch einmal. Wenn ihr fragen könntet, ob jemand etwas gesehen hat – ob fremde Menschen im Haus waren.«

»Aber sie hat sie doch selbst verbrannt«, sagte Karla wenig später im Salon. »Gestern, sie saß die ganze Nacht am Ofen. Ich wollte nicht unbedingt etwas sagen.«

Wieder stürzte Meta die Treppe hinauf, ich hinterher,

wieder klingelte sie Sturm. Diesmal eilte Vera gleich zur Tür. Meta marschierte an ihr vorbei ins Atelier: Vera hatte die Bücherregale ausgeräumt, die Leinwände zur Seite geschoben, sicher noch absurdere Suchmaßnahmen ergriffen, aber wie sie zwischen den Bücherstapeln stand und uns ansah, sah sie nicht lächerlich aus, sondern als würde sie eine dringende und gerechtfertigte Frage stellen.

»Kann es sein«, sagte Meta, »dass du sie selbst verbrannt hast?«

Sie ging vor dem Ofen in die Hocke und öffnete die Klappe. Darin lag ein Stoß schwarzer Blätter, die im Luftzug zitterten. Angesengte Pappe, geschwärzte Metallrippen.

»Tatsache«, sagte Vera und ließ sich in den Sessel fallen. Ihr Gesicht war schweißnass, sie versuchte, sich eine Zigarette anzuzünden. Meta griff nach dem Feuerzeug, das auf dem Ofenblech lag, und hielt Vera die Flamme hin.

»Jetzt sag doch bitte, was hier los ist.«

»Das hat nicht ganz gestimmt, was ich vorhin erzählt habe. In den Papieren stand so einiges, wenn man zwischen den Zeilen las. Über meine Mutter, meinen Vater. Es ist mir ziemlich klar geworden: Auch mein Vater ist über die Grenze gegangen.«

»Aber warum hast du nur alles verbrannt?«

Vera hatte sich nach vorne gebeugt, aschte auf den Fußboden und starrte vor sich hin, als hätte sie Meta nicht gehört. Dann sagte sie mit fester Stimme:

»Die Papiere dürfen denen nicht wieder in die Hände fallen. Sie dürfen ihm nicht auf die Spur kommen.«

7

An den Vorfall dachten wir immer wieder zurück, so oft, als täten wir es gern.

»Sie ist krank«, sagte Karla, »paranoid, wahrscheinlich manisch-depressiv veranlagt, und die Akten haben ihr den Rest gegeben. Das wird verheerend sein, sage ich euch, wenn alle anfangen, ihre Akten anzufordern. Nicht jeder kann mit so was umgehen.«

Als Veras Satz gefallen war – *Sie dürfen ihm nicht auf die Spur kommen* –, war all Metas Souveränität auf einmal verschwunden. Sie hatte die Flucht ergriffen, saß später geknickt am Tresen und meinte, die Worte seien an sie gerichtet gewesen, sie sei für Vera eine von *denen.* »Ich habe das Ganze eingebrockt. Ich bin ihr zu dicht auf die Pelle gerückt. Ich hätte gleich ahnen müssen, dass Vera ein Seelenleiden hat.«

Wir hatten es auch geahnt, hätten es Meta sagen müssen, aber wie? Sich so klinisch auszudrücken wie Karla schien verkehrt. Vor allem, als Meta und ich am nächsten Tag an Veras Bett standen. Wir hatten mehrmals geklingelt, dann die Tür probiert. Sie war nicht abgeschlossen, und als wir sie öffneten, schlug das Fenster im Atelier zu. Meta fluchte, ging ans Fenster und schloss es. Wie sinnlos, dachte ich, gelähmt. Durch die Schlafzimmertür sah ich die stille Form unter der Bettdecke und wusste, ich hatte von Vera nichts verstanden, nichts verstehen wollen, ich wusste, dass Vera tot war. Aber Meta schritt auf sie zu, als wäre das undenkbar. Vera drehte sich langsam um und sah Meta verständnislos an, als sie erklärte, dass wir uns Sorgen machten.

Schließlich richtete sie sich auf und zündete eine Zigarette an.

Inzwischen habe sie sich halbwegs ausgeschlafen, das sei die Hauptsache, in gewissen Phasen schlafe sie sehr wenig und müsse das eben nachholen. Sie klang höflich, aber ich sah ihr die Anstrengung an, ihr Befremden gegenüber den Menschen, die sich berufen fühlten, sich in fremde Angelegenheiten einzumischen. Eine gnadenlose Mehrheit, die es auch noch gut meinte – Vera dagegen die bedrängte Einzelne, bemüht, ihre Würde zu bewahren.

»Ich brauche meine Ruhe. Eine Woche, zwei Wochen noch. Dann bin ich fit. Okay? Ich will jetzt allein sein.«

Meta sagte nur: »Nein. Geht nicht, tut mir leid.«

»Keine Sorge, mir passiert nichts.« Das klang nicht zuversichtlich, eher resigniert.

»Spinnst du eigentlich? Du kannst nicht einfach in der unbeheizten Wohnung herumliegen mit nichts als einer vergammelten Banane in der Küche. Bist du überhaupt in der Lage zu heizen?«

Vera überlegte. »Nein«, sagte sie schließlich.

»Wir machen das für dich. Wolfgang trägt die Kohlen. Wir bringen dir etwas zu essen.«

Das war eine Feststellung, kein Angebot. Vera sah mich an, ganz kurz, dann Meta.

»Ich mache das schon.« Meta ging ins Atelier und kniete vorm Ofen. »Guck mal«, sagte sie, als sie die Klappe öffnete, »man sieht die Schrift noch.«

Ich beugte mich vor und sah sie einen Augenblick schwarz auf schwarz, dann lösten sich Blättchen im Luftzug und stiegen in den Kamin. Meta stocherte wütend in dem Haufen.

Die Lösung wurde im Haus begrüßt: Wir hatten alles im Griff, es blieb in der Familie. Denn Vera war nun Familie und ihre Geschichte gehörte uns. Nur Karla wiederholte: »Vera ist krank. Sie gehört in ärztliche Behandlung.«

»Ja, ja«, sagte Meta, »immer gleich für verrückt erklären. Immer gleich wegsperren wollen, die ›Unnormalen‹. Das haben sie damals mit mir gemacht, und das hättest du auch in Ordnung gefunden, brauchst gar nicht so zu tun.«

»Klar, wenn ich so was Hirnrissiges hätte mit ansehen müssen …«

»Brauchst nicht hinzugucken!«

Ich fürchtete, dass Karla Recht hatte. Auch mir war als einziger klarer Gedanke nur dieser Satz eingefallen: *Sie braucht ärztliche Hilfe.* Sprich: nicht unsere. Uns ging das alles nichts an, ihre Traumata, ihre gestörte Wahrnehmung, die Gefahr für sich oder andere. Für Menschen wie Vera gab es Experten. Selbst wenn wir sie noch so gut gekannt hätten, jeder Fachmann hätte sie besser gekannt. Diese Sicht vereinfachte die Dinge. Sie war aber auch, ich sah es ein, untragbar. Auf der einen Seite wir, auf der anderen Seite Ärzte, Fesseln, kahle Gänge. Natürlich musste ich uns den Ärzten vorziehen. Dabei hatte ihr Blick mich gewogen und für zu leicht befunden. Ich hatte mich erkannt gewusst, ohne jegliche Wertung, als jemanden, dessen Fähigkeit zu helfen sehr begrenzt war. Das Gefühl war mir von Ethan her vertraut, der Blick, so müde und geübt.

Ethan war im zweiten Studienjahr auf einmal verschwunden, da erst hatte ich erfahren, dass er in Behandlung war. Mir hatte er nichts gesagt, keine Chance gegeben. Also versuchte ich gar nicht erst, ihn in der Klinik zu besuchen, und hinterher sprachen wir selten darüber. Ich wollte nicht wissen, wie man ihm geholfen hatte, mit welchen Methoden oder Substanzen, über die ich als Laie nicht verfügte, ich konnte es mir nicht vorstellen, dass es *dafür* Tabletten gab. Das stellte viel zu viel in Frage.

Meta brachte Suppe, Vera hob den Kopf und ließ sich

füttern. Dann schlief sie. Einmal blieb Meta so lange, bis Vera wieder wach wurde. Nie habe sie solche Augen gesehen – wie ein Tier, in seiner Höhle überrascht, wie der Mensch im Horrorfilm, der sich plötzlich verwandelt: Ich muss dich leider umbringen. *Da bin ich aber froh, dass Karla ein Auge auf uns hat, von ihrem Beobachtungsposten da oben!*

»Ich glaube, Vera hat mich für ihre Stiefmutter gehalten, zu der sie ja so eine schwierige Beziehung hat. Editha hat viel für sie getan, das muss man sagen. Nachdem Veras Vater verschwunden ist, ist ihre Großmutter auch noch gestorben. Da hat Editha sie adoptiert. Hat Vera dann an ihren eigenen Kunstprofessor vermittelt, diese Leipziger Koryphäe. Ich muss zugeben, ich hatte deswegen mit Vera ein Problem. Weißt ja, für unsere kulturelle Elite habe ich nicht so viel übrig. Aber vielleicht waren solche Leute noch schlimmer dran als wir Proleten. Gerade die Kinder. Also, Editha und der Prof haben Vera geschützt. Vor der Klapse vor allen Dingen. Ist ja richtig so. So eine Ostklapse würde ich meinem schlimmsten Feind nicht antun. Ich kann so was ab. Sie wäre draufgegangen. Sie braucht vor allem jemanden, der zuhört. Was sie für wirre Sachen erzählt! Nicht die Art, wie sie erzählt, das ist ganz realistisch, sachlich. Wie sie malt eben. Aber *was* sie erzählt, das sind Zeit- und Raumebenen, die nicht stimmen können. Im Grunde auch so, wie sie malt. Der Vater ist der Vater und geht nach drüben. Der Vater ist Kind und ist versteckt. Alles fällt zusammen. Deswegen war es so fatal, wie ich ihr diese Grynberg-Unterlagen zugesteckt habe, die ganze jüdische Geschichte. Sie hat da ihren Wodka gesoffen und gelesen und nur eins verstanden: Irgendwer will ihren Vater auffliegen lassen. Sie muss alles vernichten, was irgendwie mit ihm zu tun hat. Und jetzt macht es sie fertig, dass alles weg ist.«

Blass, wie verkatert, saß Meta da. Ich hatte gekocht und

sie hatte das Essen kaum angerührt. Sie würde fragen, ob sie auf dem Kanapee schlafen könnte, dachte ich, ich überlegte schon, wo die frischen Decken lagen. Aber sie stand auf und ging nach Hause.

»Die Stiefmutter hat immerhin zu ihr gehalten«, sagte Wolfgang. »Die anderen sind ja alle abgehauen. Die Mutter, der Vater – *da rüber* zu wollen? Waren sie bescheuert?«

Da rüber – ich wusste, welches *Da* er vor Augen hatte, das Bodetal, die Landschaft mit ihren tödlichen Fallen.

In Veras Gegenwart gab er klein bei, als könnte sie ihn jederzeit ausfragen, ja angreifen wegen der Grenze. Als wünschte er es sich sogar – denn er konnte die richtigen Fragen nicht stellen. Aber sie tat es nicht. Sie hatte sogar das Waldbild abgehängt, er hatte nicht überprüfen können, ob dort tatsächlich eine Figur stand. All das machte ihm zu schaffen. Dass sie nicht mit ihm über den Harz reden wollte, dass sie diese Verbindung zwischen ihnen verschwieg – aber er durfte nicht verletzt sein, denn schließlich war sie krank.

Er heizte ihre Öfen und trug den Müll hinunter. *Sie weiß ja, dass sie mit mir reden kann. Sie redet lieber mit Meta.*

»Nimm's nicht übel«, sagte Meta. »Sie tut dir nicht gut, meint sie. Das ist wohl öfter vorgekommen. Dass sie Menschen nicht gut tut.«

»Und tut sie dir gut?«, fragte Wolfgang.

Vera hatte sich immerhin bei Meta entschuldigt, falls sie manchmal *komisch reagiert habe*. Und Meta hatte sich inzwischen wieder gefasst, verschlang Nudeln an unserem Küchentisch, wie passte nur so viel Essen in ihren schmalen Körper, fragte ich mich. Es war wie gleich aufgezehrt von ihren hektischen Gesten, als sie die Gabel niederlegte und zu erzählen begann.

»Ich glaube, ihren Blick habe ich auch falsch verstanden. Das ist eher so ein Erkennen. Ja, manchmal sucht sie, ganz lange, und sieht nichts, und dann auf einmal, wenn ich da stehe, scheint sie mich wieder zu erkennen, aber nicht als *ich*, sondern – wisst ihr, Vera hatte eine Schwester, Halbschwester eigentlich. So reime ich mir das wenigstens zusammen aus dem, was sie in ihren … Phasen … erzählt. Wie gesagt, alles geht zeitlich und räumlich durcheinander. Aber immer wieder taucht eine Eli auf. Vera kann sie nur einmal gesehen haben. Sie war damals ein kleines Mädchen, und die Schwester war noch kleiner. Der Vater ist mit seiner neuen Familie gekommen, also mit Editha und Eli, und hat sie in Wünsdorf besucht. Vera hatte vorher nichts von ihm gewusst. Ihre Mutter war ja nach Drüben gegangen, sie hatte niemanden außer der Großmutter. Also plötzlich doch Vater und Schwester – und dann gleich wieder verschwunden. Der Vater mit der Schwester oder der Vater, dann die Schwester, oder andersherum.«

»Wo genau, wann war das, wann sind sie verschwunden?« fragte Wolfgang, immer erregter, als fände er, dass das keine Art sei, eine Geschichte zu erzählen.

»Das ist es eben, das kann man schwer sagen. Das ist wieder so ein Riss im Zeit-Raum-Gefüge.«

Ob sie ihn verarschen wolle, schien er fragen zu wollen, schwieg aber.

»Jedenfalls hatte sie wieder *gar nichts*. Nicht einmal die Großmutter, sie ist dann auch bald gestorben. Aber plötzlich diese Stiefmutter – die selbst nichts mehr hatte. Ich glaube, Vera hatte schreckliche Schuldgefühle ihr gegenüber. Sie fühlte sich verantwortlich für das, was passiert war. Das Gefühl lässt sie auch jetzt nicht los. Und letztes Jahr hat sich so ein Typ aus dem heiteren Himmel gemeldet und ihr die Akten ihres Vaters angeboten. Da hat sie gleich –«

»Wie, angeboten?«

»Irgendein Antiquar aus der Gegend. Keine Ahnung, wo er sie herhatte. Ich möchte gar nicht wissen, was für krumme Geschäfte mit den ganzen Akten laufen. Mit den Geschichten der Menschen, all den traurigen Geschichten … Jedenfalls ist sie hingefahren und hat sie ihm abgekauft. Beziehungsweise, sie hat ihm ein Gemälde dafür gegeben. Ein großes, schönes. Er musste sogar ein bisschen Geld draufschlagen. Ich glaube, sie kann knallhart verhandeln, wenn es sein muss. Das war ihre Art, sich ja keine Blöße zu geben. So zu tun, als könnte sie mit den Papieren nicht so viel anfangen. Dabei waren sie ihr wahnsinnig wichtig. Als könnte sie damit ihre Schuld gegenüber Editha abtragen. Aber Editha wollte nichts davon wissen. Nichts von irgendwelchen Geschäften mit zwielichtigen Antiquaren, überhaupt nichts von den ganzen Vergangenheitsgeschichten. Sie haben sich furchtbar verkracht und seitdem keinen Kontakt mehr gehabt. Bis auf das Geld im Briefkasten.«

»Vielleicht war das Geld gar nicht von Editha.«

Ihr Erzählfluss stockte, als wäre das eine Mutmaßung zu viel und verderbe ihr die eigene Spekulierfreude.

»Jedenfalls«, fuhr sie kleinlaut fort, »sie erzählt mir immer wieder – gar nicht so, als sollte ich mich schuldig fühlen, sondern einfach weil … weil ich nun einmal damit zu tun habe – dass sie daliegt und versucht, diese Papiere wieder vor sich zu sehen. Und den ersten Roman von ihrem Vater, *Nach Berlin*, den hat sie mit verbrannt. Als müsste da alles stehen, was sie wissen will, nur hatte sie es vorher noch nicht verstanden. Weil es *zwischen den Zeilen stand*, sagt sie. Vielleicht ist es dann egal, ob die Zeilen noch da sind. Sie sucht nach dem Vater, nach der Mutter – aber das ist eher etwas Bewusstes, so wie man sich Geschichten ausdenkt. Vor allem sucht sie die Schwester. Und die Schwester *sieht* sie manchmal. Wenn man vor ihr steht, und sie die Schwester sieht, dann ist man die Schwester.«

»Du«, sagte ich. »Nicht *man* – *du*.«

»Seltsam, ich habe mir nie eine Schwester gewünscht, ich habe es so genossen, meine Mutter nur für mich zu haben. Ich hatte keine Vorstellung von einer Schwester. Und jetzt auf einmal – jemand, die dir vielleicht sogar ganz fremd ist, mit der du aber einfach *verbunden* bist, rein durch Zufall oder Schicksal, ein Aufeinander-angewiesen-Sein ...«

»Ich hatte auch keine Vorstellung.«

Wolfgang stand auf, ging ins Nebenzimmer, stapelte Bücher hin und her. Waren ihm solche Weibergespräche peinlich? Als Meta sich verabschiedet hatte und ich zu ihm hereinging, hörte ich sein leises Fluchen und roch seinen Schweiß: Wut oder Angst.

In der Nacht fragte er immer wieder etwas, was ich nicht verstand, worauf ich so oder so nicht hätte antworten können, denn er fragte im Traum, und in seinem Traum war ich nicht vorhanden.

Als ich morgens aufwachte, schien er längst wachgelegen zu haben. »Das war ja die große Angst«, sagte er unvermittelt. »Wir standen wegen dieser Angst da. Dass jemand rübermacht – und dann der Nächste und dann der Nächste. Die Mutter – der Vater – die Schwester. Als würde es nie mehr aufhören. Manchmal träume ich, ich soll alle Tiere abschießen, die über die Grenze gehen. Rehe, Füchse, Hasen. Der Vorgesetzte sagt: ›Wenn ein dummes Reh es hinüberschafft, dann schafft es jeder, wo kämen wir da hin?‹ Und es kommt mir absolut logisch vor. So logisch, dass ich kotzen muss.«

Metas Haare wuchsen wieder: blond. Mit den kurzen hellen Haaren schien ihr Gesicht breiter, kindlicher. Sie war wieder jemand anders. Veras Schwester? Sie probierte es aus.

Ich hatte Bedenken, ich nahm es ihr übel – aber sie sprach doch so offenherzig darüber. So müsse man das immer machen, meinte sie, so lasse es sich mit den verrücktesten Sachen leben.

»Dass die Leute immer so ein Geheimnis aus ihren privaten Geschichten machen! Am Ende sitzt so ein Mädchen da und liest zwischen den Zeilen, die es gar nicht mehr gibt. Bloß weil keiner in ihrer Familie in der Lage war, vernünftig mit den anderen zu reden. Das ist ja so typisch Osten. Einerseits hattest du da keine Privatsphäre. Der Staat hat sich dauernd eingemischt, in der Arbeitsbrigade die Eheprobleme geregelt, gehorcht, ob irgendjemand abhauen will – wer depressiv war, wurde gleich wegen sonstwas verdächtigt. Und verdächtigt wurdest du auch von den Menschen, die dir am nächsten standen. Gerade das hat die Menschen so verschlossen gemacht. In meinem Umkreis haben sich lauter Tragödien abgespielt, wenn ich zurückdenke. Nur habe ich das damals nicht so wahrgenommen. Was weiß ich, was die Leute alle hatten – Kriegs-, Vertreibungsgeschichten, man sprach nicht darüber. Leute sind abgehauen, und es war, als hätte es sie nie gegeben. Sie stellten Ausreiseanträge, und es war, als gäbe es sie schon nicht mehr. In der zweiten Klasse, eine Freundin von mir, die Mutter wollte mit ihr ausreisen und auf einmal war es, als lebte sie schon hinter der Mauer. Man hätte sich *menschlich* öffnen müssen, gerade bei all den Traumata, Krieg, Vertreibung, Schuld – stattdessen hat man alles in sich reingefressen, sonst gab's nur den Pranger. Gerade in der Klapse, komischerweise, habe ich endlich versucht, es hinzukriegen, dass man sich gegenseitig öffnet. Ich meine, *ich* hatte es nicht so nötig, ich war Gott sei Dank noch ganz klar in der Birne und nur zur Strafe dort, aber ich dachte, wenn ich schon mal da bin unter lauter Mädchen, die an sich und an der Scheißgesellschaft leiden, richtig leiden, da kann ich versuchen, mit denen zu reden. Und das hat geholfen, viel mehr als die schrecklichen Therapien, da bin ich mir sicher. Mich hat es auch unheimlich bereichert. Diese Welten der anderen, die teilweise schrecklich waren, teilweise ... genial. Jedenfalls machten sie in der Enge, in der wir da in dem Scheißstaat lebten, ganz neue Räume auf. Und eine Verbundenheit unter uns, auch wenn jeder sozusagen auf seinem eigenen Planeten lebte. Man beamte sich zueinander ... Ich kam da raus aus der Klapse und ging erst recht zu den Punkern, ich hatte ja vorher nur die Haare so und die Musik und so ne Jacke mit Sicherheitsnadeln, und wir waren nur drei, vier in Doberlug, aber da erst hatte ich eine Vorstellung, wie so eine Gemeinschaft sein könnte, ja, so ein eigenes Planetensystem jenseits der Gesellschaft. Und ich bin nach Berlin.«

Bald war Vera wieder auf den Beinen. Sie zeigte sich auch gleich wieder im Salon, damit hatte niemand gerechnet: verlegenes Schweigen, man wusste nicht, wovon denn reden, wenn man von Vera nicht mehr reden konnte. Vom Tresen aus blickte sie ruhig in die Runde, als könne sie jede Peinlichkeit einfach aussitzen. In ihrem Blick lag eine schwer erkämpfte Milde. Demut – wir hatten sie für Hochmut gehalten. Sie kam nun öfter. Ihre Aufmerksamkeit war angenehm, versprach, alles festzuhalten. Aber sie zeichnete nicht mehr. Wir beäugten das Zuviel der Zeichnungen an den Wänden, die wir nun als Symptom einer Krankheit deuten mussten oder doch – viel lieber – als Zeugnisse eines für uns unerreichbaren Bewusstseinszustandes. Wie sah es denn dort aus, wo Vera gewesen war? In ihrem – so Karla – *manischen Zustand*. Oder im *Riss im Zeit-Raum-Gefüge*.

Man brauchte nur zu fragen. Meta tat es. Weil es Unsinn sei, um den heißen Brei herumzureden. Sie könne sich vorstellen, meinte sie zu mir, wie es in Edithas Salon zugegangen sei: Vera, das Wunderkind, wird vorgeführt, wenn sie artig ist, und versteckt, wenn sie allzu wunderlich wird. Mit den besten Absichten. Edithas Generation weiß kein besseres Werkzeug als das Schweigen, keinen anderen Weg, in ihren zerrütteten Verhältnissen nicht selbst durchzudrehen. Editha tut so, als ob nichts wäre. Denn Vera leidet an einer Krankheit, die als Schande gilt, ja die Volkskrankheit Depression ist ein Verrat an der sozialistischen Utopie, der Abfall von deren manischer Verblendung. Und die Manie eines Einzelnen trotzt dem Größenwahn der Gesellschaft.

In solchen geistig verkrüppelten Ostkreisen, so Meta, hatte Vera sich in Leipzig immer noch bewegt. Kein Wunder, wenn ihr vorgeworfen wurde, mit ihren Abstürzen schade sie anderen. Aber es gebe doch nichts, dessen man sich schämen müsse.

Also fragte Meta danach, so sachlich wie nach Arbeitsmethoden oder Reisegeschichten. Erzähl mal, wo du gewesen bist. Wie es war. Wie es ist, nicht schlafen zu müssen. Und dabei jeden Augenblick festzuhalten, alles gestochen scharf zu erkennen. Nicht nur das stille Bild, sondern jede Regung – bis hin zu den atomaren Bewegungen, von denen der Augenblick wimmelt, bis hin zu den unfassbar großen Bögen, in dem jeder noch so lange Tag nur einen kleinen Ruck beschreibt. Das Raumgefühl, die Körperform wandelt sich …

All das beschrieb Vera nun am Tresen, so geduldig und fachmännisch wie die Geheimnisse des Malgrundes. Wolfgang saß oft in der Nähe und lauschte so still, als wäre alles an ihn gerichtet, Antworten auf seine nicht gestellten Fragen. Vielleicht war das ihre Art, zu erklären, warum sie ihm, warum sie Menschen überhaupt nicht gut tat. Eine Entschuldigung, so objektiv vorgetragen, dass es niemandem peinlich werden konnte. Sie sprach wie von allgemeingültigen Phänomenen, über die jeder philosophieren durfte. Was ihr wachsender Zuhörerkreis immer ausführlicher tat.

»Ist es nicht herrlich«, meinte Meta zu mir, »sie unterhalten sich endlich über Wahrnehmung und das Ich. Nichts mehr mit Internet-Projekten.«

»Das hast du wirklich gut hinbekommen.«

»Ich gebe es zu: Vera ist meine Geheimwaffe. Die Leute hier sind mir längst zu normal. Ich habe doch gesagt, wir brauchen eine neue Radikalität.«

»Im Ernst: Hast du nicht manchmal Angst?«

»Vor ihr? Das erste Mal, als ich ihr das Essen gebracht habe, ja, ich habe dir doch erzählt, wie sie mich angesehen hat. Aber das war dann nicht mehr so. Und so wie sie darüber redet, ist es nicht mehr schlimm, findest du nicht? Ist es nicht wunderbar, wenn etwas den Schrecken verliert? Ich habe manchmal so komische Gedanken. Weißt du noch, ich habe dir von der Selbstmordattentäterin erzählt, da in Tel Aviv, im Klub gegenüber. Eine Siebzehnjährige. Ich habe mir überlegt: Ist sie vor dem Attentat vielleicht mal an mir vorbeigelaufen? Hatten wir Augenkontakt? Hätte ich spüren müssen, was in ihr vorgeht? Was, wenn sie jetzt erzählen könnte, so wie Vera erzählt? So, dass man sich alles vorstellen kann. Woran sie geglaubt hat. Wie man so etwas wollen kann: den eigenen Körper in die Luft sprengen. Einmal im Leben tanzen gehen, mit den Juden tanzen, und den eigenen Körper mit ihren Körpern durcheinandermischen. Ich kann das nicht verstehen. Aber für sie muss es ein schöner Gedanke gewesen sein. Und manchmal denke ich, dass sie ganz sicher ins Paradies gekommen ist. Dass jeder in sein eigenes Paradies kommt.«

»Ich will gar nicht ins Paradies.«

»Dann musst du leben.«

Seit Meta zurück war, war sie viel trauriger, und viel heiterer, als könnte sie es sich leisten, die Trauer durch die Heiterkeit und umgekehrt. Tat ihr Vera am Ende doch gut? Weil Meta stark genug war für *die ganze Verrücktheit*, stark genug, sich davon zu holen, was sie brauchte.

Vera malte wieder, hieß es, als wäre damit alles in Ordnung. Aber wie sie nun malte: mit Wodka als Lösemittel, so selbstverständlich stand die Flasche griffbereit neben der Staffelei, sie trank aus einem farbverschmierten Senfglas, es war, als erwische sie manchmal den Terpentinersatz.

So fiel sie eines Abends im Salon um, dann immer wieder, so stank sie auch, wenn wir sie nach oben trugen. Wolfgang nahm sie unter den Schultern, Meta an den Füßen, ich oder Holger sammelte ihre Sachen ein.

Jedes Mal, nachdem wir sie ins Bett getragen hatten, sahen wir uns die neuen Bilder an. Sie sahen alle aus wie das Bild von mir. Ein Augenblick lang der Gedanke, so ungeheuerlich, so selbstverständlich: Am Ende dreht sich alles nur um mich. Ein Augenblick nur. Denn das Bild schließlich hatte nichts mit mir zu tun gehabt.

»Rückenbilder?«, sagte Karla. »Ja, ja, damit hat sie angefangen, als sie dein Porträt malte, ich dachte schon, als ich es sah, das ist doch nur eine Variation auf das Thema.«

Ich hatte als Gliederpuppe die grobe Form abgegeben. Sitzende, Sitzender, Sitzendes am Tisch, vielleicht ein Schreibtisch, vielleicht ein Küchentisch. Oder im Aufstehen begriffen, der Tisch geht in den Hintergrund über, die Figur steht schon am Rande des Bildes, im Begriff, den Raum zu verlassen. Die eine Gestalt vielleicht ein Mann. Die eine – eine Frau. Ihr Vater, dachte ich. Ihre Mutter. Wolfgang lief vor den Bildern hin und her. Ob er auch in ihnen einen Wald sah? Ich wollte mich nicht wieder auf eine abstruse Diskussion einlassen. Man hätte in diese

Bilder alles Mögliche hineinlesen können. Immer abstrakter, immer pastoser, wimmelnde Verflachung, die Nacktheit der Figur übertrug sich auf den ganzen Raum. Diese unerträgliche Nacktheit, ich wollte so genau nicht hinschauen.

Die Bilder hätte sie zur Wand drehen können. Die Vorhänge zuziehen. Sie hätte in der Küche trinken können, dort hätte sie niemand gesehen. Aber wer wünscht sich nicht manchmal, so gesehen zu werden, hingestreckt auf dem Fußboden des eigenen Zimmers, umgeben von dem, was einem gehört – und so unmittelbare Anteilnahme zu erfahren, wie eine Menschengestalt in einem Bild, in einem Buch? Wenn es nur von allein geschehen, wenn man den Anderen wie im Traum einfach *erscheinen* könnte, in all seiner Blöße, ohne bitten, ohne den richtigen Moment abpassen zu müssen. Vera war es gelungen.

Meta brachte ihr wieder Suppe, blieb manchmal den ganzen Tag bei ihr. Nicht etwa an ihrem Bett, sie hatte festgestellt, dass es Vera am besten ging, wenn jemand nur *irgendwo* in ihrer Nähe war.

»Und ich finde es auch schön bei ihr in der Wohnung! Gerade weil es nicht nach meinem Geschmack ist. Mal was anderes. Ich kann dort gut nachdenken.«

Aber sie sagte es zu heiser und zu schnell, und verstummte, nachdem sie *nachdenken* gesagt hatte. Sie starrte vor sich hin, schlaff und ausgelaugt. So, berichtete Karla, saß sie nachts bei Vera, im Wohnzimmer, bei Licht, saß einfach nur da, bis sie eines Nachts ihren Laptop hochholte. Tippte jede Nacht und lächelte und weinte.

Sie hatte einen Fehler gemacht. Sie hatte sich in Veras Geschichte eingemischt. Aber musste sie deshalb auf Dauer diese Rolle darin spielen? Ich nahm es Vera langsam übel. *Was sie sich alles leistete.* Andere Leute, ich vielleicht nicht, aber andere, hatten Schlimmeres erlebt. Ich nicht, aber Meta. Und hatten sich doch im Griff.

Geisteskranke seien *self-indulgent*, hatte mein Vater einmal gemeint, aufgebracht, nachdem wir Tarkowskis *Opfer* geschaut hatten, bei dem meine Mutter einschlief, er aber immer unruhiger wurde: Drei Stunden auf einer einsamen Insel im Schatten eines heraufziehenden Atomkriegs, ein Mann verfällt dem Wahn, sein persönliches Opfer könnte die Katastrophe abwenden – so zündet er sein Haus an. Denkt nicht an seine Familie, tut so, als ob die Welt sich um ihn drehte! Mit einer großen Geste befriedigt er *seine* emotionalen Bedürfnisse. *Self-indulgence*, Sich-Gehenlassen, egozentrisches Pathos, das war auch die schlimmstmögliche Kritik an einem Künstler.

Das Wort hatte mich befremdet, ich beschloss, meinem Vater nichts von Ethan zu erzählen, der sich gerade hatte einliefern lassen, der, wie ich ahnte, versucht hatte, sich das Leben zu nehmen. Was mich ebenfalls befremdete, gestand ich mir da erst ein. Ethan war zwar kein Egoist. Er war der selbstloseste Mensch, den ich kannte. Er hatte sich nur entziehen, seinen Frieden finden wollen. Aber weil niemand etwas tun kann, was mit anderen Menschen nichts zu tun hätte, schien sein Fluchtversuch eine Geste zu sein, von der ich mich fragen musste: Was will er mir damit sagen? Und schließlich: Was bildet er sich ein, mir sagen zu dürfen? Denn die Bedeutung der Geste, mit der ich fertig werden sollte, war offenbar etwas, womit sich schwer leben ließ.

Wenn Vera wieder am Tresen saß und von ihren Wahrnehmungen berichtete, und ich an ihr und ihren Zuhörern vorbeilief, ließ mich ihre leise Stimme kurz stehen bleiben. Es war, als wollte Vera aus sich herausfinden, den gewaltsamen Weg noch einmal nachspüren, jede Regung in ihre Bestandteile auflösen, bis man sie nicht mehr bewundern und nicht mehr bemitleiden konnte. Das wühlte mich jedes Mal so auf, dass ich weitergehen musste. So hätte Ethan erzählt, hätte ich ihm zugehört.

Manchmal, wenn Meta keine Zeit hatte und Wolfgang schon schlief, saß ich in der Küche mit einer Flasche Wodka und wollte bis zur Ohnmacht trinken. Die ersten Gläser gingen locker runter – doch mit jedem Schluck wurde ich nüchterner, wacher, klarer, ich steckte noch fester in meiner Haut. Nichts drehte, nichts löste, nichts sprengte sich. Frühmorgens schließlich trank ich ein großes Glas Wasser und ging ins Bett. Sechs Stunden später wachte ich auf, ausgelaugt, doch ohne Kater. Ich hatte noch nie einen richtigen Kater gehabt. Wozu hatte ich eigentlich trinken gelernt? Wie oft hatte ich hinüber gewollt und konnte es nicht? Ahnte nicht einmal, wo die Grenze lag, und hatte doch endlos gesucht. Wie viel Hundert Kilometer Pflaster hatte ich nach Mitternacht zurückgelegt und nichts war mit mir passiert? Wie schaffte Vera es, so weit zu gehen?

8

Im März musste ich mich auf zwei Klausuren vorbereiten. Stundenlang saß ich in der Bibliothek – das theoretische Denken, einst so tröstlich gewesen, fiel mir inzwischen schwer. Veras Abstürze verfolgte ich aus der Entfernung, wie Jugoslawien, mit dumpfer Betroffenheit, gelegentlichem Verdruss. Sowieso gab es kein Zurück mehr, die Vernichtung war vollendet. Sowieso fragte ich mich, wie man da noch mit sich leben konnte, wenn man ein Buch verbrannt hatte, die Welt zerstört, um sie zu retten. Nach der großen Geste ging der lästige Alltag weiter, der Trümmerhaufen rauchte und nichts war gelöst. Vera trank so trotzig, das war fast schon ein Schuldbekenntnis. Sie durfte nun nie mehr nüchtern werden.

Auf dem Weg zur Uni, um die Klausuren zu schreiben, spürte ich, dass der Frühling da war – denn einen Augenblick lang erschien mir alles neu. Noch hatte sich nichts verändert. Nur das Grau, der Dunst der Stadt war lichter. Die Straßenbäume waren so durchsichtig, als stünden sie vor hellen Untiefen, im plötzlich weiten, doch nicht mehr öden Raum.

Ich lief an der Uni vorbei und immer weiter, den ganzen Tag. Ich suchte wieder die Berliner Bucht und hatte diesmal Zeit genug. Was ich auf einmal alles roch: den trockenen Sand, der von den Baustellen auf die Straßen wehte; den festen feuchten Sand, ausgestochen; alte verkrustete Leitungen freigelegt wie Blindgänger; harzige, frisch behauene Bretter neuer Zäune, Baugerüste; entkernte Häuser, aus denen kalte Luft strömte.

Ich lief ohne Orientierung. An den Bushaltestellen waren die Stadtpläne abgerissen, mit Graffiti übermalt. Als ich endlich einen heilen Stadtplan fand, war ich fast schon in Treptow. Ich lief über die alte Grenze, an einem Wachtturm vorbei. Die Puschkin-Allee führte zum sowjetischen Ehrenmal, von hohen alten Platanen gesäumt. Waren wir damals im Reisebus hier entlanggefahren? Ich erkannte nichts wieder, bis ich vorm Ehrenmal stand. Der Himmel war nun so blau wie auf der Postkarte, die ich damals gekauft hatte. Weiße Sarkophage. Ein Rotarmist, so groß wie ein Turm, mit einem mannsgroßen Kind auf dem Arm. Eine riesige Behauptung. Genau wie damals, das Allegoriebild, so kalt und fern wie ein babylonischer Krieger im Pergamonmuseum. Der Schmerz, um den es ging, ging in der Masse aus Stein und Bronze unter. Der menschliche Maßstab war abgeschafft worden, dachte ich, lief wütend davon und blind durch den Park.

Auf einmal stand ich vor einer weiten Wasserfläche. *Die Bucht!* Dabei wusste ich, dass sie die Spree war, die breit um die bewaldete Wölbung des Parks bog. Ich setzte mich auf eine Bank. Das Wasser zwischen fahlem Wald und Industrieanlagen schillerte blauseiden, kräuselte sich, ein Kohlenkahn fuhr an Inseln vorüber, kleine Wellen schlugen ans Ufer und wichen dem stillen Strömen. Die Stadt driftete auseinander. Ich sah unser Haus, ein paar Kilometer stromabwärts, ich sah Wolfgang und Vera und Meta und verstand nicht, was sie trieben, ich sah sie einfach. Klein und nah. Das war der Maßstab. Das hatte ich doch gesucht. Hielt ich es etwa nicht aus? Wollte ich alles sauber und schmerzlos vorgesetzt bekommen, eine erbauliche Allegorie? Ein paar Kisten Papier mit einer fertigen Geschichte? Spuren von Spuren verteilten sich im Raum, das war es, was von den Menschen blieb, das war der menschliche Maßstab. Er musste auszuhalten sein. Ja, er war sogar befreiend.

Abends, als ich Wolfgang von meiner Wanderung erzählen wollte, ließ er mich nicht ausreden: »Du hast deine Klausuren einfach sausen lassen?«

Ich hatte gedacht, er würde mich verstehen. Mir taten die Füße weh. So hatte ich in Friedenau in der Küche gesessen bei aufgewärmtem Essen, als meine Gastmutter das einzige Mal laut mit mir wurde – ich hatte mich in Neukölln verlaufen und war erst gegen 22 Uhr nach Hause gekommen. Endlich einmal blieb ich ruhig, als Wolfgang sich entrüstete, ich ließ ihn einfach reden. So lange, bis er von selbst darauf kam, dass auch er in diesem Semester keinen Schein gemacht hatte.

Er verfiel ins Grübeln: »Ich bin ja kein gutes Beispiel für dich.« Er hatte durchaus vorgehabt, die Zwischenprüfung zu machen. Wenn seine Eltern ihn nur in Ruhe gelassen hätten. Wenn ich nur weiterhin mit ihm zusammen die Mittelalterseminare besucht, die gleichen Bücher gelesen hätte. Aber ich hatte lieber andere Bücher gelesen und Übersetzungsseminare belegt.

»Ich habe Rum gekauft«, sagte ich, »ich habe Lust auf Grog bekommen.«

Wir hatten im Harz damit angefangen; das gehörte sich, meinte er, nach Winterwanderungen, so machten es seine Eltern immer. Sein Gesicht erhellte sich in Vorfreude auf die guten Groggläser, er kletterte auf seinen Stuhl, um sie herunterzuholen. In jedes Glas stellte er einen Löffel, goss das kochende Wasser vorsichtig am Stiel entlang und füllte mit Rum auf; ich betrachtete ihn genau, aber schon ganz entrückt. Ich wollte mich nicht mehr sinnlos aufregen, sondern nur beobachten.

Das Studium sei mir nicht so wichtig, behauptete ich, ich hätte ganz andere Pläne. Erst einmal musste ich Geld verdienen. Ich bewarb mich bei einem Übersetzungsbüro in

Kreuzberg, konnte mein Glück kaum fassen, als sie mich sofort einstellten. Am ersten Tag verstand ich, dass hier verzweifelte Einsteiger verschlissen wurden. Wir übersetzten Gebrauchsanweisungen, computerunterstützt, vielmehr unterstützte ich die Arbeit des Rechners, der mit den Texten mehr anfangen konnte als ich.

»Hauptsache Arbeit. Hauptsache Geld«, sagte Wolfgang. »Du willst am Ende doch nur Karriere machen.«

Mir gefiel die schiere Entfernung vom Haus, von der Uni, von Mitte überhaupt. Ich fuhr früh hin, blieb aber nur bis Mittag, dann lief ich los, bis es dunkel wurde, oder fuhr mit der erstbesten U-Bahn zur Endstation und lief herum. Ich hielt es in der Wohnung nicht lange aus. *All das gehört jetzt dir.* Ein Zimmer, das nicht wirklich meins war. Für meine eigenen Bücher passte kein Regal mehr rein, sie stapelten sich neben meinem Schreibtisch und gingen in Wolfgangs Bücherstapel über, die sich hier – entgegen unserer Abmachung – wieder breit machten. Meine Kleidung hing an einem Ständer vor seinem Lyrik-Regal, er musste ihn immer wieder schimpfend beiseite schieben. Es gab keinen einzigen Fleck weißer Wand, an dem ich ein eigenes Bild hätte aufhängen können. So saß ich am liebsten am Schreibtisch, wo ich aus dem Fenster schauen konnte. Und so hatte ich doch ein wenig geschrieben. Tagebuchnotizen gingen ins Fiktive über. Ein *Er* hatte sich selbstständig gemacht, offenbar der Grenzsoldat, der Gegenstand entnervter Besorgnis, bissiger Anklagen, angestrengter Empathie. Alles drehte sich im Kreis. Ich wusste zu wenig. Aber jetzt, wo ich schrieb, konnte ich nicht fragen. Ich wusste auch schon zu viel, brauchte Abstand. Ich dachte an die Bucht, das weite Wasser.

Auf meinen Spaziergängen bildeten sich Sätze, die ich auf Parkbänken, an Bushaltestellen oder in Cafés in einem Notizbuch aufschrieb. Rechts und links öffneten sich

Straßenfluchten, Figuren flitzten, wesenlos, dafür unbeschwert, Mutter-, Vater-, Schwesterspuren kreuzten sich immer neu. Manchmal kam ich an einem Antiquariat vorbei, trat ein, suchte Grünbergs Buch, *Nach Berlin*, ging fast erleichtert mit leeren Händen weiter.

Wenn ich nach einem langen Spaziergang nach Hause kam, war es wieder gemütlich, wie Großelternbesuch. Ich nötigte Wolfgang alte Hollywood-Filme auf. Das ist mir alles völlig fremd, murrte er bei den *screwball comedies*, die silbern-schillernden Blasen, die man in den 1930ern hatte steigen lassen, als bei uns noch Wirtschaftskrise und hier die ersten Kriegswehen waren. Aber die *films noirs* ließ er gelten. *Der dritte Mann* wollte er sogar zweimal sehen – er hatte sich in Alida Valli verguckt. *Fetzt, wie sie am Ende an dem armen Schwein einfach vorbeiläuft.*

Meta hatte wieder Zeit. *Ach, das Einkaufen für Vera ab und zu mal, das mache ich doch mit links.* Manchmal lud sie mich ein und wir kochten zusammen. In Israel hatte sie Gewürze entdeckt, gutes Öl und noch viel mehr, womit die Grufti-Meta nichts hätte anfangen können. Wolfgang gab mir immer ein paar Bücher für sie mit, die ihm beim Umsortieren in die Hand fielen: zum Scheunenviertel weiterhin, nun auch wieder Gershom Scholem, Benjamin, Adorno. Sie nehme sie uns gern ab, meinte sie, so hätte ich in der Wohnung ein bisschen mehr Raum zum Atmen. Außerdem seien es tatsächlich immer genau die Bücher, die sie gerade brauche. Das müsse man dem Wölfchen lassen.

»Und wie geht's dir mit Wolfgang?«

Ich zuckte mit den Schulten. Ich wollte sie mit meinen Problemen nicht belasten. »Wir haben manchmal ein bisschen Kulturschock miteinander.«

»Aber ihr bleibt dran.«

Ich nickte.

»Ich bewundere Leute, die es schaffen, zusammenzuleben. Ehrlich gesagt, ich habe das nie wirklich gekonnt. Das ist ja immer ein Kulturschock.« Nun bekam sie nicht einmal mehr Männerbesuch. Umsonst hatten welche bis zum frühen Morgen am Tresen ausgeharrt – wenn sie ins Bett ging, gab es für alle den Rausschmiss. Vielleicht wäre das jetzt der Moment, sie vorsichtig danach zu fragen, oder sie würde von sich aus … »Tja, und Ostmänner, das ist ein ganz spezieller Schlag, du hast dir ganz schön was ausgesucht. Aber Wolfgang ist da noch harmlos.«

Und sie erzählte von ihrer Mutter, die in einem alten Häuschen am Stadtrand von Doberlug lebte, wo jeder Mann, der ihr gefiel, irgendwann hinfand, und alle verstanden sich auf geheimnisvolle Weise. Nur besaßen die Männer, wie Ostmänner überhaupt, ein ausgeprägtes Talent für Selbstzerstörung. Fuhren gegen den einzigen Baum auf der Landstraße, ertranken im Maischbottich, wollten sich vorm Rathaus anzünden und hatten keine Streichhölzer dabei. So galt ihre Mutter wirklich als Hexe, wegen der ganzen Dramen, oder einfach weil sie Sorbin war, die Haare offen trug, die bis zum Hintern reichten. *Asoziale Elemente, hieß es da, Hexe klingt viel schöner, nicht?* Sie hatte 1963 in derselben Klapse gesessen, wo Meta mehr als zwanzig Jahre später wegen ihres Irokesenschnitts saß. Sie können uns nicht mehr als Hexen verbrennen, aber an den Haaren kriegen sie uns jedes Mal, hatte ihre Mutter gesagt, als Meta eingewiesen wurde.

Ich grinste und lachte, so wie sie erzählte, mir blieb gar nichts anderes übrig. Metas Geschichte war eine schwarze Komödie, sie hatte es so beschlossen. Und Vera? Hatte sie sich für eine Tragödie entschieden?

Wir probierten neue Weine. »Ich war noch nie ein Genussmensch«, sagte Meta und räkelte sich. »Es kam mir immer nur auf die Prozente an. Das war das Schöne am

Osten, bei all dem Elend: Es kam nur auf ganz grundlegende Sachen an. Man konnte viel praktischer und … aufrichtiger sein. Man hatte den Kopf für andere Dinge frei. Aber die feinen Unterschiede heute machen erpressbar. Das ist eine unheimliche Ablenkung, so ein Wein. Ich fand diese Weinsprache immer so lächerlich, Veilchenduft und Leder, ich glaubte, die Leute denken sich das aus, als Alibi, um nicht einfach nur zu saufen. Dann habe ich in Israel einen Wein getrunken, was hast du da reingemacht, habe ich gefragt, ich dachte an die ganzen Säcke auf dem Markt, rote, braune Pulver, Kerne, Schoten, oder die schwarzen Oliven, die ganz bitteren, oder die Sträucher, die Bäume, die du da riechen kannst, weil es so heiß und trocken ist, wie ein Ofen, als könnte man alles essen, wie Brot, die Hänge, der ganze Horizont … Ja, das ist es. Da hat sich eine Welt aufgetan und ich hatte einen riesigen Hunger darauf. Im selben Moment, wo ich wirklich verstanden habe, dass *wir* sie fast zerstört haben. Etwas, was eigentlich ein Teil von uns war. Wir wollten sie mit Haut und Haar auffressen. Ich habe diese Schuld endlich begriffen, aber stärker war noch das ganz egoistische Gefühl, dass *mir* da etwas fehlt, dass *mir* etwas genommen wurde. Und es tut mir leid, ich komme von diesen Geschichten einfach nicht mehr los.« Sie wies mit dem Weinglas auf den Scheunenviertelbildband, den Wolfgang gerade aufgestöbert hatte. »Ich brauche sie, sie gehören zu mir, die Verbindung gibt es einfach. Schicksal sozusagen.«

»Schicksal – sehr deutsch.«

Im Salon kam sie wieder einmal auf die Kabbala zu sprechen, auf die Macht der Zahlen und Zeichen, die Dinge immer wieder neu zu schaffen.

»Vielleicht«, meinte Holger vorsichtig, »soll das so etwas wie ein Programmiercode sein.«

»Genau!«, sagte Jana, »das ist eigentlich hochmodern, so ein Denksystem, es geht um Sprache, Wahrnehmung …«

Sprache und Wahrnehmung, darüber ließ sich unverfänglich philosophieren, aber Meta, die für solche Themen sonst immer zu haben war, schwieg, wurde unruhig, erklärte schließlich, dass es nicht um postmoderne Spielereien ging, um ein reines Hin- und Hergeschiebe der Zeichen, sondern hinter dem Denken stecke eine Ethik: *tikkun olam*, die Reparatur der Welt. Demnach sei es die Aufgabe eines jeden Menschen, an der Wiederherstellung einer Harmonie mitzuwirken, an die sich doch niemand mehr erinnern könne, an der Heilung von Brüchen, mit denen man seit Anfang der Zeit gelebt habe. Heilung als ein Prozess mit unendlich vielen Schritten und Fehlschritten, der wahrscheinlich nie im Leben abzuschließen sei …

Die anderen nickten vorsichtig, wären sogar gern mitgekommen, schien mir, aber auf Erlösungsvorstellungen ließen sie sich nun einmal schwer ein, Heilung, Harmonie, solch naiver Idealismus war immer peinlich, bei Juden schmerzlich, gerade die Juden hätten es besser wissen müssen. Wie konnten sie überhaupt noch glauben, nach dem, was ihnen angetan worden war?

Ich erinnerte mich nun daran, dass Ethan eine linke Zeitschrift namens *Tikkun* abonniert hatte, er hatte mir den Begriff auch erklärt, aber ich hatte nichts davon behalten. Wenn er von religiösen Dingen sprach, kamen bei mir Scham und Scheu auf, als durften sie mich nichts angehen. Aber offenbar gingen sie Meta an.

Die nicht enden wollende Reparatur – damit hätte sie Vera meinen können. Hätte sie sich um jeden so gekümmert, der es nötig gehabt hätte? Wohl schon. Die Falle einer jeden Hexe: *eigentlich* ist sie Heilerin.

»Fang bloß nicht mit Helfersyndrom an. Ja, es ist typisch für Frauen, sich für jemanden aufzuopfern. Es ist typisch für Frauen, etwas zu tun, wonach keiner verlangt hat, und dann herumzujammern. Aber das tue ich doch nicht! Ich mache es wirklich gern!«

Das klang überdreht, nicht ganz überzeugend. Meta kümmerte sich inzwischen mit gehetzter Effizienz. Wenn Vera abstürzte, blieb sie nicht mehr über Nacht, sondern schlich sich aus der Wohnung, nachdem Vera eingeschlafen war, und verzog sich mit dem Laptop in ihr Atelier hinter dem Salon. Manche fanden es bedenklich, dass dort keine Männer mehr ein- und ausgingen. War ihr die Lebenslust vergangen? Das sei ganz normal, meinte ich, eine Weile lang nur bei sich sein. Mit den ganzen Männergeschichten habe sie sich nur verzettelt, sie solle sich lieber um ihre eigenen Sachen kümmern.

Sie hatte doch Großes vorgehabt. Was war denn mit dem Raum aus Bienenwachs? Ich wollte nicht lockerlassen. Ja, wehrte sie ab, das gehe nicht von heute auf morgen, heutzutage könne man alles machen und *Rauminstallation* nennen, das wolle sie nicht, nichts Unverbindliches, Lasches. Schließlich geht es um den Tod. Um meinen, sagte sie mit solchem Besitzanspruch, dass ich lächeln musste. *Ich habe den richtigen Ansatz noch nicht gefunden.* Und goss den Kräutertee für Vera auf. *Bin gleich wieder da.*

»Ein bisschen kann ich Editha verstehen«, gestand sie, »wenn Vera ihr zu viel wurde. Ich glaube, von Editha hatte ich bisher eine falsche Vorstellung. Weil sie anfangs nur Auftragskunst gemacht hat. Aber in den 80ern ist sie richtig kritisch geworden. Kam nach Berlin, hatte ein Atelier in Pankow, da hat sich die alternative Szene getroffen. Und sie hat dann ganz krasse Holzskulpturen gemacht mit der Kettensäge und so. Seit der Wende ist sie unheimlich viel herumgereist, hatte auf der ganzen Welt Ausstellungen und Stipendien. Ich habe nämlich im Internet nach ihr gesucht.

Das ist schon der Wahnsinn, was man im Netz alles finden kann. Wie viele Leute gibt es wie Vera, denen etwas fehlt, die sich fertig machen, weil sie etwas nicht wissen, nicht wissen können, sich einfach verpasst, aus den Augen verloren haben? Und jetzt kann man immerhin *suchen*. Wo man sonst gleich resigniert hätte. Damals bei uns machte das Suchenwollen wahnsinnig, weil es nur nach Innen gehen konnte. Aber jetzt. Du suchst etwas, und es führt dich aus dir heraus, in die Welt, zu anderen Menschen, denen du niemals begegnet wärst. Das ist das *Netz*. Und man ist darin aufgehoben. Wenn man nur sich und den anderen traut.«

»Mein alter Freund Ethan hat mir gerade geschrieben, dass er sich als Frau fühlt. Er hat das erst wirklich begriffen, oder den Mut gefunden, so zu leben, weil er im Netz eine *Community* für transsexuelle ex-orthodoxe Juden gefunden hat.«

»Siehst du – wer sucht, der findet!«

Ethans Mail hatte mich seit Tagen beschäftigt, und es erleichterte mich, so darüber zu reden, sachlich und konstruktiv. Wolfgang hatte ich nichts davon erzählt. Ethan schien fast die einzige Gestalt aus meinem alten Leben zu sein, die ihn lebhaft interessierte und mit der er sich wohlfühlte. Er hatte ein bestimmtes Bild von Ethan, dachte ich, und mit einem neuen Bild würde er nicht umgehen können. Ich konnte es eigentlich auch nicht so recht. Ethan hatte so heiter und ruhig geklungen, befreit, geschlüpft, seine Freude übertrug sich mir. Gleichzeitig fühlte ich mich vor den Kopf gestoßen. Das war wieder so eine Geste, die mich auf mich selbst zurückwarf, auf meine eigene fragwürdige Reaktion, nämlich dass seine Weiblichkeit unsere Freundschaft irgendwie beeinträchtigte. Als wäre alles im Nachhinein neu gedeutet, allzu glatt erklärt. Seine Depressionen, oder die Tatsache, dass wir befreundet sein konnten, einfach so, ohne Hintergedanken. Denn *eigentlich* war er eine

Frau wie ich. Und hatte seine *Community* im Internet gefunden.

»Obwohl, *Community*«, sagte ich, »das ist schon ein komisches Wort. Es bedeutet ja *zusammenleben*, zufällig, ganz unterschiedliche Menschen, wie wir hier im Haus. Aber so ein virtueller Raum, das ist doch etwas völlig anderes, wo man sich trifft, weil man etwas Gemeinsames hat, die Religion oder die Sexualität ...«

»Sexualität! So was hatten wir im Osten nicht. Dafür hatten wir mehr Sex. Jetzt muss ich aber langsam abwaschen.«

Ich half ihr dabei, aber sie war auf einmal wortkarg. Sammelte das benutzte Geschirr ein und seufzte immer wieder, überfordert von den fremden Hinterlassenschaften. *Ich muss hier mal reinen Tisch machen.*

Wenig später fand zwischen Meta und Vera ein stilles Zerwürfnis statt. Meta pflegte Vera nicht mehr. Vera hatte es nicht mehr nötig. Sie stand auf, sobald es hell wurde, und arbeitete den ganzen Tag. Meta zuckte mit den Schultern, als ich danach fragte.

»Keine Ahnung, was Vera hat. Ich habe ihr nur gesagt, ich könnte gern für sie suchen. Im Internet, meine ich. Irgendwo muss doch ihre Mutter leben. Vielleicht auch ihr Vater, ihre Schwester. Es muss Vereine geben, die solche Leute finden können. Oder – oder wenigstens Selbsthilfegruppen. Was auch immer Vera hat, es gibt sicher andere, denen es genauso geht. Aber sie hat mich ganz böse abblitzen lassen. Hätte ich mir ja auch denken können.«

Ich hatte selbst den Gedanken in den Raum gesetzt, den ich doch so unmöglich platt fand: Vera soll sich eine Community suchen. Menschen, die so sind wie sie. Grenzopfer zweiten Grades. Manisch-Depressive. Oder vielleicht kommt sie mit ihrer Sexualität nicht klar. Vielleicht ist sie in dich verliebt, hätte ich Meta fast gesagt.

Trotzig und erleichtert entfernten sie sich wieder voneinander. Abends – es war ein milder Aprilanfang – saß Vera auf der Bierbank draußen vor den Salonfenstern, bis es dunkel wurde, dann ging sie schlafen. Solange sie dasaß, bildete sich ein Zuhörerkreis um sie, auf der Bank neben ihr oder im Gras zu ihren Füßen. Wenn Wolfgang sich dazusetzte, schloss ich mich ihm an. Er ging immer wieder hin, obwohl oder weil er schlimm fand, *was da abgeht*. Mir war, als müsste ich vor allem auf ihn aufpassen.

Was Vera am meisten beschäftigte – so neutral drückte sie sich aus –, war das Aussetzen ihrer Erinnerung. Sie hatte die Papiere ihres Vaters verbrannt, doch am nächsten Tag nichts mehr davon gewusst. Sie hatte die Handlung verdrängt. Was hieß denn *verdrängt*? Sie war in Panik verfallen, während sie die Grynberg-Unterlagen las, als wären sie aufgetaucht aus den Kisten ihres Vaters, etwas Übersehenes, das seine ganzen Papiere in ein neues Licht stellte: fatales Beweismaterial, das längst hätte vernichtet werden müssen. Als hörte sie jemanden die Treppe hinaufkommen, hatte sie die Ordner immer schneller in den Ofen gestopft, bis das Papier herausquoll und ein brennendes Stück Pappe ihre Hand streifte. Ihre Angst war so groß, dass sie nichts dabei empfand. Erst am Morgen war der Schmerz da, die Erinnerung aber war in ihm aufgegangen. Zu einer Brandblase geschrumpft, einziger Berührungspunkt mit der fremden Realität der Nacht, in der sie gehandelt hatte, um eine Drohung abzuwenden. Und siehe, die Drohung hatte sich aufgelöst und mit ihr die Realität und die Handlung. Dabei, das war das Seltsame, stand ihr am Morgen durchaus alles vor Augen – doch als bloßer Gedanke, als Einfall, als reine Möglichkeit, für die es in *dieser* Realität keinen Platz gab. Ein fremdes Ich, das im Nebenzimmer hantierte. Man kann, stellte sie fest, etwas gleichzeitig wissen und nicht wissen. Vielleicht also kann etwas gleichzeitig sein und nicht sein.

Wolfgang hörte gebannt zu, wenn sie immer enger diese Lücke umkreiste, er schien beinah zu fürchten, dass sie zu einer endgültigen Erkenntnis gelangen könnte. Sie spürte seinen Blick und verstummte. Oder sie spürte meinen Blick und wie gern ich gewusst hätte, was in dem Buch ihres Vaters gestanden hatte: Sie ließ es immer wieder vor meinen Augen verschwinden. Vielleicht wähnte sie mich mit Meta zusammen auf der Suche nach ihren Angehörigen im Netz. *Suchmaschine* – das Wort ließ sie ironisch auf der Zunge zergehen, so klang es nach einer Wahnvorstellung. Was könne man schon mit *Maschinen* suchen? Schon gar nicht ihre Eltern und ihre Schwester. Denn sie wisse ja längst, wohin sie verschwunden seien. Nach drüben. In den Westen. Jetzt sei aber alles Westen. *Drüben* sei nun *hier*. Aber man brauche sich nur umzusehen – das hier könne es doch nicht gewesen sein. Das eigentliche Drüben müsse ganz woanders liegen.

Ich hätte gern gewusst, was sie damit meinte, aber die anderen ließen sie oft gar nicht erst ausreden. Sie beichteten inzwischen eigene Wahrnehmungsstörungen, behaupteten, ein erweitertes Bewusstsein zu besitzen oder schon mal *drüben* gewesen zu sein. Man wetteiferte in der Runde um die schrägsten Halluzinationen. Darüber regte sich Wolfgang auf. Was war das denn für ein bekloppter neuer Trend? Waren denn wirklich alle einmal krank gewesen? War das nicht alles maßlos übertrieben, sogar gelogen, was sie erzählten? Oder sie wurden erst krank, sie wollten auf Biegen und Brechen krank werden. »*Ich habe auch neulich Stimmen gehört*«, äffte er nach. »*Mein Ich spaltet sich doch auch.* Und irgendwann ist man selber dran. *Na, Wölfchen? Hast du nicht auch mal…*? Sie sind doch alle so krank: Aber nicht so, wie sie es gern wären!«

Immer, wenn er »dran« war, verzog er sich schimpfend in den Salon. *Hat er vielleicht wirklich was, der Wolfgang?*, hieß es dann lachend. *Komisch drauf ist er schon.* Er ist eifersüchtig, dachte ich. Er wartet noch darauf, dass Vera mit ihm redet, anstatt immer nur mit allen über alles. Vera sah ihn manchmal fast entschuldigend an. Sie wusste, dass sie ihm nicht gut tat. Aber er meinte, die ganzen *Groupies* täten Vera nicht gut.

»Das sind doch erwachsene Menschen«, erwiderte Meta. »Sollen sie ruhig draußen herumspinnen. Ich bin froh, wenn hier drin nicht mehr so viel Betrieb ist und wir die ganzen Kettenraucher los sind. Und so hat Vera ihre *Community.*«

Wolfgang schüttelte den Kopf, als sei das Maß an Anglizismen voll, und ging. Da begannen Meta und Dora über ihn zu tratschen, sanfter Spott, in dem er gut aufgehoben schien. Anfangs, 1988, sei er auch so komisch drauf gewesen, habe sich bei den Feten, die es damals fast jeden Abend gab, in die Ecke zum Schlafen hingelegt, sich im Schlaf aber immer noch zwischendurch zu Wort gemeldet, ganz schräge Gespräche habe man da mit ihm geführt.

Worüber denn, wollte ich wissen.

Ach – sie zuckten hilflos mit den Schultern. Es gab so viele Gespräche damals.

Wahrscheinlich war alles völlig normal, ich konnte es nicht beurteilen, ich war ja nicht von hier. *Nicht beurteilen, nur beobachten.* So ließ es sich auf der Bierbank aushalten. Ich machte nicht mit, hörte keine Stimmen, mein Ich blieb so wie gehabt. Es war egal. Ich war unter Ichs, unter Stimmen. Und gerade wenn Vera verstummte, glaubte ich, das Buch ihres Vaters vor mir zu sehen: kein Haufen Notizen, kein Machwerk, sondern ein vollendeter Bogen, ein *Portal,* durch welches sie schon nach drüben entschlüpft war, Mutter, Vater und Schwester hinterher. In eine Welt, die sie für sich behalten wollte. Niemand sollte ihr auf die Spur kommen. Wie schaffte sie es, so weit zu gehen?

Ich nahm es ihr nicht mehr übel. Vielleicht, weil ich

inzwischen mit dem Schreiben vorankam. Nachmittags im Salon, am Fenster, wo ich zu den eigenen Fenstern – Küche, Wolfgangs Zimmer, Schlafzimmer – hinaufschauen konnte, die Lampen und Pflanzen und Regale betrachten und mich fragen, wie es wohl wäre, dort zu leben. So fühlte ich mich als eine andere und schrieb, was sie geschrieben hätte. Frühabends setzte das Gemurmel vor den Salonfenstern ein. Manchmal erkannte ich einzelne Stimmen, Wolfgangs oder Veras. Vielleicht erzählten sie gerade das, was ich wissen musste. Jemand erklärte etwas ausführlich. *Show, don't tell*, dachte ich, aber ich schrieb mit, als säße ich dabei. Wichtige Zusammenhänge entgingen mir. Manchmal sprach Vera Russisch mit Eva oder Bruno, ich erkannte es am Tonfall. Ich musste nicht alles verstehen, dachte ich. Ich hoffte es jedenfalls.

Meta schmierte Brote am Tresen. Wir ignorierten uns gegenseitig wie Kellnerin und Kundschaft, ein unabgesprochenes Spiel. Oft verschwand sie in ihr Atelier, ich hörte das Klappern der Tastatur, dann, irgendwann, das Plärren des Modems. Als es dunkler wurde, kamen die Ersten über den Hof, Stimmen baumelten wie Laternen, die Tür ging auf und ich sah erleichtert auf. Ich war müde und verkrampft – und es war Zeit, mich zu recken; hungrig – und es war Zeit zu essen. Was ich geschrieben hatte, vergaß ich, aber in Gedanken war es ein ganzer Stoß Papier, in dem ich nebenbei blätterte, das Rascheln Hunderter von Seiten. Genauso wuchs abends das Salongespräch ins Maßlose, nahm alles in sich auf, wie eine einzige lange Unterhaltung im Jenseits. An solchen Abenden pflegte ich meine Trinkgewohnheiten. Ich wusste genau, wann ich einzusetzen hatte. Ich wusste, wann ich einen Happen essen, einen Schluck Wasser oder wieder Wein trinken musste. Und ich wusste, wann es nicht mehr weiterging, wann der nächste Schluck Wein mir den Magen umdrehen, mich in einen verstimmten Körper zurückversetzen würde. Wann dem Rausch zu trauen war, ein Halteseil, das mich vollkommene Kreise drehen ließ. Schon ein Glas Wein ließ die Welt auf diesen einen Kreis schrumpfen, auf das unmittelbar Vorhandene.

Meta begann eine großangelegte Umbauaktion im Erdgeschoss. Vera verschwand im Atelier, physische Baustellen ersetzten die psychischen. Wolfgang wurde wieder munter. Er und Holger hatten schon immer spekuliert, die Räume seien ursprünglich anders geschnitten gewesen und wegen der Wohnungsnot in der Nachkriegszeit neu aufgeteilt worden. Obwohl, so Bielagk, das Haus nach dem Krieg nicht mehr lange bewohnt wurde. *Ist ja klar, es wird ordentlich gespukt haben*. Meta wollte den Urzustand wiederherstellen – so würde der Salon noch größer ausfallen. Thorsten war begeistert. *Endlich eine ordentliche Tanzfläche*. Meta opferte ihr ohnehin kaum benutztes Wohnzimmer, die Zwischenwände sollten eingerissen werden, der Salon würde sich bis hin zur anderen Seite des Hauses ziehen. Ansonsten galt es, Metas Atelier mit den zwei anliegenden, sinnlos kleinen Zimmern zusammenzulegen, damit es mit dem Kunstprojekt losgehen könne.

Der Umbau zog sich in die Länge. Wolfgang und Holger hätten ihn gern unendlich ausgedehnt, hielt die Wohnung doch so viele Überraschungen bereit: doppelte Böden, seltsam geschnittene Gänge, eingemauerte Nischen ohne erkennbaren Zweck, in denen sie Knöpfe, ein Bündel Inflationsmark und eine Filmzeitschrift von 1942 fanden.

»Was, und nichts von Rabbi Grynberg?«, fragte ich. Aber Meta verstand keinen Spaß mehr. Inzwischen gingen ihr die Unordnung, der Staub, die Feuchtigkeit, die unterbrochene Internetverbindung *tierisch auf den Geist*. Sie wolle doch *endlich zum Arbeiten* kommen, wobei: Gerade damit wolle sie arbeiten, mit Archäologie, Geschichte. Mit *Realität.*

Auch ich kam kaum voran, die Bauarbeiten hatten mich wieder in die Stadt hinausgetrieben, dann zurück in mein Zimmer, an meinen Schreibtisch, um mühevoll Behauptungen an die mir schon unhaltbar scheinende Masse zu fügen. Längst musste ich mich fragen, worum es denn eigentlich ging. Es war ein Haufen Papier, vollgekritzelt mit Sätzen, die verblassten, sobald ich sie noch einmal las. Also las ich sie nicht noch einmal, ich schrieb blind weiter, in der Hoffnung, etwas zu erkennen. Fern und sperrig bewegte sich etwas, wie die Straßenbahn, die immer wieder an meinem Fenster vorbeirollte, jedes Mal wollte ich aufspringen und ihr hinterherrennen.

Die letzte Zwischenwand wurde eingerissen, um Metas Atelier zu vergrößern, da fing die Außenwand neben der Nahtstelle zu tropfen an. Die Tapete schlug Blasen, wurde abgerissen, darunter glänzte der Putz wie nasser Sand. Wolfgang befürchtete, sie hätten eine alte Leitung erschüttert, niemand wollte tiefer dringen. Der Keller stand ja längst unter Wasser. Ob jemand einen Klempner kannte …? Fürs Erste leitete Meta das Wasser mittels Plane und Klebeband in eine Schüssel, die sie mehrmals am Tag mit zusammengebissenen Zähnen leerte.

Sonst war der Salon in groben Zügen fertig und sehr schön geworden, auch – gerade, meinte Thorsten – im provisorischen Zustand. Im alten Raum lagen noch die Kelims, hingen Veras Zeichnungen dicht an dicht. Im neuen, auf der Südseite, nichts vor den Fenstern als wilde Wiese, fiel die Sonne auf kahle Wände, auf die Möbelstücke, die in Zweier- und Dreiergruppen herübergewandert waren. Wer wollte, konnte sich nun verziehen. Ich zog eines Nachmittags in die abgelegenste Ecke, um auf die blühenden Fliederbüsche und das hohe Gras zu blicken. Hier streifte höchstens eine Katze am Fenster vorbei. Die Wiese stieß vorne an die Querstraße, doch ich sah nur ihre ferne Häuserflucht. Der kaputte Zaun und das Gesträuch am Wiesenrand verbargen die Passanten und den Verkehr. Der Trampelpfad kam von rechts und war nur zu sehen, wenn ich mich vorbeugte. Alles ereignete sich außerhalb des Gesichtsfelds.

Meta wusch schimpfend am Tresen das Frühstücksgeschirr: »Bin ich hier die Putzfrau oder was? Oder die liebe Mutti?«

Außer mir war niemand da, aber ich war beim Frühstück nicht dabei gewesen und fühlte mich nicht angesprochen. Außerdem hätte das nicht in unser Spiel gepasst: dass wir uns gar nicht kannten. Schließlich stapfte sie hinter dem Tresen hervor, begann, sämtliche Stühle auf die Tische zu stellen, und schielte böse nach mir, als wäre ich der allerletzte Gast, der bei einer Tasse Kaffee bis in die frühen Morgenstunden ausharrt. Sie kehrte den Boden um mich herum, ich tat, als würde ich schreiben. Endlich verschwand sie ins Hinterzimmer. Ich hörte auf, so zu tun als ob. Sah lange auf die Wiese – vielleicht, wenn ich lang genug hinsah, würden sich endlich Gestalten zeigen. Nur das Gras regte sich. Wo blieb Meta denn? Irgendwo lief eine Radiostimme, zischelte Bratöl, klatschte Wasser, dröhnte eine Bohrmaschine. Fern und schwach heulte die Straßenbahn.

Meta kam durch die Hintertür herein, langsam, fast feierlich, den Kopf gesenkt, als hielte sie eine Kerze. Aber es war ein Glas Wasser. Die Vorderseite ihres Kleides war durchnässt, sie schien es nicht zu bemerken.

Sie stellte das Glas Wasser vor mich hin. »Schau.«

Ich schaute es mir an.

»Nicht so – von oben.«

Ich rückte das Glas näher und beugte mich vor, sah

Licht und Schatten, die Maserung des Holzes, zu Ringen gebogen.

»Du musst dich vielleicht ein bisschen bewegen.«

Ich bewegte den Kopf, die Ringe schmolzen zusammen und teilten sich wieder.

»Was soll ich denn sehen können?«, fragte ich. Und sah es doch schon.

Glich es einer Spiegelung, einem fernen, umgekehrten Abbild, das sich wieder aufrichtet, scharfstellt, in den Brennpunkt rückt? Oder einem Vexierbild, das sich im Spiegel entzerrt? Lag das Bild auf dem Wasser, darunter, darüber, unter meiner Schädeldecke? Egal: Stimmen bekamen Gesichter, Gestalten gerieten zwischen meine Hände, so klar, dass die Form des Ganzen genauso greifbar vor mir liegen müsste, sähe ich nur richtig hin.

»Hast du etwas gesehen?«

»Figuren«, sagte ich widerwillig, »über die ich schreiben wollte. Woher kommt das?«

»Ich wollte nur das Wasser aus der Nische wegschütten. Diesmal habe ich die Schüssel an die Hintertür gebracht, weil der Abfluss verstopft ist. Und da, wie die Sonne draufschien, habe ich ein Gesicht gesehen. Ich war so erschrocken, ich habe die Schüssel fallen lassen. Hebe sie auf, gucke sie mir noch mal an – nur ’ne olle weiße Emailleschüssel. Bin zurück und habe in die neue Schüssel geschaut, die ich hingestellt habe. Und ich habe es wieder gesehen, in dem klein bisschen Wasser.«

»Was für ein Gesicht?«

»Das sage ich lieber nicht.«

»Ein Gesicht, das du sehen wolltest?«

Sie lächelte so heiter, so traurig, dass ich begriff: Seit Israel trug sie etwas mit sich herum. Was sie endlich einmal *nicht* teilen wollte. Das Modemsignal war hin- und hergesprungen, bis es die Leere überbrückte. Sie hatte an jemanden geschrieben, das Rauschen übertrug zerstückelte Wörter.

»Ich habe gewartet, bis das Wasser sich sammelt. Ich hab's in andere Schüsseln, in Gläser gegossen. Ich habe andere Dinge gesehen – Dinge, die ich sehen wollte.«

Susi und Michi kamen zur Tür herein. Noch erzählte Meta nichts. Sie leerte das Glas in das verstopfte Spülbecken. So etwas lässt sich nicht wiederholen, dachte ich. Und die Figuren, die mir gezeigt worden waren, würde ich niemals beschreiben. Vielleicht reichte es, sie *so* gesehen zu haben, so lebendig und so losgelöst von mir.

Am nächsten Tag ignorierten wir einander wieder, als wäre nichts gewesen. Ich blickte auf die Wiese, beobachtete Metas Spiegelbild in der Fensterscheibe. Mein Notizbuch lag vor mir, aber ich traute mich nicht, aufzuschreiben, was ich gestern erlebt hatte. Hatten wir wirklich etwas gesehen, würden wir es auch heute sehen? Und die anderen? Würde Meta es ihnen zeigen? Oder endlich einmal für sich behalten? Auch wenn ihr Gesicht strahlte – ihr Spiegelbild schien mir doch eher besorgt.

Sobald der Salon sich gefüllt hatte, verschwand Meta ins Hinterzimmer und ich wusste: Es war noch da, und sie würde es mit allen teilen. Sie kam wieder herein, langsam und feierlich – wie man mit einem Tablett randvoller Gläser einen Raum eben betritt. Alle verstummten, erwarteten irgendein Trinkritual. Jeder nahm sich ein Glas und wartete. Ihre Erwartung steckte auch mich an – gleichzeitig wollte ich nichts damit zu tun haben. Aus lauter Ratlosigkeit machte sie daraus eine *Performance*. Ich wünschte, es würde ihr misslingen, die Bilder würden sich verweigern. Schließlich würde sie es auf die leichte Schulter nehmen. Das Ritual würde gutgelaunt über die Bühne gehen, wie eine spiritistische Sitzung, die Leute würden Witze machen, um das leichte Gruseln zu überspielen, das sie treuherzig empfinden würden. Die *Uneindeutigkeit* würde alle am Ende befriedigt zurücklassen.

Meine Augen waren auf Meta gerichtet, ich tat so, als wartete ich ab, was als Nächstes passieren würde. Doch schon im Augenwinkel regte es sich im Wasser.

»*In vino veritas*, und so weiter«, sagte Meta.

Ich wollte die anderen beobachten, wollte wissen, wie es aussah, so ins Glas zu starren. Vera, die sich länger nicht gezeigt hatte, saß am Tresen. Sie versteifte sich, hob den Kopf. Aber unwillkürlich sah ich nach unten, schielte nach Bildern.

9

Draußen, in der Stadt, änderte sich nichts, änderte sich alles, nicht anders als vorher.

Am nächsten Tag fanden sich alle zum späten Frühstück ein, müde und euphorisch. Der Durchbruch erschien als gemeinsame Leistung – wir mussten begreifen, wie wir es geschafft hatten, beschließen, wie es weitergehen sollte. Dora, die sich selten zu Wort meldete, sprach es als Erste aus, leise, doch voller Überzeugung: Sie spüre, dass alles mit dem Wunderrabbi zusammenhängen müsse. Meta hatte mit ihm zu schaffen gehabt, nun hatte er mit uns zu schaffen. Sie hatte ihn gerufen, er hatte sich gemeldet. Oder?

»Warum sollte er ausgerechnet uns ein Wunder angedeihen lassen?«, erwiderte Karla. »Soll er uns denn etwas schuldig sein?«

»Uns nicht, aber Vera vielleicht.«

»Vera macht nicht mit, sie ist gegangen, sie weigert sich! Am Ende ist ausgerechnet sie die Einzige, die noch richtig im Kopf ist!«

Ich hatte noch den Blick gesehen, den Vera gestern Abend auf Meta gerichtet hatte. Er hatte auch mich gestreift, als drehte sich Vera verblüfft nach mir um, *Du hier?*, in der Landschaft, die sich öffnete, ich entfernte mich, sie entfernte sich, entschlüpfte am Bildrand.

Sie sei gleich gegangen, meinte Holger, habe gar nicht erst ins Glas geschaut. Doch, habe sie, behauptete Bruno, aber man habe ihr angesehen, dass sie nichts gesehen habe.

Sie sei blass geworden vor Wut – oder Angst? Hatte sie etwas Schlimmes gesehen?

Wir fragten, wie so oft, was in ihrem Kopf vorgehen mochte, während wir doch von ihren Bildern umringt waren. Von einer Fülle an Augenblicken, die zu einem einzigen insektenhaften Facettenaugenblick geworden waren. Nach ihnen schielten wir wieder: War da irgendeine schlimme Vorahnung? Immer gleich mit der Schwarzseherei, typisch deutsch, dachte ich. Und erinnerte mich doch an Veras Augen, im Nachhinein eine Warnung, die in der Landschaft schwebte, warum nur, mitten im schönen Bild? Nur schöne Bilder, alle nickten, nur Schönes hatten alle zu sehen bekommen, vielleicht nicht gleich *gute* Dinge, aber Dinge, die so gesehen schön waren – ratlos einigten sie sich auf Schönheit und gleich schien sie selbstverständlich. Als glaubten sie längst, ein Wunder stehe ihnen zu, und ein hässliches Wunder hätte ja keinen Sinn ergeben.

Kaum zu fassen, diese Zyniker waren wie verwandelt. Ihr Zynismus war wohl doch nur eine dünne Haut, ihre Häme und Bockigkeit, ihr Zweifeln und Zaudern waren verbissene Schutzmechanismen einer Sehnsucht, deren Heftigkeit mich ein wenig erschreckte. Aber offenbar teilte ich sie, denn auch ich glaubte an das Wunder, ich sah es klar vor Augen, auch mir schien es ganz selbstverständlich zuzustehen.

Metas Tastatur klapperte, das Modemsignal irrte durch die Räume und ging ins Rauschen über. Sie suchte, sie fragte, sie beriet sich. Denn am Abend sagte sie verlegen, ein derartiges Wunder sei bei dem Grynberg nicht aktenkundig. Wobei Wasser natürlich ein wichtiges mystisches Element sei.

Wolfgang hatte irgendwo etwas gelesen – den ganzen Tag hatte er Bücher hervorgekramt – vom Hellsehen mit Wasser, Wasserschau, Hydromantie. *Scrying.* All die alten

Völker hatten ins Wasser gespäht, die Germanen, sicher auch die Israeliten. Meta fiel nun eine Freundin ihrer Mutter aus Ostpreußen ein … Ja, doch, wo sie das sagte, erinnerte man sich an solche Leute, die es gegeben haben sollte, einen alten Ruganer oder eine Aussteigerin bei Gera, oder der Schamane, der Eva und Bruno beim Trampen durch Sibirien beherbergt hatte. Warum also keinen Wunderrabbi? Vielleicht hatte er das Wunder nicht für uns vorgesehen, vielleicht zapften wir es nur ab. In Wirklichkeit war es Veras Wunder.

»Mit dem Rabbi hat sie nichts zu tun, das hat sie doch gesagt! Ob an diesem Wunderrabbi überhaupt etwas dran ist? Bielagk lebt doch seit 1946 hier drin und hat noch nie was von ihm gehört. Was wird denn hier zusammenfabuliert?« Karla verstummte, sah demonstrativ aus dem Fenster, als Meta die Gläser verteilte, aber als ich eine Stunde später in die Runde schaute, hatte auch sie den Kopf über das Glas gebeugt, ihre spöttische Fassade war nackter Wehmut gewichen.

Ich ahnte, was sie sah: ihre alte Neubauwohnung, saubere Linien, lichtdurchströmt, der geometrische Beweis eines gelösten Problems. Vorm Fenster weiße Türme und grüne Alleen: Berlin, Hauptstadt der DDR, im Jahr 2000.

Wir ließen die Frage des Wunderrabbis offen. Ungewissheit war auszuhalten. An schleierhafte Vorgänge waren die anderen von klein auf gewöhnt. So viel stand fest: Schon immer hatten Menschen unerklärliche Dinge gesehen, die sie für die Zukunft hielten. Oder für den wahren Blick in die Ferne, in die Vergangenheit, in fremdes Leben – jedenfalls für Wahrheit. Wir waren vorsichtiger. Wir wussten, es musste sich um irgendein natürliches Phänomen handeln. Es ging wieder einmal um Wahrnehmungen, um das Bewusstsein. Der Mensch nahm etwas wahr und sein Bewusstsein deutete es. Wir wussten darum. Wir suchten im Netz nach ähnlichen Erscheinungen. Es gab jede Menge okkulte Kreise, aber nichts wirklich Überzeugendes. Was ja nichts zu sagen hatte – nicht alles, was es gab, gab es auch im Netz. Wir wollten die Wohnung nach weiteren Quellen absuchen, wollten gar in den Keller steigen, ließen es aber gleich wieder sein. Wir spürten, dass man solche Dinge nicht suchen konnte. Das sei wie mit den Büchern, meinte Wolfgang. Suchen sei das Eine und Finden das Andere. Es komme auf das an, worüber man zufällig stolpere. Wir liefen herum, scheinbar ziellos, und achteten auf Bewegungen am Rande des Gesichtsfelds. Schon dadurch waren wir in eine fast unerträgliche Hochstimmung versetzt.

Anfangsstimmung, Endstimmung: Manche schmissen alles hin, Arbeit, Studium, Beziehungen. Manche stürzten sich in neue Projekte, verliebten sich. Karla und Bielagk schmusten in seiner Werkstatt. Holger verschwand tagelang nach Bosnien mit einer Studentin der Südslawistik, die Hilfsgüter transportierte. Susi und Michi zogen nur noch durch Techno-Klubs. Dora wurde gläubig und trat der Sophienkirche bei, weil dort ein interkultureller Dialog mit der jüdischen Gemeinde geführt wurde. Wolfgang nahm sich wieder seine Zwischenprüfung vor. Eva wurde schwanger.

Wir hielten uns an dem Ritual fest: Meta sammelte das Wasser, verteilte es auf die Gläser und reichte sie auf dem Tablett herum, wenn die Zeit dafür reif schien. »Ich bin hier nicht die Hohepriesterin, ihr könnt euch auch einfach selbst bedienen!«, protestierte sie, aber das hätten wir zu unsozial gefunden. Irgendein verbindendes Element musste sein, bevor jeder für sich abtauchte. Wer zu spät kam, wartete, bis Meta von ihrem Glas hochschaute, wartete geduldig, denn die meditative Ruhe im Raum übertrug sich. Man ließ den Blick nachdenklich über die Gesichter schweifen, die im

Schauen so gelöst und schön waren. Es dauerte nicht lange, bis Meta den Blick spürte, auftauchte, aufstand, ein Glas Wasser holte und feierlich überreichte.

Es sprach sich herum, alte Freunde des Hauses fanden sich wieder ein, neue Gesichter tauchten auf, niemand wusste woher – so war das schon immer gewesen, wenn sich im Haus etwas tat, ob Thorstens Sommerdisko oder der Umbau des Salons. Wiederum andere blieben weg, wollten lieber tanzen gehen anstatt versunken herumzuhocken. Nach der ersten Euphorie hatte Wolfgang gleich das Ende prophezeit: *Es wird im Internet stehen, dann kommen die Medien, und dann ist's vorbei.* Ich teilte diese Angst, aber sie war unbegründet. Denn das Wunder ließ sich Außenstehenden schwer mitteilen. Es widersetzte sich allen Medien, so Jana, ja sie schlage dafür das Wort *Immedium* vor: etwas, was nur unmittelbar zu erleben sei.

Ganz am Anfang wollte ich Ethan davon erzählen, auf dem Weg ins Rechenzentrum begann ich ein paar Sätze zu bilden, die sich also auch mit diesem Weg verbanden, der mir immer wieder fremd war, einen immer neuen Zusammenhang barg, wie nun diese Darstellung des Wunders, die ich vor mich hin wiederholte. Aber ich musste lange auf einen Rechner warten und da schon wusste ich nicht mehr, was ich schreiben sollte. Ich hatte Ethan seit Wochen nicht mehr geschrieben, er kannte die Vorgeschichte nicht, und ich wusste nicht, wie ich sie so hätte erzählen können, dass diese Wendung der Dinge schlüssig erschienen wäre. Sie müsste klingen wie fabuliert. Ja, wie eine Überbietung *seiner* Neuigkeit, auf die ich noch gar nicht reagiert hatte: Was sagt man da?, hatte ich gedacht, nur Floskeln hatte ich parat. All das fiel mir wieder ein und war in diesem neuen Licht plötzlich das Eigentliche, Ethans Neuigkeit war das nicht zu Überbietende, keine Geste, sondern eine Erkenntnis, die ich jetzt erst, durch ein Wunder, begreifen konnte. Ich sah ihn erst wirklich – nein: flüchtig sah ich *sie*, die noch namenlos war, schien mich sogar dunkel an sie zu erinnern. Ich konnte an sie schreiben, wobei die Anrede wegfiel, da unbekannt, als setzte ein Gespräch nahtlos wieder ein, über gemeinsame Erinnerungen, Alltagsdinge, ich konnte nach ihren Neuigkeiten fragen, ohne die meinen erwähnen zu müssen, es war, als wären sie längst schon geteilt.

Auch untereinander war es schwer, über das Wunder zu reden, es kam auch gar nicht so sehr darauf an. Sondern darauf, dass wir einander mit anderen Augen sahen, schon durch die neuen Launen, Pläne, Stärken, Schwächen, die zum Vorschein kamen. Wir vertrauten einander, waren doch alle im selben Boot, hatten dieselbe Schwierigkeit, das Gesehene mitzuteilen. Manche verstummten gleich, manche faselten endlos wie von Träumen oder Trips, die anderen lächelten nachsichtig und hörten längst nicht mehr zu. Am besten, man sprach mit der szeneüblichen Beiläufigkeit von *Ideen*, die man bekommen hatte. So hatte Meta endlich das richtige Bild für ihr Kunstprojekt gefunden.

»Die Bienen. Ich lasse die Bienen für mich arbeiten. Ich möchte doch kein Wachs aus Polen, das ist mir zu – tot. Wir bauen ein Gerüst für ein Bienenvolk. Das habe ich einmal als Kind gesehen, auf einer landwirtschaftlichen Ausstellung: ein Bienenstock zwischen zwei Glasscheiben, man sah, wie sie tanzen, die Arbeiter, die Drohnen, sogar die Königin. Stellt euch vor, das wären die Wände, die Decke … du bist umschlossen wie die Biene in der Zelle, um dich herum summt es, ein trübes warmes Licht, es trieft, duftet … du fühlst dich ganz leicht, als würdest du gleich schlüpfen, losfliegen … Bielagk, denkst du, dass du so was bauen kannst?«

»Na *das* dürfte nicht das Problem sein. Was ich gern wüsste: Wer soll hier Imker spielen?«

»Ich.«

»Hast du nicht erzählt, dass du beinah an einem Bienenstich gestorben wärst?« Karla sprach so scharf, als wollte sie Meta der Lüge bezichtigen.

»Ja, darum geht es doch.«

»Dann kommst du als Imkerin nicht in Frage. Oder denkst du, die Realität gilt für dich nicht mehr?«

»Nein.« Meta sah sie verständnislos an.

»Was willst du dann damit beweisen?«

Meta war rot geworden. »Ich werde doch Vorkehrungen treffen. Was denkst du eigentlich? Man trägt Schutzkleidung. Und heutzutage gibt es Spritzen, *Epipens*, die hat man für den Notfall bei sich. Außerdem stechen Bienen nicht so einfach zu. Es kann doch nichts passieren. Das Risiko ist nur theoretisch. Eine Metapher. Ja?«

Vera lächelte. Ihr altes, vernichtendes Lächeln, dachte ich. Ich sah noch mal hin. Nein, sie lächelte nur verlegen.

Meta musste versprechen, niemals allein zu arbeiten. Allseits begeistertes Nicken.

»Na schön. Aber sowieso – was soll mir schon passieren? Wo Karla doch jederzeit über mich wacht.«

»Dass sich alle immer einmischen müssen!«, ereiferte sie sich hinterher. »Ich möchte auch mal mit den Bienen allein sein. Wobei – natürlich mache ich es gern mit euch zusammen. So habe ich mir das auch vorgestellt, als gemeinsame Sache, wie die Bienen halt. Aber doch nicht, dass alle dauernd auf mich aufpassen müssen. Ich bin ja nicht *krank*.«

Wir fuhren als unnötig große, lärmende Gruppe mit Wochenendticket und Linienbus zu einem Bauernhof bei Schwedt, um einen alten Bienenwagen samt Bienen zu kaufen. Vera blieb zurück, wollte arbeiten. Der Ausflug hätte ihr gutgetan, meinten wir, aber in Wirklichkeit waren wir erleichtert. Schon auf der Hinfahrt herrschte eine Aufbruchstimmung, erst jetzt so richtig und alle zusammen, als hätte in diesen wirren Wochen noch keiner wirklich begriffen, was geschehen und nicht mehr ungeschehen zu machen war. Es war Anfang Juni, der erste richtige Sommertag.

Wir bemühten uns, vor dem Bauern einen seriösen Eindruck zu machen. Er hielt einen ausufernden Vortrag, in dem es immer wieder um *den Bien* ging. Wir schauten einander ratlos an. Der Bien, was war der Bien? Ein Dialektwort? Eine besondere Bienenrasse? Bis uns aufging: der Bien war das Bienenvolk, der Schwarm als Organismus, als ein einziges Bewusstsein. Und wir lächelten alle auf einmal, als wäre das die Antwort auf eine Frage, über die wir uns lange die Köpfe zerbrochen hatten.

Auf der Rückfahrt fuhren wir auf Landstraßen, um Verkehrskontrollen zu vermeiden, im Bienenwagen, einem umgebauten Barkas mit einmontierten Bienenbeuten. Meta lenkte schwitzend über die Schlaglöcher, sie sei ja in Israel mit ganz anderen Fahrzeugen auf ganz anderen Straßen gefahren, ließ sich schließlich von Wolfgang ablösen, ganz andere Fahrzeuge und Straßen kenne er ja auch, das sei das Einzige gewesen, was bei der Armee damals Spaß gemacht habe. Alle anderen hockten gesetzeswidrig im hinteren Teil des Bienenwagens und tranken lieber den Obstler des Bauern als das durchgerüttelte Bier. Aber uns wurde nicht einmal schlecht, denn wir machten alle paar Kilometer Pause. Zuletzt, es war schon Abend, noch lange nicht dunkel, machten wir Lagerfeuer an einem kleinen See. Thorsten bestand darauf, er hatte Würstchen mitgebracht und Äpfel zum Braten in Alufolie gewickelt. Wir legten die Bierflaschen ins Wasser, zogen uns aus und gingen selbst hinein. So schäumte hinterher das Bier nicht über, und auch wir waren zur Ruhe gekommen, besprachen die Arbeitseinteilung und die Ratschläge des Bauern.

Den ganzen Tag, fiel mir ein, war kein Wort über Vera gefallen, ich hatte sie ganz und gar vergessen. Dass sie *arbeiten wollte*, war ein Vorwurf an uns gewesen. Ihre seltene Gegenwart im Salon war ein Vorwurf, wie sie bei Wein blieb und kein Wasser anrührte, so dass sie nun die Abstinenzlerin war, deren Blick für die Runde so unangenehm ist. So hatte ich bei den College-Partys am Rande gestanden, die Feiernden vor mir hatten sich in ihren Rausch hineingesteigert, um meinem bösen Blick zu entkommen.

»Vielleicht macht es ihr Angst«, hatte Meta eines Abends gemeint, sie schielte nach Vera, ratlos und betroffen, als hätte das Wunder in der Tat gerade Vera zugute kommen müssen. Vera, die sich nicht auf das Netz einließ, das nach und nach alle Oberflächen der Welt einspann, Vera, die schon das Wort *Suchmaschine* abartig fand – das Wasser, dem kein Netz etwas anhaben konnte, müsste doch ihr Element sein. Aber auch diese Art zu suchen lehnte sie ab. Wahrscheinlich, weil sie sie am liebsten selbst entdeckt hätte. Und für sich behalten. Das schien Meta zu bekümmern. Von der allgemeinen Euphorie schien ausgerechnet sie nicht ganz mitgerissen. Sie verrichtete das Ritual und stand dabei ein wenig neben sich. Mehr als sonst war sie die Gastgeberin, die sich nicht entspannen kann. Manchmal kippte ihre Stimmung, wie damals bei ihrer Abschiedsfete. *Die Leute machen jede Scheißidee mit.*

Jetzt aber, am Lagerfeuer, war sie ganz aufgeräumt, herrschte allgemeine Heiterkeit, Erleichterung: Alles schön und gut gewesen, die ganze Aufregung, jetzt war es an der Zeit, Tatsachen zu schaffen. Noch tranken wir unser Bier. Morgen würden wir lang und ruhig schlafen. Und dann ran an die Arbeit.

Auf der Rückfahrt nickte ich im Wagen ein, alle schwiegen, schliefen. Hinterher war mir, als hätten Wolfgang und Meta vorne gesungen … *have you ever seen the rain coming down on a sunny day*, leise und schief, wie meine Eltern immer, das konnte ich nur geträumt haben.

Die Schauzargen standen bereit, Bielagk hatte sie binnen einer Woche gezimmert, Holzrahmen mit Plexiglasscheiben. Der Bienenwagen stand am Wiesenrand, die Zargen wurden ausgetauscht, die Bienen mussten umgesiedelt werden. Ein Wunder, wenn dieser Staat an unserem Eingriff nicht zu Grunde ging, wenn dieses fremde Leben – *der Bien* – in den von uns ausgedachten Rähmchen weiter vor sich hin summte. Die Bienen bestraften Hektik sofort mit Zorn. So langsam, wie wir uns zu bewegen lernten, konnten wir gar nicht erst in Panik verfallen. Und es ging auf. Die Bienen zogen in die neuen Zargen und schwärmten, ein Fiebertrubel, wie sie ihn bei uns nie geduldet hätten. Die ersten begannen zu sterben: Die Wiese, die Linde mit ihren Blüten reichte ihnen nicht an Futter, so wie sie durchtanzten. »Da müssen wir zur Zuckerfütterung übergehen«, sagte Meta betrübt, »das macht man sonst eigentlich nur im Winter.« Schon leuchteten ihre Augen auf: Aus dem Wunderwasser könnte sie Zuckerwasser machen. Es schien den Bienen zu bekommen. Sie zogen sogar durch den Salon, als ob sie mehr suchten, »aber zu suchen habt ihr hier nichts«, sagte Meta. Sie spannte Fliegengitter vor die Salonfenster, an der Tür musste man durch Mückennetze dringen.

Alle waren auf einmal unheimlich beschäftigt; es lag an den Bienen, an ihrem Beispiel, oder einfach an den Kontoständen. Wir zogen die Schutzkleidung wieder aus und gingen mit all der entfesselten Hast gleich an die eigene Arbeit. Doras Nähmaschine sirrte, Bielagk hämmerte den Aufträgen hinterher, Holger eilte mit langen Schritten zur S-Bahn und streifte durch den Wald. Wolfgang baute sein Zimmer weiter mit Regalen zu. Wir zogen alles zackig durch, um abends möglichst lange ins Wasser schauen zu können. Nur Thorsten hatte nun *gar keine Zeit mehr für so was*, er schüttelte den Kopf, mit einem strahlenden, schmerzhaften Grinsen wie unter körperlicher Anstrengung. Unheimlich spannend, gerade auch die Bienen, er und Jana hatten viele Anregungen bekommen und wüssten nun, wie das Portal zu bauen sei. Und sie mussten es jetzt tun, sonst käme ihnen jemand noch zuvor.

»Ich weiß nicht, von wem er das hat«, klagte Karla. »Diese Einstellung: Alles, womit sich kein Geld machen lässt, ist eine Zeitverschwendung.«

Um so rückhaltloser ließ sie sich nun auf das Phänomen ohne Gebrauchswert ein. Es versetzte sie in eine, wie sie meinte, klarsichtige Melancholie.

Ich arbeitete den ganzen Tag im Übersetzungsbüro, um mir den taghellen Abend leisten zu können, die paar Stunden im Bienenwagen, verlangsamt und wachsam. Das Summen wurde immer mehr zum rhythmischen Geraune, wie Verse, die mir vertraut vorkamen, deren Worte mir aber nicht einfallen wollten. Die Bienen verschwanden immer wieder auf ihren unsichtbaren Wegen, aber Meta durfte ich nicht aus den Augen lassen, bis wir uns in den Salon setzten, um Abendbrot zu essen und noch ein wenig ins Glas zu gucken. »Stundenlang sitzt du da!«, sagte Wolfgang; ich glaubte ihm nicht. Denn so viel, wie ich arbeitete, konnte ich gar nicht so viel Zeit vor dem Glas verbracht haben.

Vera stand gelegentlich am Tresen, ihre Hand am Stiel ihres Weinglases schien die strenge Geste zu bilden, mit der sie das Wasser immer von sich wies. *Sie hat es wohl nicht nötig*, dachten wir verstimmt. Sie beobachtete uns wie Kinder, die malten. Niemand fragte mehr, was *sie* sah. Es schien ihr sogar recht zu sein.

»Jetzt gibt sie wieder die Starke«, sagte Meta, »da mache ich mir Sorgen.« Aber *Sorgen* sagte sie eher als Vorwurf, ihre Ratlosigkeit war in Kränkung gekippt. »Als ob ihr nichts fehlen würde, als gäbe es nichts, was sie würde sehen wollen. Nicht einmal ihre Eltern.«

»Doch«, sagte Karla. »Nachts stehe ich auf, ich gehe ans Fenster und sehe Vera, wie sie in ihrer Wohnung hin und her läuft. Sie zieht die Schuhe an, das Licht geht aus. Dann sehe ich ein Stockwerk tiefer Licht, eine Taschenlampe, die auf und ab wandert. Sie läuft durch die leeren Wohnungen, leuchtet die Wände ab. Da ist sie sonst nie reingegangen, hat sich wohl nicht getraut.«

Meta nickte nachdenklich: »Stimmt, ich höre sie manchmal.«

»Aber ich weiß nicht, was sie sucht.«

»Das Bernsteinzimmer, vielleicht. Keine Ahnung!«

»Hat sie etwas gefunden?«, fragte Wolfgang. »Hast du gesehen, ob sie irgendetwas mitgenommen hat?«

»Ach!«, sagte Meta. »Das interessiert dich. Ob da irgendwelche alten Bücher versteckt sind. Und wenn, dann würdest du sie ihr vor der Nase wegschnappen, wie du Holger immer den Kriegsschrott wegschnappst.«

Aber darum ging es Wolfgang nicht.

»Da oben ist nichts«, warf Holger ein, »das habe ich ihr schon gesagt.«

Karla schüttelte mit dem Kopf. »Wenn ich sie sehe, will ich nur noch heulen. Ich habe mir das Gartenhaus immer gern angeschaut. Ich kam mir vor wie vor zwanzig, dreißig Jahren, als alles so ausgesehen hat. Wobei ich damals die kaputten Häuser an sich schlimm fand, sie haben so sehr an den Krieg erinnert. Aber eben auch an den Aufbau, das ist es, was an der damaligen Zeit so schön war, der Glaube, dass *wir* etwas aufbauen, für uns. Nicht irgendwelche Firmen für irgendwelche Kunden. Es gab noch die Vorstellung von einer Gesellschaft. Wir haben bis zwei Uhr morgens geredet und sind früh raus in die Gesellschaft und haben etwas dafür getan. Ich denke an die ganzen Abende, die Leute … und ich schaue aus dem Fenster und sehe, wie jemand nachts mit einer Taschenlampe leere Räume durchsucht. Und *das* ist die neue Gesellschaft.«

»Genau«, sagte Wolfgang und schrieb ihre Worte auf eine Serviette. Er schrieb alles auf, was *sein Weltbild bestätigte.* Meine Worte schrieb er niemals auf. Aber es spielte keine Rolle: Er konnte seine eigene Schrift nicht lesen.

»Genau«, sagte Meta, »sie könnte alles finden, bloß nicht dort, wo die anderen suchen. Lieber sucht sie in den leeren Räumen.«

»Ach, du glaubst die Lügen«, knurrte Wolfgang. »Heutzutage kriegt jeder, was er will. Wenn nicht, ist er selber schuld. Ich muss jetzt gehen.«

»Du hast deine Serviette vergessen«, rief ihm Meta hinterher.

»Es macht die Männer auch so aggressiv«, sagte Karla traurig.

»Nee«, sagte Wolfgang, als ich nach Hause kam, »das mache ich nicht mehr mit. Der Salon, da geht es nur noch darum, dass die Leute sich selber die Köppe vollscheißen. Schau, die bunten Bildchen. Trink und halt die Klappe. Hauptsache, man denkt nicht darüber nach. Was *draußen los ist.*«

Das hatte er schon immer gesagt. Auch das hatte sich mit dem Wunder nicht geändert. Ich fragte mich wieder einmal, was er eigentlich damit meinte. Der Krieg, an dem sich nun auch die Deutschen beteiligten? Die Arbeitslosigkeit, die Machenschaften der Treuhand? Meinte er die Rechten? Er schaute Fernsehdokus über Rechtsradikale, vor allem Enthüllungsberichte über die Artamanen, und konnte danach nicht schlafen. *Das hat es zu Ostzeiten nicht gegeben. Das kommt jetzt wieder. Das haben wir davon.* Er las Ernst Jünger, »Der Waldgang«. Auf dem Trödelmarkt hatte jemand ihm das Buch empfohlen: Es gehe darum, *sich dem System zu entziehen.* Er las es aus Angst, er könnte es gut finden. Man musste sich seiner Angst stellen. *Jünger durften wir damals nicht lesen. Das ist die Freiheit.* Wie immer sprach er *Freiheit* mit Hohn aus. Sie war es, *was draußen los ist.* Und was in ihm los war – er war der eigenen Freiheit ausgeliefert, deren letzte Konsequenz es war, Jünger zu lesen, und zwar vor allen Leuten, als forderte er uns heraus, das Buch zu beschlagnahmen.

Was niemand tat. Nur Holger las rein und meinte: »*Waldgang* – der Typ hat vom Wald keine Ahnung.«

»Das ist schon eine eingebildete Sau«, räumte Wolfgang ein, »ich habe ihn mal im Fernsehen gesehen.«

Auch danach hatte er nicht schlafen können, hatte mir sein *schlechtes Gefühl* zu erklären versucht: als tue sich beim bloßen Anblick des eitlen Greises ein Abgrund auf, in den man sich unweigerlich stürzen musste. Warum eigentlich, fragte ich, ich fand Jünger schlicht undurchdringlich, wie konnte man ihm solch fatale Anziehung zuschreiben? Geschweige denn den Stiernacken der NPDler oder den miefigen Bauernhofidyllen der Artamanen? Hielten sich die Deutschen für Werwölfe, die bei Vollmond, egal wie unfreiwillig, die Zähne fletschen müssten? Kam daher die Hysterie, die in jeder politischen Debatte steckte?

Wolfgang war beleidigt: Ich nähme seine Ängste nicht ernst. Du weißt doch selbst nicht, wovor du Angst hast, erwiderte ich. In solchen Nächten zog ich auf das Kanapee. Klar, sagte er, woher sollst du auch mit solchen Realitäten umgehen können?

Dabei schaute ich auch Nachrichten und las die Zeitung, sogar aufmerksamer als vorher, ja ungeduldig zu erfahren, was geschah. Seit dem Wunder spürte ich einen Übermut wie lange nicht mehr, ich entzog mich Wolfgangs Pessimismus und versuchte ihn mitzuziehen. Denn das Wunder, klein wie es war, ließ all die hässlichen Realitäten schillern, bloße Erscheinungen, die leicht umgewandelt, Vorstellungen, die umgedacht werden könnten. Ja, wir dachten sie schon um, sie wandelten sich vor unseren Augen. Aber genau das schien die Angst zu sein, die Wolfgang immer stärker umtrieb: Was draußen los sei, sei eine einzige unkontrollierbare Wandlung, die jeden Rahmen sprengen würde.

Ich fragte nicht, was er im Wasser sah. Er kam dabei endlich zur Ruhe und ich wollte den Bann nicht brechen. »Krass«, hatte er am ersten Abend geflüstert, aber nicht zu mir. Auf einmal war er ganz woanders. Irgendwo, wo er stundenlang verharren konnte, gesammelt, heiter, kühn. Die Nervosität war von ihm gewichen. Später, zu Hause, befiel sie ihn um so heftiger.

Nun zog er sich tatsächlich tagelang zurück, räumte Regale um, kam immer wieder in mein Zimmer und suchte fluchend Bücher, wie in einer ratlosen Solidarität mit Vera, deren Taschenlampenlicht an den Fenstern gegenüber entlangglitt. Irgendwann knallt's, sagte er kopfschüttelnd. Was er damit meinte, fragte ich auch nicht. *Nur beobachten*, dachte ich.

Und dann knallte es trotzdem. Anfangs hatte ich mich bereit erklärt, mit seinen Büchern in einem Zimmer zu leben. Nun lehnte ich mich dagegen auf. Inzwischen türmten sie sich auf meinem ganzen Fußboden. Ich heulte und warf Gläser an die einzige freie Wand, in der Küche, bis er doch noch alle Stapel, sogar ein Regal aus meinem Zimmer räumte. Damit verstieß nun ich gegen unsere Abmachung, und wer weint, ist sowieso im Unrecht. Wolfgang konnte ja nicht weinen, seit er klein war nicht mehr.

Meinen Raum musste ich mir wie mit den Fingernägeln aus seinem Fleisch ausgraben. Und er meinte: *Es geht dir längst nicht mehr um weiße Wände.* Keine Ordnung könne ich gelten lassen, nicht nur, dass ich mich jedem mühe- und liebevoll aufgebauten System verschlösse, ja ich trachtete danach, es Stück für Stück abzutragen. Wofür denn? Für eine Freiheit, die aus lauter Nichts bestehe. Denn ich sei nicht in der Lage, selbst etwas aufzubauen. Nur niederreißen könne ich.

Am Ende glaubte ich ihm sogar. Nieder mit jeder Ordnung, dachte ich, und saß lange im Büro, zwischen weißen Wänden.

Auch im Salon spürte ich manchmal das Bedürfnis, mein Glas an die Wand zu werfen. Es war nicht mehr auszuhalten, die Geschichte, die sich vor mir im Wasser entfaltete und mich den ganzen Tag begleitete. Suchte Vera ihre Eltern, ihre Schwester, das Versteck ihres Vaters? Ich sah sie. Ich sah sie in Räumen und auf Wegen, in einer Stadt, in einer Landschaft. All das hätte ich beschreiben können – und konnte es doch nicht. Ich hatte es anfangs noch versucht, eine Szene mit dem Grenzsoldaten hatte ich klar vor Augen gehabt und geahnt, wie er mit den anderen Figuren zusammenhängen könnte. Aber auf Schritt und Tritt verfolgte mich ein schlechtes Gefühl, ich war angewidert und wusste nicht, ob von mir selbst oder von dem, was ich *verarbeiten* wollte. Ein rasender Hunger, dann Überdruss bis zur Übelkeit, als wollte ich ein Tier mit Haut und Haar, einen Menschen verschlingen. Ich legte mein Notizbuch zur Seite. Ich war nicht in der Lage, etwas zu schaffen.

Ich schaute hilfesuchend zu Meta am Tresen, die mich pflichtbewusst ignorierte. Sah sie denn nicht, dass ich nicht arbeitete, es nicht mehr nötig hatte, in Ruhe gelassen zu werden? Ich wollte die Regeln ändern, den Zauber brechen. Aber Meta war endlich ganz in ihm aufgegangen, stand nicht mehr neben sich, war gesammelt und beschwingt. Ich wollte nicht gestehen, dass ihr Wunder mir die Sprache verschlagen hatte.

Setzte sich Meta doch mal zu mir ans Fenster, um einen Kaffee zu trinken, entschuldigte sie sich gleich wieder und räumte in ihrer Wohnung um, putzte sie von oben bis unten. Setzte sie sich abends mit dem Wasserglas hin, sprang sie gleich wieder auf, als wollte sie das Gesehene erwischen, ging nach hinten, die Tastatur klapperte.

Oben in den leeren Stockwerken rumorte es. Wolfgang lauschte gierig. Er war überzeugt, eines Tages würde Vera es uns allen zeigen. Das sagte er Meta nicht – als wollte er sie schonen.

»Ich glaube, Vera sucht *die Quelle*«, sagte Meta schließlich wie nebenbei. »Wenn es jemand schafft, *weiter zu gehen*, dann sie. Nein, mir macht das nichts aus. Ich bin nicht für alles zuständig!«

Alles sehen, nichts können. Aber vielleicht hatte Meta Recht gehabt: Wenn Kunst von Können kam, dann lieber keine Kunst, kein Versuch, die Dinge in Worte zu fassen, und wenn, dann lieber die abendlichen Gespräche, zaghaft und zuversichtlich, als wir über den Raum sinnierten, der am Ende all dieser Mühen stünde: Die einzelnen Zargen mit ihren Waben, jede ein wimmelnder abendgoldener Bezirk aus der Vogelschau, würden sich lückenlos um uns schließen. Als Kind war man doch immer hineingekrochen in Höhlen und Zwischenräume, hockte dort und glaubte sich von einer ganzen Welt umgeben.

Die Vernissage stand bevor, und der Aufbau musste noch ausgetüftelt werden – Wolfgang ließ sich einspannen und bekam gleich wieder gute Laune. Ende Juni fuhren wir mit dem Bienenwagen in die alte Brauerei. War ich schon einmal hier gewesen, am ersten Wochenende, im Untergrund-Klub, den ich nicht mehr hatte finden können? Schwer zu sagen. Die Höfe waren frisch gepflastert, nirgends auch nur ein Bäumchen. Die Gebäude sollten demnächst saniert werden. Ein letztes Mal durften fast hundert Künstler ausstellen, je einen Raum, einen Gang, ein Treppenhaus, Meta eine Nische unter einer Treppe gestalten. Mit Wolfgang und Bielagk legte sie die Nische mit kühlen Leuchtröhren aus und montierte die Zargen hinein. Zwei Tage und eine Nacht durch – alles Mögliche ging schief, nur die Bienen blieben so ruhig oder unruhig wie immer. Wolfgang und Bielagk lästerten nicht, denn Meta verausgabte sich vollkommen. Am Morgen der Eröffnung spendierte sie ein Taxi nach Hause, sie konnte vor Rückenschmerzen kaum noch laufen. Sie schlief den ganzen Tag, wie Wolfgang. Ich saß nachmittags auf dem Hof, las und genoss das große Ausschlafen um mich herum – selbst Bielagk, der hätte arbeiten müssen, schnarchte in seiner Werkstatt. Um halb fünf lief Meta blass und schwebend vorbei, ohne mich zu bemerken. Das versetzte mich in eine ähnliche traurige Ruhe wie ihr Schlaf.

Als Wolfgang aufwachte, waren alle anderen schon losgezogen. Nur bei Vera brannte noch Licht. Wolfgang bestand darauf, bei ihr zu klingeln, bevor wir zur Vernissage gingen. Ich war dagegen. Sicher wollte sie ihre Ruhe haben. Als sie die Tür aufmachte, schien sie nicht zu ahnen, warum wir gekommen waren. Dass Meta heute ausstellte, hatte sie vollkommen vergessen. Aber Überraschung zeigte sie auch keine: ein Diener, der auf Befehle wartet.

»Wir dachten, du willst vielleicht mit uns mitgehen«, sagte Wolfgang unerschrocken, »zu Metas Vernissage.«

Ihr Gesicht änderte sich nicht, sie nickte und sagte heiser: »Einen Moment, ich muss mir die Hände waschen.«

Sie ließ die Badtür angelehnt, als sollte man ruhig wissen, was sie tat. Es berührte mich immer unangenehm, wie sie sich nach der Arbeit die Hände wusch, das Scheuern mit

Terpentin, dann Seife, so eilig und so beflissen, ja keinen Fleck zu übersehen.

Die Straßen dufteten nach Holunder. Vera roch wie ein altes Möbelstück, leinöl-, terpentin-, tabakgebeizt. Wolfgang fragte Vera nach dem Wasserdruck und ob das Dach noch tropfte. Sie holte ihre Worte wie aus Schubfächern, die klemmten.

»Meinetwegen können wir Vera die Installation zeigen und gleich wieder abhauen«, sagte Wolfgang, als er die Menschentraube vor der Brauerei sah. Vor dem Einlass für »Presse und Gäste« zögerte er, bis mehrere – in seinen Worten – »gestylte Typen« mit Presseausweisen sich an uns vorbeidrängten. Aber sein Name stand tatsächlich auf der Gästeliste, und er lächelte stolz, als er uns hereinlotste. Er stellte uns sogar dem Kurator vor, der so tat, als würde er sich an Wolfgang erinnern. Beim Anblick der vielen lärmenden Menschen hatte ich auch gedacht: Schnell weg. Die Brauerei, auf geheimnisvolle Weise bewohnt, als die Künstler noch gearbeitet hatten, war nun belagert. Anfangs in Berlin hatte ich Menschenmengen gesucht, in denen ich verschwinden konnte. Nun verschwanden meine Freunde in der Menge, Wolfgangs Hand entglitt meiner, der Kreis war aufgelöst. Möglich, dass ich sie niemals kennengelernt hätte, beliebige andere Menschen hätten mich aufgenommen. Ein anderes Wunder hätte stattgefunden. Ich ließ mich treiben. Verfremdete Räume, Wandlung, Wandeln, ein Tauchen in Nischen und Kammern. So stellte ich mir einen Maskenball vor. Nur gingen hier die Menschen unmaskiert umher, die Verstellungen umgaben sie. Möglich, dass ich meine Freunde nicht mehr finden würde – doch auf einmal stand ich in ihrer Mitte, sie hatten sich hier an der Treppe, an diesem halbwegs geschützten Ort eingefunden. Gegenüber von der Eingangsluke hielt Meta eine leere Bierflasche umklammert und lehnte den Kopf an die Wand, die Augen halb geschlossen. Vor ihr standen all ihre alten Liebhaber und sahen sie verlegen und hungrig an. Vera hatte sich auf die Außenkante einer Treppenstufe gestützt, eine Hand, nach hinten ausgestreckt, umklammerte das Geländer. Sie sah erschrocken aus. Wir hätten sie nicht mitnehmen dürfen, aus ihrer stillen Wohnung in diesen Strudel aus Stimmen, Gesten, Gesichtern. Meta umarmte mich. Sie roch nach Hopfen und Honig. Sagte etwas, was ich nicht verstand.

Plötzlich stand ein schlanker dunkelhaariger Mann an ihrer Seite, er reichte ihr ein Bier und sie lehnte sich an ihn, so dankbar wie vorhin an die Wand.

»Das ist Yuval«, sagte Meta, »aus Jerusalem.«

Er gab mir die Hand, grüßte auf Englisch. Wolfgang kam aus der Luke gekrochen, er hatte ein Taschenmesser in der Hand, das er Yuval reichte. »Now it is straight«, sagte er zu Yuval. »I have turned the screw.« Ich hatte ihn noch nie Englisch reden hören. Schon hatte eine Verständigung stattgefunden, ein technisches Problem war gelöst worden. So, von Anfang an, gehörte Yuval dazu, er rastete auf eine Art ein, die alle einrasten ließ. Ich schmiegte mich an Wolfgang und sah zu, wie die Leute herein- und herauskrochen. Sie legten sich niemals ganz hin, sie stützten sich auf die Ellbogen oder reckten sich unbeholfen, grinsten und riefen ihren draußen wartenden Freunden Unverständliches zu. Sie hatten Angst, den Kopf hinzulegen, Angst um die Frisur, Angst, die Luke aus den Augen zu verlieren. Auch Vera stand beiseite und beobachtete sie.

»Willst du nicht reingehen?«, fragte Meta.

»Ich kriege Platzangst.«

»Oh, ich doch auch!«

Vera hockte sich hin, stützte sich mit einer Hand an den Türrahmen und spähte in die Kammer hinein, ein dunkler Umriss vor dem schummrigen Licht.

»Willst du mein Bier austrinken?«, fragte Meta, »ich bin so müde, ich glaube, ich muss jetzt …« Sie drückte die kalte Flasche in meine Hand, ihr Lächeln bat neckisch um Verzeihung. Und die beiden verschwanden.

Ich kroch in die Kammer und legte mich hin, ließ den Kopf ganz nach hinten fallen, so dass ich die Tür nicht sah und meinen Körper nicht, nur das Schwärmen, die bewegten und die festgefügten Muster, die Tänze, die Sätze waren, die ich nun deuten wollte. Mir schien, auch die Bienen hatten etwas gesehen.

Draußen über der Luke in Augenhöhe hing ein Täfelchen, das ich übersehen hatte, mit Metas Namen, *o. T.* und dem Jahr. Der Rest, kleiner gedruckt, war im Halbdunkel kaum zu lesen:

Für mich hängt Honigduft mit dem Tod zusammen. Ich muss an die Kirche denken, als ich klein war, es war so kalt und ernst und es ging um unsere Toten und darum, dass Jesus tot war, dass die Märtyrer tot waren, es ging darum, Kerzen aufzustellen, und dieser Honiggeruch gehörte zu all den Toten, mit denen ich nichts anfangen konnte. Aber gleichzeitig war er wie etwas, was von außen kommt, warm, lebendig, das Licht, die Sonne. Vielleicht war der Tod doch nicht in diesem Gewölbe, in den Grüften, in den Holzkörpern der Märtyrer, sondern draußen – Raum und Licht und Wärme. So habe ich mir das zusammengereimt, und dann ist es auch passiert, ich bin unterm Zwetschgenbaum auf eine Biene getreten. Mir ist die Kehle zugeschwollen, ich bekam keine Luft, ich spürte, wie es in meinen Ohren summte, wie meine Rippen sich nach innen bogen, als ob alles auf mich stürzte. Es war dunkel, dann wieder hell, ein goldener Tunnel, Wärme und Summen unter der Haut, das drückte nicht mehr auf mich, das drückte nach außen, das Summen wäre gleich ein Singen und ich würde durchbrechen.

Es heißt ja bei den orthodoxen Christen: Wenn ein Heiliger stirbt, duftet es süß. So müsste das sein: nichts Süßliches, was Verwesung kaschieren soll, sondern das Gegenteil von Verwesung, das Leichte, Licht und Wärme, alles, was die Bienen den Blumen nehmen, was für uns zu süß ist, doch nur als Hauch, einfach wie gute Luft…

Ich kam aus dem Krankenhaus wieder und wollte nicht aus dem Haus. Ich hatte Angst vor Bienen, ja, aber vor allen Dingen vor der Biene. Es gibt da eine, dachte ich, eine, die mich töten will. Aber meine Mutter erklärte mir, dass eine Biene nur einmal sticht, dann stirbt sie, der Stachel bleibt stecken und reißt ihr die Eingeweide aus dem Leib.

Die Biene ist eine Selbstmordattentäterin. Es ist, als hätte sie sich für den Tod entschieden. Jede einzelne Biene und das ganze Bienenvolk. Also muss der Tod für sie etwas Schönes sein, ein Licht. Zugleich halten sie sich an eine strenge Gerechtigkeit. Wer tötet, muss sein Leben lassen.

Aber all das wird absurd, wenn eine Biene auf einen Menschen trifft. Denn den meisten tut ein Bienenstich nur ein bisschen weh, aber die Biene stirbt trotzdem. Wozu das Ganze? Es gibt ja auch die Wespen, sie können immer wieder stechen und müssen nicht sterben. Dafür machen sie keinen Honig…

Ob ich richtig gelesen hatte? Das war kein Wandtext, wie ich sie aus Museen kannte. Es war, als hörte ich Meta sprechen. In meinem Kopf – denn sie war schon gegangen. Eine Stimme murmelte weiter, verfiel in einen Rhythmus, der Anfang eines Verses fiel mir wieder ein: *The Poison of the Honey Bee…*

Hätte Meta nur gesagt, dass sie verliebt war. Hätte sie nur gleich von Yuval erzählt, geschwärmt, geklagt, nach Worten ringend, wie sie nach Worten gerungen hatte, um die Wüste und die Städte zu beschreiben. *Ich habe jemanden kennengelernt, der mich nach Jerusalem mitnahm.* Das war der Moment, als sie beschloss, alles für sich zu behalten, alles, was sie mit Yuval erlebt hatte, nur noch mit Yuval zu bereden. Das war ein Verrat an uns gewesen, ein ganz normaler Verrat. *So ein Geheimnis aus den privaten Geschichten machen. Alle verrückt machen damit.* Das war das Alltäglichste der Welt. Verliebt war sie also. Es hatte sie erwischt.

Wir liefen in den frühen Morgenstunden nach Hause, als die Straßen so still waren, als wäre es schon Sonntagnacht, wir enttäuscht und erleichtert, der Alltag überfällig. Vera, ich roch es, hatte sehr viel getrunken. Aber sie ging gerade, steif vor Mühe.

10

Schon am Nachmittag, vom Küchenfenster aus, sah ich Meta und Yuval im Salon, auf dem kleinen Sofa neben der Bar, ins Gespräch vertieft. Ich ging nicht hin, mir schien, sie wollten allein sein. Als Wolfgang und ich nach dem Abendbrot hinuntergingen, waren wir die ersten. Inzwischen lag Meta mit dem Kopf auf Yuvals Schoß; sie lief rot an, als wir hereinkamen. Vorher wäre ihr so etwas nie peinlich gewesen. *Es hat sie erwischt.* Sonst sah sie aus wie immer – nur, wann hatte sie jemals *wie immer* ausgesehen? Jetzt erst. Sie hatte doch nur ein Gesicht. Und genauso selbstverständlich war Yuvals Gesicht, kantig und geschmeidig, schön, wie jede Hand schön ist, das Gesicht aus dem Wasser, ein Gesicht wie tausend andere. Als kannte ich ihn von irgendwoher – oder es war nur von gestern, oder weil er mich so anlächelte. Die anderen trudelten ein und beäugten ihn neugierig. Eine neue Wendung des Rituals, ein neues Licht auf die Sache, das kam uns gerade recht.

Auch Vera erschien, sie stutzte, stammelte, überlegte, weil er so lächelte, als kannten sie sich. So lächelte er jeden an. Aber Vera erst – als sei dies eine unwahrscheinliche Begegnung, die sie nicht einfach ausschlagen durfte – setzte sich zu ihm und Meta. Meta sah vergnügt zu, wie Vera sich mit Yuval auf Russisch unterhielt. Kein vorsichtiges Beispielrussisch, wie mit Eva und Bruno, das hörte ich schon am Klang, sondern sie ging darin auf, ein Mensch wie tausend andere, ein Mensch, der seine fremde Sprache sprach. Meta wollte *es gar nicht erst versuchen mit meinem Schulrussisch*. Sie stand auf – schließlich warteten alle –, ging ins Hinterzimmer, kam mit dem Tablett voller Gläser wieder und begann sie zu verteilen. Yuval unterhielt sich mit Vera weiter, das plötzliche Schweigen musste er bemerkt haben, aber er ließ Vera ausreden, fügte selbst etwas hinzu, griff nach Metas Hand, als sie neben ihm zu stehen kam. Das Glas, das sie vor ihm hinstellte, beachtete er nicht. Aber Vera blieb stumm, als er sie etwas fragte, blickte in die tuschelnde Runde, so schaute auch Yuval auf und sah, was von ihm erwartet wurde. Langsam beugte er sich vor, vorsichtig und wie mit Schutzmaske. Sekundenlang versteifte er sich. Dann wechselte er die Haltung, den Blickwinkel. Schließlich schüttelte er mit dem Kopf. Er griff nach seinem Bier, lehnte sich zurück und zog Meta an sich heran. Ihre Hand, schon ausgestreckt nach ihrem Glas, beschrieb einen Kreis in der Luft. Sie ließ sich an seine Schulter fallen, er flüsterte ihr zu, sie lachte leise auf.

Das war der Beitrag des geheimnisvollen Fremden: ein Kopfschütteln, das unser Ritual als schillernde Luftblase platzen ließ. Seltsam befreiend. Einen Augenblick lang herrschte Stille. Dann, als wäre lediglich ein Engel durchs Zimmer geflogen, setzten Gespräche wieder ein, griffen wir nach unseren Bierflaschen, ließen die Wassergläser stehen.

Ich lehnte mich zurück – so hatte ich mein Wasserglas nur im Augenwinkel –, und lauschte den Gesprächen, der so beruhigenden Erregung anderer Leute. Yuval wandte sich wieder an Vera, Meta auch. Sie beugten sich vor, steckten die kurzgeschorenen Köpfe zusammen; sie lehnten sich zurück, die Sprachen gingen durch- und auseinander. Und schon kam Thorsten dazwischen, er wollte Musik auflegen, die Yuval mitgebracht hatte, aber welche denn, zu dritt gingen sie hinter das Mischpult und berieten sich. Vera saß noch ein paar Minuten allein da auf dem Stuhl, den sie herangerückt hatte. Ein russischer Tango. Sie stand auf und ging.

Meta und Yuval begannen zu tanzen.

Ich blickte wieder ins Glas.

Als ich am nächsten Tag in den Salon ging, saß Yuval hinten am Fenster.

What was that last night?, fragte er. *It is like they thought I am some kind of miracle rabbi.*

I think they still think that, sagte ich. Zumindest hatten wir ihm die Vollmacht über das Wunder eingeräumt. Was auch immer er bestimmte, das sollte unsere Erlösung sein. So waren wir, als er über das Wunder den Kopf schüttelte, befreit im Gespräch aufgegangen.

Als Wunderrabbi könnte er in Berlin sicher schnell reich werden, witzelte er. Nicht hier im Haus, wandte ich ein, Geld habe hier niemand. *Yes, it is like the kibbutz where I lived for a while. Crazy but nice people.* Reiche Leute, sagte ich, habe ich in Berlin nur einmal zu sehen bekommen, und zwar auf Metas Vernissage. Schade, dass er die Finissage verpassen werde, meinte er, sonst könnte er sich bis dahin passende Gewänder zulegen und eine beeindruckende kabbalistische Aktion machen.

»Aber woher weißt du, dass ich Englisch spreche?«, fragte ich. »Bist du am Ende doch hellseherisch?«

»Ach, Meta hat so viel von euch erzählt, da hatte ich das Gefühl, euch alle schon zu kennen …«

»Und vom Wunder hat sie auch erzählt?«

»Was denkst du, warum sie mich endlich eingeladen hat? Da musste erst so ein mystisches Zeichen kommen.«

»Hast du etwas gesehen?«

»Ist das wichtig?«

Ich holte Luft, ohne zu wissen, was ich antworten sollte.

Ich kam sowieso nicht dazu, denn er fragte schon nach Vera, nach ihrer Familiengeschichte, die er doch offenbar längst kannte, *Meta hat so viel von euch erzählt.* Er schien die Geschichte oder mich nur noch prüfen zu wollen. Ich beteuerte, wie wenig man mit Sicherheit wissen könne: ob zum Beispiel irgendein Zusammenhang zwischen Vera, dem Haus und dem Wunderrabbi bestehe. Ich hatte längst eine eigene Theorie konstruiert, die den Zusammenhang plausibel machen sollte, aber sie ihm aufzutischen kam mir unpassend vor. Er nickte nachdenklich, und ich sah mich in meiner Vorsicht bestätigt. Ja, als ich sprach, stand mir plötzlich klar vor Augen, wie von einem einsamen Rotarmisten, seinem verwaisten Ziehsohn und dessen verlassener Tochter über Generationen hinweg und nun auch von uns eine Fiktion gesponnen worden war, nur um eine Lücke zu füllen. Und sie füllte die Lücke wirklich, egal, ob man sie glaubte, eine Tatsache, die gleichzeitig der Fall und nicht der Fall war.

Ob eine solche Fiktion denn ganz unwahr sei, fragte ich, weil mich die Frage schon länger umtrieb, aber er begann nun, von sich zu erzählen.

Er stammte ursprünglich aus Birobidschan, aus der *Autonomous Jewish Oblast* im fernen Osten Russlands. *Jewish, it's a bad joke, it's like the Jews were sent there to forget how to be Jews.* 1928, in einer Gegend, in der wenig später der Gulag sich ausbreitete, hatte Stalin den Juden eine Heimat geschenkt. Tausende brachen auf, um den Sumpfboden urbar zu machen, Idealisten und Verzweifelte kämpften gegen Kälte und Krankheit an, aber Stalins Lösung der Judenfrage verkümmerte im Ansatz. Kein Zion entstand in der Taiga, sondern nach Jahrzehnten der Entbehrung eine verschlafene Kleinstadt mit einer Bevölkerung, die zu zehn Prozent das Wort »Jewrei« im Pass trug, mit einer Synagogengemeinde von zwölf Menschen, mit einer Philharmonie und ein paar Skulpturen, die siebenarmige Leuchter darstellten. Was es mit solchen Leuchtern auf sich hatte, erfuhr Yuval, damals Yuri, erst von den israelischen Missionaren, die zu Wendezeiten dorthin ausgeschwärmt waren, um den Juden das Judentum beizubringen. Die halbe Stadt wanderte nach Israel aus, seine Eltern, die zurückblieben, ermunterten ihn dazu, er solle was aus sich machen. Er wollte Informatik studieren, ordentlich verdienen, Geld nach Hause schicken. Er hatte keine Erwartungen außer: Sonne, Großstadt, Arbeit. Arbeit fand er schließlich in Jerusalem, er sollte in einem theologischen Institut den Archiv-Katalog digitalisieren.

Ja, warum nicht gleich die Stadt der Städte, war doch Birobidschan ihr verregneter, atheistischer Abklatsch. Ähnlichkeiten suchte er umsonst in den uralten, engen, drückend heißen Straßen, in der geballten Religiosität, die ihn abstieß, von der er dachte, *das könnt ihr doch nicht ernst meinen* – wobei: Genauso zynisch hatte er als Jugendlicher das ganze kommunistische Tamtam beobachtet. Gewisse Ähnlichkeiten gab es also doch. Er verhielt sich unauffällig, wie er es schon als Kind gelernt hatte, arbeitete, schickte Geld nach Hause, fuhr immer öfter nach Tel Aviv, wo er studiert hatte, überlegte sich schon, dorthin zurückzuziehen. Da gab es ja eine *Szene* – andere junge Zyniker, verkappte Idealisten, machten Musik und Kunst und alternative Politik, tanzten und tranken anstatt zu beten, wenn sich wieder mal jemand in die Luft jagte. Eines Abends wollte er dort in eine Disko gehen und fand an ihrer statt ein schwelendes Loch vor. An der Polizeisperre stand eine junge Deutsche, die darauf bestand, nach Hause gehen zu dürfen.

Er ging mit ihr ein Bier trinken. Zum ersten Mal traf er eine Ostdeutsche. Sie unterhielten sich die ganze Nacht über den Scheißsozialismus, dann fuhr sie mit ihm nach Jerusalem. Beide standen unter Schock, und alles schien ganz selbstverständlich.

Dass sie einfach einzog und seine Ordnung durcheinanderbrachte. Dass sie am ersten Morgen beim Frühstück ganz still und wach wurde, als er beiläufig von seiner Arbeit am theologischen Archiv erzählte, und gleich mitkommen wollte. Sie will nur nicht allein sein, dachte er, aber sie zog genauso konsequent ins Archiv ein, *you are just using me for my connections*, scherzte er. Dass man so kurzentschlossen aus Zufall Schicksal machte – das kannte er, das war der Zeitgeist, genauso hatte er sich auf die Missionare vorm Birobidschaner Bahnhof eingelassen. Aber eben auch aus praktischen Erwägungen. Meta dagegen hielt *crazy* für das höchste Lob. *Euch Ostdeutschen geht's wohl viel zu gut*, meinte er. Völlig unverfroren knüpfte sie Kontakte auf Kunstvernissagen, wo er sonst immer nur am Rande stand. Sie kam mit ihren Spinnereien überall durch. An ihnen war also wohl doch etwas dran. Bedenklich zunächst, wie sie im Archiv Halt suchte, in den mystischen Beständen, mit denen er selbst nichts anfangen konnte, er verwaltete sie nur und machte dann Feierabend. Nun musste er sich am Feierabend mit Gedanken beschäftigen, gegen die er sich schon in Birobidschan, in der Form *Judentum für Anfänger*, still gesträubt hatte, allein aufgrund der Unterstellung, diese Gedanken gehörten als Erbschaft ihm und müssten ihn aus seiner geistigen Armut erheben. Da musste erst diese Deutsche kommen und den ganzen kabbalistischen Kram am Küchentisch auspacken – und siehe da, gewisse Denkrichtungen waren doch ganz interessant, er erkannte sich in ihnen wieder. Es waren schließlich nur Metaphern, Denkwerkzeuge, Programmiersprachen – so kam ihm alles handhabbar vor. Aber er hatte das Bild nicht zu Ende gedacht: dass man darauf kommen könnte, die Welt tatsächlich umzuprogrammieren.

So is it real?, fragte ich ungeduldig. Er sah mich verständnislos an. *Is it real, what we saw?*

Er lächelte ergeben, seine Lebensgeschichte von vorhin war der Versuch gewesen, das Thema zu wechseln, und der Versuch war gescheitert.

Er habe sich ein wenig Quantenphysik angelesen. Nach der Quantentheorie könnten durchaus unerwartete Ereignisse vorkommen. Würde er 10^{43} Mal seine Kaffeetasse an die Wand werfen, könne sie rein theoretisch einmal durch die Wand hindurchfliegen. Quantenphysikalisch sei also alles möglich – aber halt sehr unwahrscheinlich. Freud wiederum würde wohl von kollektiver Hysterie sprechen.

Seine kryptischen Worte, die ich den anderen mitteilte, schwebten im Raum als Antwort auf alle Fragen, seltsam befriedigend, irgendwie *talmudisch*. Vielleicht hatte Yuval sogar mehr gesehen als wir, oder er hatte es gar nicht nötig, etwas zu sehen – alles war möglich. Seine quantenphysikalischen Überlegungen nahm man als Hinweis, dass er vielleicht sogar verstand, wie das Ganze funktionierte.

Wolfgang meinte, Yuval – wie Vera – habe etwas Schlimmes im Wasser gesehen. Das hätte uns eine Warnung sein müssen, damals schon, als Vera das Glas von sich wies. Denn die beiden müssten es wissen.

Die beiden Juden, meinst du? Aber Vera behauptet doch gar nicht –

Niemand ließ mich ausreden, außer Yuval. Aber abends, wenn ich in den Salon ging, hatte Vera sich meist schon zu ihm gesetzt, sie sprachen Russisch miteinander, aber nur ein paar Worte zwischendurch, sonst nippten sie an ihrem Wein und beobachteten uns. Yuvals sanfte Skepsis sollte uns erlösen. In ihr, in der wachen Ruhe, fand er sich mit Vera zusammen.

Alltäglichkeit stellte sich ein. Yuval erkältete sich, Meta brachte ihm unaufgefordert Kräutertee und nörgelte: *Ich bin doch nicht die liebe Mutti!* Bei Vera hatte sie nie genörgelt.

Das war der Unterschied zwischen Pflicht und Liebe. Sie zankten sich mal mehr, mal weniger gemütlich über Metas Unordnung. *Staubsaugen! Für so was habe ich keine Zeit, ich muss hier den ganzen Laden schmeißen, er kann ruhig auch mal was machen!*, also räumte er bei ihr auf, stellte Regale in ihr Atelier und sortierte, nach Größe, all die Gegenstände, die sie jahrelang von der Straße aufgesammelt hatte, um irgendwann daraus Kunst zu machen. Sie ereiferte sich über seine Eingriffe erst ernsthaft, dann sächselnd, die hausübliche Art, Empörung durch Parodie zu entschärfen. Yuval sortierte unbeirrt weiter. *It is just like you did to my books*, sagte er. Die zwei Monate zusammen in Jerusalem – das sei das erste Mal, meinte Meta zu mir, dass sie für länger als drei Nächte eine Wohnung mit einem Mann geteilt habe. So sei für sie das Zusammenleben ein Leben im fremden Land. Und nun sei das fremde Land *hier*, bei ihr zu Hause. Das mache ihr schon zu schaffen.

»Wir hatten da eigentlich schon Schluss gemacht, es war uns zu viel alles, gerade weil wir uns so ergänzen, uns gegenseitig so viel geben, darf man das eigentlich?, denkt man da, ich nehme so viel mit, er nimmt so viel mit, nutzen wir uns doch nur aus?«

»Was ihr für Probleme habt!«

»Ich dachte mir: Ich muss jetzt nach Berlin zurück, wir bleiben lieber nur Freunde, sonst machen wir alles kaputt. Das war für ihn nicht so schön, dass ich ihm dauernd geschrieben habe, als wäre er nur mein bester Kumpel. Dass er das nicht war, habe ich verstanden, als ich sein Gesicht im Wasser vor mir sah. Da dachte ich, er muss mich im selben Moment auch gesehen haben, und wenn das so ist, soll er zu mir kommen, oder ich zu ihm. Das habe ich ihm geschrieben.«

»Und hat er dich gesehen?«

»Er hat mir geschrieben, dass ich keinen Unsinn erzählen

muss, damit er mich besuchen kommt, und dass er den Flug schon gebucht hat.«

Ihr Blick ins Wasser war selten geworden und bedeutete immer Uneinigkeit mit Yuval. Abends im Salon neckte er sie, *hey, I'm right here, why are you still looking for me in your schnaps glass?*, und sie erwiderte, *it's not all about you*, verharrte aber nur kurz noch, wie beim letzten trotzigen Zug an einer verbotenen Zigarette, und schob das Glas weg. Er legte Pjotr Leschtschenko auf und zog sie auf die Tanzfläche.

Ganz schön unemanzipiert, fanden Susi und Michi. War das ganze geheimnisvolle Geschehen nur auf diesen Mann hinausgelaufen, der sich auch noch darüber lustig machte?

Ein paar Abende lang schaute ich noch ins Glas. Ich roch, was mir vorher nie aufgefallen war, den leichten Modergeruch des Wassers. In meinen Augenmuskeln spürte ich die Mühe, das Bild in den Fokus zu rücken, immer mehr wurde das Sehen ein Sehenwollen, das Gesehene Gedachtes, und so schien im Nachhinein alles schon immer nur ausgedacht. Ein neues Bild ließ alles verblassen, das tanzende Paar, von dem ich den Blick abwandte. Ein sichtlich verliebtes Paar hat eine erschütternde Wirkung auf seine Umwelt. Es ist das Bild dessen, was möglich ist und doch nur von quantenphysikalischer Wahrscheinlichkeit zu sein scheint. Das hatte ich immer schon gedacht, und es stimmte auch jetzt noch, wo ich doch selbst in einer Beziehung war: Meine Beziehung kam mir inzwischen vollkommen unplausibel vor.

Aber Vera, gerade Vera, schien auf einmal gut aufgehoben, zwischen Meta und Yuval auf dem Kanapee abends. Sie drängte sich nicht dazwischen, sondern die beiden nahmen sie in ihre Mitte auf. Wenn Vera allein dasaß und sie zusammen hereinkamen, setzten sie sich rechts und links von ihr. Wenn Yuval und Vera sich schon auf Russisch unterhielten und Meta hinzukam, setzte sie sich neben Vera, beugte sich vor, genoss das Gespräch – von dem sie doch wenig verstand –, weil es Vera wieder gutging. Ich sah, wie Meta das Unbehagen abschüttelte, das sie seit dem Wunder geplagt hatte, seit dem Glücksfall, der Vera nicht geholfen hatte. Meta, die alles gern teilte, hatte glauben müssen, dass Glück sich nicht teilen ließe. Oder nur in Glück und Unglück. Nun stellte sich heraus, gerade das unglaublichste Glück, das ihr an der Polizeisperre in Tel Aviv zugefallen war, das sie so lange verschwiegen hatte, als ob es ihr auf dem Gewissen lag, war teilbar. Vera verharrte und verstrahlte warme Ruhe, schien geerdet und verwurzelt. Sah man sie mit fremden Augen, war *sie* hier die Hausherrin und von ihr ging alle Großmut aus.

Wie oft hatte sie zwischen mir und Wolfgang gesessen, hatte nicht gehen wollen, allein über den Hof und die dunkle Treppe hinauf, und wohl nur auf irgendetwas oder irgendwen gewartet. Vielleicht auf Yuval. In der Sprache, die sie teilten, konnte sie freier erzählen. Ihre Stimme, wenn sie Russisch sprach, lag höher, ihre bedächtigen Worte klangen kindlich. Und selbst das Herrische an ihr, dachte ich, war schon immer kindlich gewesen, Schutzschild der Waise.

Meta wandte sich währenddessen uns zu. Die Stimmung im Salon war zerstreut und unruhig. Einige schauten noch stundenlang ins Glas, hielten sich die Ohren zu, um das Gespräch der anderen auszublenden, die nach und nach ihre Gläser von sich stießen. Obwohl wir leise sprachen, aus Rücksicht auf diejenigen, die, wie wir wehmütig dachten, sich in ihren Visionen nicht beirren ließen. Es sei aber schön, meinte Meta, sich mal wieder zu unterhalten, aufzutauchen, wenigstens zwischendurch.

Ob es weitergehen wird?, fragte Michi eines Abends.

Ja, warum nicht, warum es nicht auf einer anderen Ebene fortführen?

Es reichte nicht mehr. Aber *mehr* wollte ich auch nicht. Was hieß denn *weiter*? Neue Klarheit, neues Wissen, eine permanente Steigerung? Ich stürzte meinen Wein hinunter und spürte müdes Schwindeln. Plötzlich sprachen alle von *Ebenen*, als hätten sie längst ihre eigenen Theorien dazu. Wasser, Erde, Luft, Feuer. Oder Haus, Straße, Stadt, Land. Eine tiefere Quelle finden, oder vielmehr eine höhere. Oder der Blick, der bisher nach innen ging, müsste jetzt nach außen gehen. Einige holten doch noch Wassergläser, spähten angestrengt nach Beweisen ihrer theoretischen Konstrukte, sinnlos, dachte ich, das Wasser hatte sich noch nie zu irgendwelchen Beweisführungen einsetzen lassen. Yuval und Vera sahen zu, bildeten eine einheitliche Front der Missbilligung, obwohl Yuval kein Wort verstehen konnte und Vera das Dolmetschen offenbar verweigerte. Schließlich beugte sich Meta zu Yuval und erklärte alles noch einmal auf Englisch, wodurch es nur noch wirrer klang. Er wog den Kopf hin und her, lächelte, griff nach Metas Schulter.

»Ich bin dafür«, sagte er, »alles auf der metaphorischen Ebene zu belassen.«

»Metaphorisch! Wir sind doch nicht bei der Germanistik!«

Sie stritten sich kurz und versöhnten sich über Veras Schoß hinweg. Sie hatte sich zurückgelehnt und starrte an die Decke.

Am nächsten Tag war Vera wieder in den leeren Wohnungen unterwegs.

»Jetzt klopft sie auch noch die Wände ab«, sagte Karla.

»Das war es also, was ich gehört habe.« Meta wusch Löffel ab, fuhr flink einmal mit dem Daumen in jede Vertiefung, eh sie den Löffel zu den anderen auf dem Geschirrtuch warf.

»Und Holger hat ihr eine Brechstange geliehen.«

»Das ist ein Ding«, stieß Wolfgang hervor. »Warum hat sie mich nicht um Hilfe gebeten?«

»Vielleicht will sie arbeiten, ohne zugelabert zu werden.« Meta schlug das Tuch über den Löffeln zusammen und rieb sie kräftig durch, dabei grinste sie Wolfgang an, was meist zur Entschärfung reichte, aber diesmal war er wirklich verletzt.

»Ich rede mal mit ihr.« Wolfgang rannte die Treppe hoch. Ein wenig später stapfte er über den Hof, in unserer Küche ging das Licht an. Ich brachte mein Glas zum Tresen und ging nach Hause.

»Und was sagt sie?«

»Dass ich zu chaotisch bin und die Klappe nicht halten kann.«

»Das hat sie doch nicht so gesagt.«

»Nee, aber so ungefähr. Es stimmt ja auch. Wollen wir einen Feuerstein trinken?« Er holte die guten Schnapsgläser.

»Was ist denn hier das große Geheimnis? Wir sehen doch eh alle, was sie macht.«

»Das ist ihr egal. Sie wird uns bloß nicht sagen, warum sie es macht. Holger weiß es auch nicht. Es geht uns nichts an. Das habe ich ihr gesagt. Ich kann sie auch verstehen, wenn sie mich abblitzen lässt. Ich weiß, dass ich unmöglich bin.«

»Trinken wir darauf. Du bist unmöglich! Dich gibt es gar nicht! Dich kann es gar nicht geben!«

Vera arbeitete sich nach unten, zog stellenweise die 60er Jahre ab, stemmte hier und da die 50er auf, bis sie vor der Kellertür stand. Sie stand sehr lange: Sie hatte scheinbar Angst vor dem Keller. Dann ging sie in den Salon und beriet sich mit Yuval und Meta. Wir waren uns inzwischen einig, dass sie die Leitungen sondierte, *die* Leitung suchte, den Haupthahn.

Ja, so wäre das, verkündete Meta am Abend. Vera und Yuval würden in den Keller gehen und, wenn möglich, das Wunderwasser abdrehen.

»Und dann sehen wir weiter!«, sagte sie resolut. Machte sie gute Miene zum bösen Spiel? Oder war sie froh, die Sache mit großer Geste abzuschließen? Aufhören, wenn's am schönsten ist. Weiter im Text!

Ein Murmeln ging durch die abendliche Runde, ein trauriges, trotziges Schulterzucken. Keiner der sonst so Streitlustigen protestierte. *Die beiden* durften bestimmen – man räumte ihnen diese Rolle ein. Um sie hatten sich die Zweifel verdichtet, die, wie ich meinte, längst in den überspannten Spekulationen mitschwangen: Hatten wir das Recht, Wunder wirken zu wollen? Solche Verantwortung überforderte. Im entscheidenden Moment war es eine Erleichterung, andere bestimmen zu lassen.

Wolfgang freute sich erst recht über die Entscheidung. Er war ja längst aus dem Wunder ausgestiegen. Und nun durfte er Vera endlich helfen, Yuval hatte sie dazu überredet. Wolfgang hatte eine eigene Theorie über die Wasserleitungen. Aber auch er ging ungern allein in den Keller, wo die verschimmelten Spinnen von der Decke hingen. Am nächsten Morgen – ich sah aus dem Küchenfenster zu – trafen sich die drei auf dem Hof, Wolfgang verteilte Werkzeug, zeigte Yuval seine spekulativen Skizzen und erklärte sie ihm in gebrochenem Englisch, was scheinbar zu Missverständnissen führte, scherzend stiegen sie hinab. Eine halbe Stunde später traten sie wieder ins Tageslicht, zuerst Wolfgang und Yuval, die sich gleich hilflos umdrehten. Yuval streckte eine Hand nach Vera aus, die ihn nicht beachtete, langsam stieg sie die Treppe empor, hielt sich am Geländer fest. Sie war von Kopf bis Fuß durchnässt. Yuval redete auf sie ein, sie schüttelte den Kopf und ging nach oben.

Wolfgang kam wenig später in die Küche. Seine Schuhe waren nass, seine Arme bis zu den Ellbogen verdreckt, der Geruch nach Kohlebrei und Moder war wie der Geruch eines langsamen Flusses.

Sie hatten durch Pfützen stapfen müssen, in Bretterverschlägen lösten sich Kohlehaufen auf. Nach hinten zu öffnete sich der Raum, man sah, wie schief der Ziegelboden war. Rechts vertiefte sich das Wasser, bis vor eine vermauerte Tür. An der linken Wand, im Trockenen, liefen Leitungen, und Yuval und Wolfgang begannen sie zu untersuchen. Aber Vera tastete sich nach rechts, ein schwarzer flackernder Umriss vorm Strahl ihrer Taschenlampe. Plötzlich lag sie auf dem Boden, ein Wassertumult, der hallte, nicht enden wollte, sie wand sich krampfhaft, kam auf Hände und Knie, winkte die anderen weg. Sie beugte sich ins Wasser hinab, tastete sich bis nah an die vermauerte Tür, hantierte unter der Oberfläche, grub mit den Händen. Noch einmal hielt sie inne, wie erschöpft. Dann richtete sie sich auf und sagte: Das war's.

All das erzählte mir nicht Wolfgang, sondern Yuval, nachmittags. Wolfgang hatte sich wortlos ausgezogen und geduscht und aufs Kanapee gelegt. Er schlief den ganzen Tag.

Da hatte Metas Wand schon aufgehört zu tropfen. Und am nächsten Tag war das Wasser aus dem Keller versickert, eine Schicht aus feuchtem Kohlegrus blieb zurück. Wo Vera gewühlt hatte, vor der grob vermauerten Türöffnung, war eine leichte Vertiefung im Boden, gefüllt mit Kohle- und Ziegelbrocken, scheinbar hatte sie einen Stau gelöst.

Nun lief Meta durch den Keller, so tastete sie sich nach besonders wilden Feten durch das Chaos des Salons im gnadenlosen Tageslicht. *Wie sieht das hier aus …* Von den legendären Spinnen keine Spur, aber diese finsteren Verschläge sahen aus, als lagerten hier zerstückelte Leichen. Angeekelt stocherte Meta mit einer Zaunlatte in einem Haufen nasser Leinensäcke. Die ganze Zeit hatte all das hier unten gelegen, vor sich hin gefault, diese Feuchte hatte sich gestaut, war nach oben gestiegen. *Kommt, wir räumen hier auf!*

Das war das einzig Richtige. Anstatt verloren im Keller herumzustehen, stießen wir die Fenster auf, rissen die morschen Verschläge ab, so dass immer mehr Luft und Licht hereinkam. In den Verschlägen lagen nur Kohlebrocken und Sackfetzen, die wir in Eimer schaufelten und in den Müllcontainer schütteten.

»Was für ein schöner Raum!«, rief Meta, jetzt hallte ihre Stimme unter der gewölbten Decke, zwischen den Säulen. Sie holte einen Staubwedel und entfernte schwarze Schwaden von der Decke und den Wänden. Da, nah der vermauerten Tür, legte sie Wörter frei: *Zum Durchbruch*.

Mir lief ein Schauer über den Rücken. Aber die anderen grinsten entzückt wie über eine tolle Pointe.

»What does this mean, *Durchbruch*?«, fragte Yuval mich.

»It means a breakthrough«, sagte ich, meine Stimme zitterte. »But I don't know why …«

Wolfgang erklärte aufgeregt, so dass ich sein Englisch kaum verstand und er alles auf Deutsch wiederholen musste, dass die Keller im Krieg miteinander verbunden worden waren, weil sie als Luftschutzkeller benutzt wurden. Es hatte also ein Nachbarhaus gegeben, das zerstört worden war, dorthin hatte der *Durchbruch* geführt.

»Hat Vera es auch gesehen?«, fragte ich. Sie hatte sich seitdem nicht mehr blicken lassen, sie wäre erkältet, hatte sie durch die verschlossene Tür behauptet. Yuval und Wolfgang zuckten mit den Schultern.

Wir gingen nach oben, holten Bier aus dem Kühlschrank und legten uns ins Gras unter die Linde, erschöpft und befriedigt. Der Tag hatte anfangs nur Ernüchterung versprochen, nun hatten wir das Gefühl, ganz schön was erreicht zu haben. Ein trockener heißer Wind wehte. Wenn die Hitze anhielte, wäre der Keller schnell trocken. Wenn jetzt ein langer Sommer anbräche, könnten wir dort in der Kühle tanzen. Es war fast schon elf, und Yuval starrte hinauf in die goldene Blässe, die sich über uns spannte, die mir immer noch unwirklich vorkam, das langsame Licht, das Raum und Zeit dehnte. Die weißen Nächte, sagte Yuval. Das habe er vergessen, das habe ihm gefehlt.

Ich wachte immer früher auf, doch wann auch immer ich wach wurde, die Sonne stand längst hoch am Himmel, in den Nachtstunden hatte sich das Licht zur Flutwelle aufgestaut. Sie riss mich aus dem Schlaf hoch, Euphorie, Aufbruchsgefühl – dann trieb ich im großen Wirbel, gelähmt. Schon der Weg zur Uni war unvorstellbar, geschweige denn ins Büro. Ich schaffte es gerade einmal über den Hof, wobei ich mehr als einmal stehen blieb, der stehen gebliebene Augenblick um mich, Insektengeschrei, die trägen Regungen der Stadt. Der Keller atmete seine Dünste aus, auch das schon längst vertraut. War vor der Hitze irgendetwas gewesen? Sollte nach ihr irgendetwas noch kommen?

Eine Weile lang ging Wolfgang kaum aus der Wohnung, baute nur noch Regale, Tag und Nacht, wie Barrikaden. Dann war er wieder munter, kaufte mir stapelweise Bücher, zog mich an der Hand in die Stadt hinaus. Oder er ging allein auf Expedition, um abends in den Salon hineinzuplatzen und seinen Rucksack vor meinen Füßen auszupacken, während er laut von seinen Abenteuern erzählte. In seinen guten Launen zog er Bauernfänger an, die ihm Geld für Finanzzeitschriften-Abonnements oder für Stereoboxen aus einem »Lieferwagen« abknöpften.

»Wir haben nie gelernt, mit so etwas umzugehen«, sagte

er, wenn er begriff, dass er wieder einmal reingefallen war. Dann wurde er wieder misstrauisch, weigerte sich, Fremden den Weg zu beschreiben, las die Finanzzeitschriften immer wieder durch und unterstrich jede absurde und arrogante Behauptung, als könnten sie System haben. Abends nahm er die Nachrichten auf, um Widersprüche belegen zu können. *Wir verstehen es, zwischen den Zeilen zu lesen.*

Er widersprach sich selbst. Erst im Westen habe er an diesen Ängsten gelitten, beharrte er. Dann wiederum, er habe sie im Osten gelernt: gelernt, dass die Maschinerie der Macht bis in die alltäglichsten Handlungen dringt.

Manchmal sah ich ein Bild, klein wie im Wasserglas: grüne Felder und blühende Obstgärten. Polen, frühmorgens. Im Zug und später, als wir nachmittags auf einer langen, staubigen Straße zu einem See im Wald liefen, sah er mich immer wieder argwöhnisch an, als ob er mich unsympathisch fände, mir aber heimlich zustimmen musste. Ich sah zu, wie er und Meta nackt baden gingen, er kehrte mir beflissen den Rücken zu. Sie schickten uns ins Dorf, um Bier zu holen, wir kamen Händchen haltend wieder.

Ja, was für eine unwahrscheinliche Geschichte.

Yuval nahm meinen Platz im Salon ein, hinten am Fenster. Er konnte nicht wissen, dass das mein Platz war. Laut stillschweigender Vereinbarung war es Meta ja nicht aufgefallen, dass ich dort arbeitete. Obwohl ich längst nicht mehr schrieb, ging ich weiterhin frühzeitig hin und saß vorne an meinem ursprünglichen Platz. Meist ignorierte mich Yuval so wohltuend wie Meta, er hantierte im Raum, machte Messungen, kehrte zum Tisch zurück, der so zugemüllt war wie mein Schreibtisch, so verkabelt wie Thorstens. War das normal?, fragte ich mich nun. Die ewige Baustelle. Alles änderte sich so schnell um mich herum. Nicht nur, dass ich nicht mehr mitkam, es war, als würde ich überhaupt nicht mehr vom Fleck kommen, ja immerfort zurückfallen. Mit vierundzwanzig schon?

Manchmal, wenn wir zusammen am Tresen standen, unterhielten wir uns. Yuval machte sich Sorgen um Vera. Er verstand nicht, warum sie sich zurückgezogen hatte. Sie setzte sich nicht mehr zu ihm, wenn sie in den Salon kam, stand nur kurz am Tresen und zog gleich wieder los, wenn er sie ansprach. Sie sagte, sie müsse arbeiten.

Ja, sagte ich, sie hat sehr intensive Arbeitsphasen.

Das habe Meta auch gemeint, aber so komisch dabei geklungen.

Über Veras Krankheit schien er nicht Bescheid zu wissen. Was hatte Meta ihm denn die ganze Zeit geschrieben, als sie bei Vera nächtelang lachend und weinend vorm Bildschirm gesessen hatte? Offenbar hatte sie von einer Vera erzählt, wie sie sie gern gesehen hätte: genial, exzentrisch, charmant, der Geist des Hauses, der Mittelpunkt des Salons. Hätte sie von Veras Gebrechen erzählt, oder dass sie mit ihr in einem dauerhaften Missverhältnis stand – sie hätte sich selbst eine Blöße gegeben.

Ich fühlte mich außerstande, Yuval über Veras Krankheit aufzuklären. Vielleicht lag es an der Hitze, aber mir war, als hätte ich keine Kraft und auch kein Recht, auch nur darüber nachzudenken.

Yuval fragte wieder nach ihren Familiengeschichten, vorsichtig, als hätte auch er kein Recht dazu, trotz der ihnen angedichteten Schicksalsgemeinschaft.

»Hat sie dir nichts erzählt?«, fragte ich. »Worüber habt ihr denn immer geredet?«

Das könne er hinterher so schwer rekonstruieren, bei dem fast schon russischen Alkohol- und Irrsinnspegel, der im Salon herrschte. Jedenfalls, was mit ihrem Vater gewesen sei, darüber versuche er sich ein Bild zu machen. Wie soll das Versteck ausgesehen haben? War ihr Vater mit Essen und

Wasser versorgt? Wie denn, wenn er noch so klein gewesen war, unfähig, auch nur Erinnerungen zu bilden? Und hatte er nicht geweint? Oder hatte er so klein schon aufgehört zu weinen?

Ich schüttelte ratlos den Kopf. Ähnliches hatte ich mich auch schon gefragt, und geglaubt, er wüsste vielleicht von Vera die Antwort.

And that was here in this house?, fragte er.

No, no, she never said that, just somewhere around here, this was the Jewish Quarter, you know…

Natürlich wusste er das.

Nach diesen Gesprächen lief ich manchmal doch noch los, abends. Das Englisch brachte mich durcheinander. Als ob der Klang von außen in mich eindrang. Lauter bekannte Geräusche an der Schwelle des Gehörs, ein vertrautes Zimmer und vor den Fenstern eine tausendmal gesehene Skyline – wenn ich nur die Augen öffnete. Ich ging hinaus, wollte die Berliner Straßen sehen, aber das Sehen bewies nicht, dass meine Augen offen waren. Ich lief und das Laufen bewies nicht, dass ich nicht schlief. Wenn ich weit genug lief, musste ich sie irgendwann erreichen: die Stadt an der Bucht.

Aber ich ging meist nur ins Rechenzentrum.

Vera hatte es wieder einmal nicht nötig zu schlafen.

»Aber wer«, meinte Karla, »kann bei diesem Wetter schon schlafen. Bei einem Wetter, das selbst die Bienen verrückt macht. Bei dem die Orchideen zweimal so groß werden wie sonst. Das geht nicht mehr mit rechten Dingen zu. Selbst wenn es regnet, kann ich nicht schlafen. Und ich werde so schnell betrunken. Aber vielleicht gehört das zum Altwerden dazu.«

»Mutti, du bist erst siebenundvierzig.«

»Ich sehe nur noch die Vergangenheit. Wie ein Fernseher, den ich nicht ausschalten kann. Und Vera wieder, die alte Geschichte, wie sie durch die leeren Wohnungen läuft.«

Mir war endgültig klar, dass Veras Suche nicht enden würde, sie war die reine Fortsetzung einer Bewegung, die sie schlafwandlerisch vollführte, deren Ursprung sie vielleicht schon vergessen hatte. Das Stemmeisen lag im zweiten Stock herum. Holger traute sich nicht, es zu holen. Angesichts der vielen Schichten hatte Veras Kraft versagt, die Zerstörung, die sie angerichtet hatte, hatte sie verwirrt. Jetzt stakste sie durch die Tapeten- und Gipshaufen, streifte die Wände mit den Fingern, betastete die Umrisse der Löcher. Ihre Bewegungen kamen mir zittrig und flackernd vor, als stünde sie kurz vor der Auflösung, aber die Suche ging immer weiter. Denn sie forschte nach dem, was nicht da, nie dagewesen war, und wenn doch, dann von ihr selbst aus der Welt geschafft, dem Buch, das sie verbrannt, dem Wasser, das sie wieder in den Untergrund geleitet hatte. Sobald etwas fort war, begann sie es panisch zu suchen.

Eines Abends sah ich sie wieder am Tresen stehen. Noch schien niemand sie bemerkt zu haben, denn wir saßen draußen, hatten aus den abgerissenen Kellerverschlägen ein Lagerfeuer gemacht. Sie stand verloren da, als hätte sie sich nur hineinverirrt, in einer leichten Verschiebung ihrer Bahnen, die sie nun wieder in unsere Nähe brachten. Wo das Gespräch wehmütig um die *Ebenen* kreiste. Die Sehnsucht kehrte zurück, es war wie bei Vera: Was man so tapfer aufgegeben hatte, dem jagte man schon wieder hinterher. Ich hoffte, Vera würde gleich wieder gehen, so zittrig, wie sie aussah. Aber sie nahm sich ein Bier aus dem Kühlschrank und setzte sich auf die Stufe vor der Haustür.

Yuval hatte sich vorgebeugt, starrte in die Flammen und versuchte angestrengt, dem Gespräch zu folgen. Er verstand immer mehr, wie mir schien, wandte sich mit leisen Fragen an Meta. Sie wiederum hielt sich bei den abendlichen Gesprächen zurück, sann, wog ab, beriet sich gelegentlich mit Yuval. Nun hörte sie lange schweigend zu, meinte erst nach zwei Glas Wein, dass es mit dem *Weitergehen* wohl doch nicht ganz so einfach wäre. Denn das könnte nichts anderes bedeuten, als das, was wir im Wasser gesehen hatten, auch wirklich zu erleben. Aber das Gesehene zu verwirklichen sei völlig undenkbar. *Es kann nicht darum gehen, die Welt zu verändern, wir wissen ja, wo das hinführt!*

»Doch!«, beharrte Karla. »Worum soll es denn sonst gehen? Das war gerade das Problem mit dem Wasser – jeder ist in die eigene Traumwelt abgetaucht. Während um uns herum alles vor die Hunde geht. Du hast mal was von dieser mystischen *Reparatur der Welt* erzählt. Nun, vielleicht ist da was dran, vielleicht wollte Marx sogar auf so was hinaus. Aber doch nicht, dass jeder in sich geht und eine eigene heile Welt beschwört. Sondern dass man sich zusammentut und diese bessere Welt auch umsetzt.«

»Aber welche? Wessen? Besser für wen? Ich weiß ganz genau, was du in deinem Glas gesehen hast, dort möchte ich nicht wieder leben. Und du willst nicht dorthin, wo ich hin will. *Das* ist das Problem.«

Wenn *eine* Vision alles verwandeln könnte, was wäre dann mit all den anderen, fragte sie. Sie konnten doch nicht nach-, nicht durcheinander, nicht alle gleichzeitig aufgehen: So entstünde nur ein Bilderflimmern. Vielmehr müsse jeder für sich das Gesehene betreten, eindringen müsse man. Das hieße, *sich selbst* verwandeln. Um unsere Verwandlungen gehe es, nicht um irgendwelche, die um uns herum geschehen sollten.

Wieder einmal, wie bei den Ebenen, hatte jeder eine ganz genaue Vorstellung, was damit gemeint sein könnte. Meta schwieg, als die anderen behaupteten, von genau solchen Verwandlungen zumindest aus zweiter Hand erfahren zu haben. Rein technisch gebe es ja schon unerhörte Möglichkeiten: Männer wurden zu Frauen, Körper ließen sich nach Belieben gestalten, ja auch mit Maschinen und Rechnern vernetzen, *body modification*, *cyborgs* … warum sollten solche Mutationen nicht auch spontan oder durch reine Willenskraft entstehen? Wieder einmal übertrumpfte man sich gegenseitig. Aber wie aus den Fingern gesogen, wie das ewige Gerede von Geisteszuständen, das in Belanglosigkeit abzugleiten drohte.

»Erzähl du mal«, sagte ich zu Wolfgang. Irgendetwas trieb mich, *zur Sache zu kommen.* »Gab es nicht mal was, was du mir erzählen wolltest?«

»Nee, gab es nicht.«

»Komm«, sagte Susi. »Jeder muss eine Geschichte erzählen. Sonst musst du gehen.«

»Na dann«, sagte er mit einem wütenden kleinen Lächeln und ging.

»Vera«, sagte ich, aber sie hatte sich wie in Luft aufgelöst, als wäre das ihr Beitrag zum Thema.

Als ich Stunden später nach Hause kam, roch ich Zigarettenqualm, stürzte in die Küche, wollte Vera anbrüllen, packen, schütteln. Sie war nicht mehr da. Neben dem Aschenbecher auf unserem Küchentisch lag die alte Harzkarte ausgebreitet, die wir auf unserer Wanderung mitgenommen hatten. Der Weg am Fluss, Wolfgangs Abschnitt, ein weißer Fleck in meiner Erinnerung. Die Stille der Wohnung, der alles durchdringende stachelnde Tabakhauch – ich wollte schreien. Ich stieß das Fenster auf. Dann hörte ich Wolfgangs Stimme im dunklen Schlafzimmer, fragend.

»Was hast du gesagt?«, fragte ich.

Er sagte es noch mal: »Die Schwalbe?« Als ich ins Zimmer kam und seinen Angstschweiß roch, verstand ich, dass er schlief.

11

Am nächsten Tag war Wolfgang bedrückt. Er hatte Vera etwas erzählt, was er schon lange mit sich herumgetragen hatte. Und gleich darauf war ihm klar geworden, dass es ein Fehler gewesen war. Über Traumata zu reden sei therapeutisch, heiße es heutzutage – auch so eine große Lüge.

»Was für Traumata?«

Er schwieg, als hätte er mich nicht gehört, und sagte dann: »Manchmal tust du was, ohne nachzudenken. Irgendein blöder Einfall. Und hast etwas ausgelöst, was du nicht ahnen konntest.«

Ich verstand nicht: War das das Trauma, oder vielmehr der Grund, weshalb er mir nichts davon erzählen konnte? Aber in diesem Moment klingelte Holger. Er wollte morgen, Samstag, endlich mal wieder rausfahren, ob Wolfgang dabei sei?

Sie saßen stundenlang mit alten Karten, besprachen die mögliche Lage einer vielversprechenden Müllkippe, bis Wolfgang wieder guter Dinge war. Als Holger sogar vorschlug, Vera mitzunehmen, stimmte er zögerlich zu.

Aber Vera war nirgends zu finden. Sie hatte Meta gesagt, dass sie am Wochenende nicht da sein würde. Sie hatte ganz heiter und ruhig gewirkt.

»Aha«, sagte Wolfgang, enttäuscht und erleichtert. »Ja, schön, dass sie mal von sich aus rauskommt.«

Auch ich wollte nicht mit, ich wollte ausschlafen. Aber um halb sieben wachte ich auf, lag allein in der Sonne, das angelehnte Fenster war weit aufgesprungen, weil Wolfgang gerade die Wohnung verlassen hatte. Der Wind, der die lange Stille brach, machte mich frech. Ich stöberte in Wolfgangs Zimmer, wühlte in einer Schublade voll Papiere, seine Aufzeichnungen aus der Armeezeit – unlesbar; griff nach den alten Fotos im oberen Fach – außer Reichweite. Kämpfte mich durch seine Habseligkeiten hindurch bis zum Fenster und schaute hinüber zum Gartenhaus. Es fiel mir ein, als hätte ich das schon immer tun wollen, dass ich die leeren Wohnungen nun erkunden könnte, ohne überrascht zu werden.

Die Sonne strömte herein, rüttelte an den Fenstern, den Türen. Leise auftretend ging ich in jeder Wohnung einmal herum. Die Tapeten lagen in Haufen auf dem Fußboden, ich musste an mein Porträt denken, das wuchernde Papier. Hier und da ein Häufchen alter Kleidung, mich gruselte davor. Die Wände überall angeschlagen. Hier und da war ein größeres Loch gerissen, legte graue Holzlatten, blasse Strohhalme oder rostige Drahtgitter bloß. Aber meist war an den kleinen Kerben etwas Hilfloses, als mühte sich ein Küken an einer harten Schale ab. Die rauen grauen Wände waren wie Stein, der Speicher unfassbar vieler Jahre. Ab und zu irrte eine Biene durch den Raum, schien zu glauben, dass hier etwas zu holen war. Durch immer gleich geschnittene Räume mit immer seltsameren Tapetenmustern bahnte ich meinen Weg nach oben, bald ohne jede Orientierung. Eh ich mich versah, stand ich vor Veras Tür, die einzige, die verschlossen war. Sofort machte ich kehrt, voll panischer Angst, oben am Ende der Treppe erwischt zu werden, ohne Fluchtweg. Den boten auch die leeren Wohnungen nicht, also lief ich schnell und leise an ihnen vorbei, warf immer einen Blick hinein, falls ich doch flüchten musste. Im zweiten Stock sah ich einen Fuß am Ende des Flurs.

Beinah tat ich so, als hätte ich nichts gesehen. Als ginge ein Fuß mich nichts an. Ich war fast schon unten – und kehrte zurück. Der Fuß gehörte Vera, sie hockte auf dem

Boden, gegen die Wand gelehnt, wo die Holzverschalung freigelegt war. Sie war nackt und voller Staub, wie aus einem Trümmerberg gekrochen. Ihr Fuß war eiskalt, krümmte sich aber, als ich ihn berührte. Sie starrte angeekelt den Fußboden an: Sie war erschöpft und konnte nichts mehr tun. Ihre Kleidung lag neben ihr. Ich deckte sie notdürftig zu und ging langsam die Treppe hinunter. Auf dem Weg nach oben war ich durch alle Zimmer gegangen, da war nichts gewesen. Oder doch? Ich konnte es nicht einmal mit Sicherheit sagen.

Blass vor Schlaf machte Meta auf, hinter der Tür verschanzt, eine Fremde, die wortlos wieder schließen könnte. Aber sie nickte rasch, tappte nach ihren Hausschuhen und folgte mir nach oben. An der Wohnungstür trat ich zur Seite, um sie vorbeizulassen. Eine Weile lang betrachtete sie Vera, als sei sie kläglich gescheitert. Und Meta bitter enttäuscht. Erst, als sie sich hinkniete und Veras Beine gerade zog, verstand ich, dass ich helfen musste. Gemeinsam zogen wir sie an und trugen sie die Treppe hoch. Ihr Kopf kippte nach hinten, ihr fielen die Augen zu, wie Puppenaugen. Über ihren Kopf hinweg traf Meta meinen Blick.

»Das geht nicht mehr so weiter«, sagte sie.

Wir legten Vera aufs Bett und deckten sie zu. Meta setzte Kaffee auf.

»Lass sie doch schlafen«, sagte ich verwundert, als Meta eine dritte Tasse holte. Wollte sie Vera gleich wecken und erklären, dass es nicht mehr so weiterging?

Meta stellte die Tasse zurück. »Wie hast du sie denn gefunden?«

Die Wahrheit war mir zu verwirrend. Ich sagte nur: »Ich hatte das Gefühl, dass etwas nicht stimmte.«

Sie nickte. Solche Erklärungen leuchteten ihr immer ein. »Weißt du … Kannst du vielleicht auf sie aufpassen? Oder Wölfchen? Ich habe gerade zu viel – komische Energie. Auf so was reagiert sie. Das macht sie doch krank, die ganzen Energien. Ich weiß nicht, warum ich nicht krank werde.«

Und ich nickte, als ob es mir einleuchtete. Wolfgang kam nicht in Frage. Ich saß allein an Veras Bett, beobachtete sie, als hätte ich sie entführt und wartete darauf, dass sie mit Schrecken aufwachte. Schließlich ging ich ins Atelier, aber die neuen Bilder standen zur Wand gekehrt, und ich traute mich nicht an sie heran. Als ich mich umdrehte, sah ich die stille Form im Bett, sah nun ihren Blick. Er war erschrocken – aber nicht über mich, sondern wie über ihr eigenes Spiegelbild. Werwolfsangst. Ich ging in die Küche und holte Suppe.

Sobald sie sich bewegte oder sprechen wollte, fing sie zu husten an, als wäre in ihr etwas losgerissen. Nicht einmal rauchen konnte sie. Jedenfalls weigerte ich mich, ihr die Zigaretten ans Bett zu bringen. In den nächsten Tagen brachte ich ihr zu essen und zu trinken. Und ich sprach mit ihr. Wo sie ja nicht sprechen konnte, ihr Schweigen also nichts Schlimmes bedeuten musste. Ich erzählte, was im Salon besprochen wurde. Dabei wurde mir einiges klarer, gewisse Tendenzen, meine Einwände, die ich dort nicht ausdrücken konnte. Bei ihr wusste ich, was ich am Abend zuvor hätte sagen müssen. Treppenwitz – erst auf der Treppe zu Veras Wohnung fiel es mir ein. Was mich an den *Ebenen* störte, ob es drei, sieben oder neun sein sollten, unterschieden durch Farbe, Element oder Schwingung – es war viel zu konkret, zu systematisch, zu gewollt. Wenn man für das Unlogische keine Worte findet, sucht man Bilder, immer bunter und immer mehr, bis die Bilder eine Logik brauchen, eine platte polternde Logik. Logik, auf die Spitze getrieben, sei dasselbe wie Wahn, hatte Yuval einmal gemeint.

Ich wollte Vera in die Gedankengefechte hineinziehen. Sie sollte die Stimmen der anderen in meiner erkennen. Sollte zustimmen, widersprechen, jedenfalls antworten. Aber sie schwieg, obwohl sie längst hätte sprechen können. Sie wälzte sich, fuhr mit den Händen über die Bettdecke, als ob sie etwas suchte. Ich brachte ihr Stifte und Papier. Sie rührte ihre Hände nicht mehr, offenbar erschöpft. Am nächsten Tag lagen ein paar Blätter auf dem Fußboden, ich wich zurück, Insekten schienen auf ihnen zu kriechen. Als ich mich bückte, sah ich, dass es Figürchen waren, die gleichen, die Meta auf ihrem ersten Besuch im Atelier als *starke Frauen* bezeichnet hatte, bleiglänzende Geharnischte, die im Raum schwebten, aber winzig nun, verkümmert, vertrocknet.

Als ich eines Morgens endlich wieder zum gemeinsamen Frühstück erschien, nun im Salon, denn es regnete leicht, fiel mir auf, dass die Wände im Vorderraum kahl waren. Veras Zeichnungen waren abgehängt worden.

»Wir räumen hier auf«, sagte Meta. »Wir haben Großes vor.«

Die Wände, sah ich nun bei Tageslicht, waren mit feinen Mustern überzogen. Schon länger? Ich war in letzter Zeit nur abends im Salon gewesen, um schnell ein Bier zu holen und mich damit ans Lagerfeuer zu setzen. Es waren geschwungene, seltsam wimmelnde Linien. Ich ging näher dran, so nah, dass ich in der feuchten Luft die kahle Wand roch – sie bestanden aus winzigen hebräischen Buchstaben. In der Ecke neben der Tür, ich war an ihm vorbeigelaufen, kniete Yuval zwischen zwei Laptops und schrieb mit einem Bleistift auf die Wand.

Er erklärte, dass diese Technik im Mittelalter für Tora-Kommentare entwickelt wurde, sie hieß *Masora figurata*. Zeilen aus Miniaturschrift formten Pflanzen, Tiere, Menschen. So konnte man das Bilderverbot umgehen: denn es waren schließlich Texte.

Ein Bildschirm zeigte einen Textblock ohne Leerzeichen

oder Interpunktion an. Bernsteinfarben glommen immer dieselben drei Buchstaben in immer neuen Permutationen. Diese schrieb Yuval ab, wobei er am zweiten Rechner den weiteren Verlauf der Zeile festlegte: Der Algorithmus speiste sich aus den Koordinaten der verfügbaren Fläche sowie aus einem Zufallswert.

»Und der Text?«

»Ist der Name Gottes.«

»Die drei Buchstaben?«

»Ja. Und der ganze Text. Er hört nämlich nie auf.«

Ich schaute so entgeistert, dass er auflachte: »Keine Sorge, ich bin immer noch Atheist. Aber ich liebe die hebräischen Buchstaben.«

Am Birobidschaner Bahnhof stand der Name der Stadt in hebräischer Schrift, versprach die Ankunft in eine magische Welt, die sich doch nirgends offenbarte. Das Zauberwort am Bahnhof, das niemand lesen konnte, hatte ihn für die Missionare anfällig gemacht. Schon die Vorstellung, dass ihm jene Sprache und jene Welt einfach so zustand. Als die fremde Welt längst vertraut und lästig geworden war, blieb die neue Grammatik, die flackernde Schrift auf eine Weise für ihn lebendig, die ihm erst bewusst wurde, als er Meta die Sprache beizubringen begann. Sie wiederum, aufgrund ihrer Kabbala-Recherchen, klärte ihn darüber auf, dass er sich jedes Mal, wenn er Hebräisch sprach, eines Zaubers bediente, denn diese Sprache sei durch und durch mit magischen Vorstellungen verwoben.

Laut kabbalistischer Überlieferung nämlich habe Moses die Tora, die heilige Schrift, als ungebrochenen Textfluss empfangen, eine einzige Abfolge von Buchstaben ohne auch nur ein Leerzeichen. Die Aufteilung in Wörter, die die Geschichte und das Gesetz wiedergeben, sei erst von Menschenhand erfolgt. Würde man aber zum Urtext zurückkehren und die Buchstaben anders aufteilen, läse man die Tora als Aufzählung der Beinamen Gottes, die seine unzähligen Attribute benennen. Diese Namen wiederum hängen einer anderen Theorie zufolge allesamt auf geheimnisvolle Weise vom einzig wahren Gottesnamen, dem Tetragrammaton JHWH, ab: *Daher ist die ganze Tora letzten Endes aus dem Tetragrammaton heraus gewebt.* Möglich auch, dass das gesamte Buch einen einzigen aus Beinamen gewebten Gottesnamen darstellt. Demnach wäre das Buch das *Wort*, das am Anfang stand, das Gott war, das Wort, aus dem die Schöpfung hervorging. Daher die okkulte Vorstellung, *wer die Kombinationen der Buchstaben kannte, mit denen Himmel und Erde geschaffen wurden*, könnte diese Schöpfung wiederholen: *Wenn die Gerechten wollten, so könnten sie eine Welt schaffen.*

Aber in die Schöpfung einzugreifen, die Welt umzugestalten, auch nur einem Lehmhaufen Leben einzuhauchen, hat sich in der Praxis als schwierig erwiesen. Denn der eigentliche Urtext steht uns offenbar nicht zur Verfügung. Ein Buchstabe, heißt es, ist in der Überlieferung abhanden gekommen oder fehlerhaft wiedergegeben worden. Eine andere Denkrichtung geht dahin, dass mit jedem Äon die heilige Schrift, die Geschichte und das Gesetz, sich in einen Haufen ungeordneter Buchstaben auflöst und sich neu zusammenfügt. Im paradiesischen Zeitalter sei das Buch ein ganz anderes gewesen, als wir es heute lesen. Ja, die Buchstaben sollen sich sogar geweigert haben, für unser tief herabgesunkenes Zeitalter eine Gestalt anzunehmen, die die Möglichkeit der Vervollkommnung in sich barg.

»Und was soll an all dem atheistisch sein?«, fragte ich.

»Alles löst sich in Buchstaben auf: die Schöpfung, die Geschichte, das Gesetz, der Name Gottes, Gott. Es gibt nichts als Teilchen, die sich immer neu zusammenfügen. Atome, oder 0 und 1, oder der genetische Code, UCAG. Welchen Sinn hat es, da noch von Gott zu reden? Aber – das wollte ich gerade erzählen – es gibt ein Bild, das noch weitergeht: Die Tora steht in schwarzem Feuer auf weißem Feuer geschrieben. Aber die eigentliche Schrift ist das Weiße, nicht das Schwarze. Das weiße Blatt ist der Text, sagt alles und nichts.«

All das erzählte ich Vera am Nachmittag. Ich konnte nicht erkennen, ob sie lächelte oder den Mund verzog, ob ihre Züge überhaupt etwas ausdrückten. Es war, als würden ihre Augen immer größer, ihr Gesicht immer kleiner und spitzer. Als wäre sie so klein geworden, dass ich sie kaum noch erkennen konnte. Auf einmal stieg sie aus dem Bett, irrte durch den Raum wie etwas Unansprechbares und fand zur Tür hinaus. Ich folgte ihrer leichten, schwankenden Gestalt die Treppe hinunter. Die Schriftzeilen züngelten schon aus der Salontür. Vera blieb stehen. Buchstabenschwaden stiegen ihr entgegen. Sie machte kehrt, ging die Treppe wieder hoch, schloss ihre Wohnungstür und ließ mich nicht mehr herein. Es war, als hätte sie nur auf die Gelegenheit gewartet, mich loszuwerden.

Yuval war aufgeblüht. Es ging ihm am besten, sagte er zu mir, wenn er eine Aufgabe habe, ein Problem lösen könne. Für das Problem unseres kollektiven Wahns schien er eine spielerische Lösung gefunden zu haben. Der erste Ansatz – den Wahnsinn buchstäblich an der Quelle einzudämmen – war gescheitert. Er hatte eingesehen, dass ein solch kalter Entzug ein Vakuum entstehen ließ, das nach Sinn und Gestaltung verlangte. Man konnte die Menschen nicht einfach in die Leere entlassen, man musste ihnen schon etwas anbieten. So war er auf die Idee des Textes gekommen, der alles beinhaltete, der ein Freiraum, jedoch kein Leerraum war. Das wäre doch ein Ausweg aus dem Dilemma, das wir am Lagerfeuer besprochen hatten: wie es möglich sei, alle Wandlungen, alle Wege, alle Welten nebeneinander bestehen zu lassen. Meta war sofort einverstanden gewesen. Sie lebte seit Jahren mit den leeren Räumen über ihr, unter ihr, sie waren ihr immer unheimlicher geworden und immer mehr ans Herz gewachsen. Vielleicht wäre es auch eine Möglichkeit, diese Räume zu erlösen. *Erlösung*, das war ihm zu viel, das klang nach dem Messias, aber er verstand doch, was sie meinte – womit man hier alles leben musste.

Schmerz und Tod, sagte ich.

Ja – ganz sicher wurden Juden in diesem Haus abgeholt, hatten die Sachen gepackt, die sie mitnehmen durften, und glaubten, sie kämen wieder. Oder sie blieben, wie Gespenster, im Versteck, und hatten Todesangst. Und die anderen, vor denen sie sich fürchteten, hockten wenig später im Keller mit Todesangst vor den Bombergeschwadern. Vielleicht waren Menschen durch den Durchbruch geflüchtet, als das Nachbarhaus getroffen wurde. Vielleicht war niemand durchgekommen, weil sie sofort verschüttet worden waren. Vielleicht war Veras Vater im Keller versteckt gewesen und hatte gewusst, dass er nicht schreien durfte, weil die Menschen, die solche Angst hatten, ihn vernichtet hätten. Oder er war woanders versteckt. In einem ganz anderen Haus. Oder er wurde in Wirklichkeit nirgends versteckt, irgendein Kind, das zwischen Trümmern lag, irgendeine Todesangst erbte und vererbte. Die Geschichte, die Veras Erbschaft war, war nicht zu widerlegen. Sie hatte sich mit der Angst eingebrannt. Aber vielleicht wäre es hilfreich – das würde er Vera sagen, wenn es ihr wieder besser ging –, sie als nur eine von vielen möglichen Geschichten zu begreifen.

Vera zeigte sich nicht. Wir arbeiteten uns nach oben – wir: Yuval und Meta schrieben den Text ab, während wir anderen aufräumten und uns Gedanken machten, was wir mit den fertigen Räumen anstellen würden. Anfangs hatten wir gezögert, Meta und Yuval in den ersten Stock zu folgen, das Niemandsland zu betreten, das doch nur Vera zu gehören schien. Aber vielleicht, so Meta, sahen wir das falsch. Vollkommen allein habe Vera gegen die Leere der Räume angekämpft und habe sich längst Unterstützung gewünscht. Sie sei zu stolz gewesen, es zu gestehen, aber sie habe gehofft, die Gemeinschaft würde sich ihr anschließen.

Wollte Vera sich finden lassen? Anfangs zuckte ich zusammen, wenn ich einen Haufen alter Kleidung, im ersten Moment eine menschliche Gestalt, sah. Nichts da. Manchmal, nur kurz, ging das Licht bei Vera an, obwohl niemand sie ein- oder ausgehen sah. Sie war geflüchtet, fürchtete ich. Unser unbefugter Eingriff hatte sie in die Enge getrieben, sie war irgendwohin ausgewichen. Aber damit schien sich eine Spannung gelöst zu haben. Die Luft im Haus war anders, leichter. Die Vorstellung, dass Vera woanders unterwegs war, war beruhigend. Bei dem Wetter musste jedem die Decke auf den Kopf fallen. Vielleicht war sie rausgefahren, an einen See, baden. Vielleicht traf sie sich mit Editha, versöhnte sich mit ihr, würde sie eines Tages mitbringen.

Aber sie ließ sich weiterhin nicht blicken. Sie stellte sich uns nicht in den Weg, hatte ihre Suche scheinbar uns überlassen – uns und den Bienen, von denen erstaunlich viele in den Räumen herumflogen, selbst bei geschlossenen Fenstern. Vermutlich hatten sie sich in den Wänden eingenistet, erkundeten Spalten und Hohlräume, in die Vera mit dem Stemmeisen nicht eindringen konnte. Meta ließ sich nicht beirren, das Schreiben macht süchtig, sagte sie zu Yuval, als er es ihr ausreden wollte, und mit den Bienen bin ich ja inzwischen auf Du und Du.

Die Gegenwart der Bienen, vertraut und rätselhaft, war wie ein Zeichen, dass wir hier richtig waren. Wir warfen die Fenster auf, und ihre Bahnen verwoben den Außen- mit dem Innenraum, die Wiese mit den Wänden, an denen die Schriftzüge hochrankten, flackernd wie Flammen oder in überlagerten Wellen wie Wasserränder. Was stellten diese Umrisse dar? Yuval hatte uns Beispiele der *Masora figurata* gezeigt, Schriftzeilen, die Löwen oder Rehe oder Fische bildeten. Nun musste er immer wieder betonen, dass hier der Zufallsgenerator die treibende Kraft war. Wie soll man Zufall *generieren*!, wand Meta immer ein. Das hier ergibt schon ein Bild, es ist nur unendlich groß, und wir stecken mittendrin.

Yuval musste Mitte August abreisen, und es sollte bis dahin fertig werden. Zur Finissage in der alten Brauerei wäre der Kurator aus Israel wieder da, Meta wollte ihm die *neue Arbeit* zeigen, da würden sich sicher Möglichkeiten ergeben, ihr schwebte eine dauerhafte Kooperation vor, ein Dialog der Städte Berlin–Jerusalem, auch das Archiv könnte eingebunden werden. Meta und Yuval arbeiteten abends immer länger, während es für uns nichts mehr zu tun gab, außer Pläne für das Gartenhaus zu schmieden. Gegen acht oder neun setzten sie sich zu uns an den langen Tisch, aneinandergelehnt wie aus schierer Erschöpfung. Aber irgendwann sprang Meta wieder auf, um vorm Schlafengehen noch eine halbe Stunde zu arbeiten: Es sei wie eine Meditation. Ich verstand trotzdem nicht, warum sie Yuval am Lagerfeuer sitzen ließ. Er war wortkarg geworden, als säße er schon im Flugzeug und blicke hinab. Auf einmal spürte ich es auch: All die Bahnen, die so unausweichlich zusammenzuführen schienen, liefen doch auseinander. Vera war schon aufgebrochen. Und ich saß Wolfgang gegenüber wie im Zug, eine Begegnung, die ins Flüchtige, Zufällige, ganz und gar Versäumte zurückfiel. Da glaubte ich doch zu verstehen, warum Meta immer weiter schrieb. Nicht, weil sie fertig werden wollte. Nein, sie wollte behaupten, dass alles immer so weitergehen würde, der Text war ja ohne Ende – und ich glaubte es, ich sah mich wieder am Fenster in meinem Kinderzimmer sitzen, und in Berlin schrieb Meta immer noch.

Den Keller nahmen sie sich als Letztes vor, damit er so lange wie möglich noch austrocknen konnte. Das war bei dem Wetter erstaunlich schnell gegangen, es roch kaum noch muffig, sondern angenehm nach dem knisternden Wiesengras, das sich zusammen mit dem Wind und der Sonne in die Kellerluken drängte.

»Es ist auch so schön kühl«, meinte Meta, »ich könnte stundenlang dort arbeiten.« Und sie sprang auf und verschwand nach unten, und das Kellerlicht brannte noch, als Wolfgang und ich ins Bett gingen.

Gegen zwei hörte ich, wie die letzten den Salon verließen. Irgendwer saß noch auf dem Hof und rauchte, der Rauch stieg ins Fenster, menschliche Anwesenheit, nur lästig.

»Kuno, drehst du mir auch eine?«, fragte Wolfgang im Schlaf.

Ich knallte das Fenster zu, rollte mich zusammen und stellte mir vor, ich sei ganz allein. Erleichtert schlief ich ein.

Etwa eine Stunde später schreckte ich auf. Ich hielt still und lauschte. Yuvals Stimme: *Help*. Ich lief barfuß über den Hof, es regnete leicht, ich rutschte auf dem nassen Gras aus. Yuval stand in der Kellertür, in einer Pyjamahose, keuchend. Er zerrte mich die Treppe hinunter. Meta lag wie hingeworfen auf dem Boden, Mund und Augen aufgerissen, als wäre ihr gerade eine Idee gekommen. Sie atmete nicht. *A bee*, sagte Yuval. *Where is her Epipen? Call a doctor. She got stung by a bee.*

Meta hatte ja kein Telefon. Ich rannte hinaus und traf Wolfgang.

»Was machst du?«, fragte er vorwurfsvoll.

»Ruf einen Krankenwagen. Meta wurde von einer Biene gestochen.«

Er drehte sich sofort um, brav und verständnislos, und verschwand nach oben.

Woher denn eine Biene, nachts? Ich tat einen Schritt Richtung Gartenhaus und fiel wieder hin. Einen Augenblick lang saß ich auf dem nassen Boden, hörte Yuvals wütende Stimme und darauf ein Stöhnen – von außen. Ich kam wieder auf die Beine und lief um das Haus.

Vera lag nackt auf der Wiese vorm Kellerfenster im kupfernen Licht der Straße. Sie drehte den Kopf weg. Ihre Beine waren angewinkelt, zwischen ihnen eine breite dunkle Spur. Das war mehr als Blut. Das war all ihr Inneres.

Ich ging wieder in den Keller und setzte mich auf den Fußboden. Yuval sah mich wütend an, weil ich nutzlos war. *A knife?*, schrie er. Ich verstand nichts. Er wühlte im Werkzeugkasten, bis er ein Schablonenmesser fand. Dann kniete er neben Meta, legte ihr den Kopf zurück, schluchzte und stach in die Wölbung der Luftröhre.

12

Ein Glück, dass Yuval den Armeedienst in Israel hatte nachholen müssen, Sanitäter gelernt hatte. Meta kam im Krankenwagen wieder zu sich. Aber sie blieb wochenlang im Krankenhaus, konnte erst nicht sprechen, bewegte sich unkoordiniert. Ein paar Minuten lang hatte ihr Gehirn keinen Sauerstoff bekommen. Wir saßen abwechselnd bei ihr. Und immer war ihre Mutter da, nachts ließ sie sich von Yuval in Metas Wohnung bringen. Sonst harrte sie aus, still und blass wie Meta, wenn sie müde war, wenn sie lange nicht hatte einsehen wollen, dass ihr nichts übrig blieb als Kräfte sammeln. Ihre Mutter, das sah man, hatte sich schon lange darin geübt.

Sie könne sich an den Abend überhaupt nicht erinnern, gab Meta mit Kopfschütteln und wildem Gekritzel zu verstehen, als die Polizei sie zu den Ereignissen befragte. Sie war dabei so erregt, als fürchtete sie, man würde ihr nicht glauben, oder sie könnte tatsächlich etwas Falsches erzählen. Aber niemand schien sie zu verdächtigen, niemand machte ihr einen Vorwurf.

Yuval wurde mehrmals verhört. Man fragte immer wieder nach seiner Militärausbildung. Israelis traute man alles Erdenkliche zu – wer den Luftröhrenschnitt beherrschte, kannte sich womöglich auch mit exotischen Tötungsmethoden aus. Ihm war jedoch nichts nachzuweisen. Wie denn auch? Man konnte nicht einmal die Todesursache eindeutig feststellen. Vera war wie von innen heraus gesprengt. Schließlich war von alter Munition die Rede, über die sie vielleicht gestolpert war. Das Haus wurde abgeriegelt, die Wiese mit Metalldetektoren abgesucht. Holger schüttelte den Kopf. »Da ist doch nichts«, sagte er.

Wir wurden alle befragt, streng und lüstern. Aber wir konnten keine brauchbaren Hinweise geben. Selbst den größten Spinnern fiel es nicht ein, von Wundern zu faseln. Alle waren nüchtern geworden und konnten nichts mehr nachvollziehen, ja konnten sich an vieles überhaupt nicht mehr erinnern.

Ohne Hinweis auf Täter oder Tatmotiv mussten sich die Medien am Opfer abarbeiten. Anfangs fürchtete ich – oder hoffte ich es? –, es könnte ihnen gelingen, die Vorgeschichte aufzudecken, uns unbekannte Einzelheiten, die erklären würden, warum es so weit kommen musste. Aber Vera gab wenig her. Offenbar stellte Editha keine Fotos von ihr zur Verfügung. In Ermangelung dessen bildete man Editha selbst ab, schließlich war sie eine schöne Frau. Sie schwieg, der Leipziger *Meister* schwieg, sie hatten kein anderes Werkzeug als das Schweigen. So blieb es bei Veras Ausweisfoto, ein paar unscharfen Fotos von ihren Bildern auf Ausstellungen der Kunsthochschule, und der Altersangabe: *Vera Grünberg (25)* … Dass in der Boulevardpresse das Alter nie fehlen durfte, schien eine besonders hämische Form der Bescheidwisserei.

Bald versiegte das Interesse, alles lief ins Leere. Vera sei vielleicht doch auf eine Weltkriegsmine getreten, mutmaßten die seriösen Medien ratlos. Die Boulevardblätter versuchten es noch eine Weile lang mit dem Gerücht von irgendeinem wohl noch frei herumlaufenden Lustmörder.

Es machte mich rasend, wie alle von nichts wissen wollten, das Unerklärliche in ihre fertigen Muster pressten, um es sich so schnell wie möglich wieder aus dem Kopf zu schlagen. Aber war ich wirklich wütend auf die anderen, oder gar auf die Medien? Auf wen nur? Warum nicht auf Vera? Ich hätte nicht ahnen können – doch das war gelogen. *Sie richtet sich selbst zugrunde. Ihr ist nicht zu helfen.* So hatte wohl jeder von uns gedacht. Wie sollte ich denn wütend auf die sein, die nur meine schlimmen Erwartungen erfüllte? Und sich dabei so erniedrigte. War ich denn auf Meta wütend? Ja, auch auf Meta. Wie konnte sie nur so achtlos sein? So schwach? Sich einfach so auf den Boden hinstrecken? Wo sie doch der Macher sein wollte. Die Starke. Sie wollte nicht geschützt werden. Wie hätten wir sie schützen sollen? Ich war sogar wach geworden, bevor Yuval rief, wie auf ein Zeichen hin. Ich hatte es gespürt. Ich hatte es gewusst. Aber was hätte ich denn tun können? *Nur niederreißen kannst du.*

Immer wieder träumte ich, ich brächte ihr eine Decke.

Nachdem Veras Wohnung von der Polizei freigegeben worden war, kam eine Kunstspeditionsfirma, den ganzen Tag wurden ihre Bilder sorgfältig verpackt und in einen LKW getragen. Als der LKW vorfuhr, hatte schon eine Frau gewartet, sie war in Veras Wohnung gegangen, hatte Anweisungen gegeben und das Haus wieder verlassen. Groß und kerzengerade. Ich habe sie nur aus dem Küchenfenster gesehen. Aber sie schien so gefasst wie Metas Mutter, so längst auf alles gefasst.

Karla passte Editha auf dem Hof ab und fragte, wann Veras Beerdigung stattfinden würde. Sie habe schon im kleinen Kreis stattgefunden, hieß es. Das würde Vera sich so gewünscht haben. Karla schüttelte den Kopf. »Sie hat mich so angesehen, als würde ich rumschnüffeln, als hätte ich kein Recht, so etwas zu fragen.«

Aber wenig später besuchte Editha Meta im Krankenhaus. Als hätte sie sich einer Pflicht besonnen: zu verstehen, was passiert war.

»Als könnte ich ihr etwas erzählen! Sie hatte Vera seit Monaten nicht gesehen. Du hättest dich lieber besser kümmern sollen, wollte ich sagen. Und konnte es dann irgendwie doch nicht. Schließlich hätte sie mir dasselbe vorwerfen können. Außerdem war sie völlig fertig. So eine große starke Frau – und saß so zusammengesackt da. Und auf einmal brach so eine Wut aus ihr heraus. Sie begann, auf alle zu schimpfen, auf Vera, Veras Vater, Veras Mutter, selbst ihre eigene Tochter – alles Menschen, denen nicht zu helfen war, verschlossen, weltfremd, autistisch, *mit anderen Menschen können sie nicht*, sagte sie immer wieder. Als wären sie noch da.«

All das brachte Meta mit großer Schwierigkeit hervor. Ihre Kehle war verheilt, aber ihre Zunge machte nicht mit. Ich konnte kaum mit ansehen, wie sie nach Worten rang, wie mit Händen, die immer danebenlangten. Sie kämpfte so verzweifelt gegen die Lähmung, dass Kampf und Lähmung nicht zu unterscheiden waren. Versuch doch einfach mal ruhig zu liegen!, sagte ich, aber sie bestand darauf, mir etwas mitzuteilen, was ich kaum verstand, mir aber ungefähr so zusammenreimte:

Dass sie sich an nichts erinnern könne, das machte sie ganz kirre. Diese Lücke mittendrin. Sie hatte nicht nur nicht mitbekommen, was mit Vera passiert war, auch das, was sie selbst betraf, wusste sie nicht mehr. Sie war ja schon einmal als Kind fast gestorben. Und so schlimm wie das auch gewesen war, hatte sie das Licht des Bewusstseinsverlusts nie vergessen können, die summende Wärme, das Gefühl, gleich durchzubrechen. Sie hatte gern daran zurückgedacht, wie nah sie an etwas gewesen war, was man sonst nur einmal erlebt und nicht mehr erzählen kann. Nun musste sie noch viel näher dran gewesen sein – und konnte sich an überhaupt nichts erinnern. Sie hatte etwas Wichtiges verpasst.

Sie machte stundenlang Physiotherapie, übte noch auf dem Zimmer. Selbst wenn sie im Bett lag, bewegte sie ihre Zunge hin und her, formte Laute mit den Lippen. Yuval hatte seinen Urlaub bis Mitte September verlängert, sie wollte ihn dann nach Israel begleiten. Noch nie hatte die Therapeutin solch raschen Fortschritt erlebt. Nur wer Meta kannte, hätte die leichte Verzögerung ihrer Worte und Gesten gemerkt.

»Ich muss in Bewegung bleiben. So war das doch immer. Nach dem Anschlag, wo ich auf Yuvals Sofa in Jerusalem aufgewacht bin – ich bin gleich aufgesprungen, habe Yuval mit auf die Straße gezerrt, er musste mir die ganze Stadt zeigen. Er dachte wahrscheinlich, ich spinne. Aber es war mir in Tel Aviv so schlecht gegangen, ich hatte nichts mehr auf die Reihe bekommen, war fast depressiv, ja, wahrscheinlich hatte ich wirklich eine Depression. Und so schrecklich wie es klingt – wenn dann so etwas richtig Schlimmes passiert, reißt es einen da raus, man kommt wieder in Gang, aber ordentlich, man muss ja.«

Aus der Reha entlassen, bereitete sie sich auf Israel vor, mit gedämpfter Ungeduld, doch wie schon reisemüde. Kein Drama, meinte sie, sie würde doch pendeln. Berlin–Jerusalem, Projekte bahnten sich an, aber das Haus, die beschrifteten Räume erwähnten sie und Yuval mit keinem Wort. Yuval hielt es im Haus nicht lange aus, war viel unterwegs und traf sich mit israelischen Künstlern, die er auf der Vernissage kennengelernt hatte. Meta bewegte sich im Salon wie immer, nur langsamer, zerstreut. Ich wollte fragen, ob ich ihre Worte im Krankenhaus richtig verstanden hatte, aber ich ahnte, dass sie daran, überhaupt an das letzte halbe Jahr, nicht erinnert werden wollte.

Von der Installation sprach sie auch nicht mehr. Aber der Gedanke, dass die Bienen dort weiter vor sich hin summten, fand ich tröstlich. Ich ging noch einmal in die alte Brauerei. Obwohl kaum Besucher da waren, verlief ich mich wieder. Und nichts war, wie ich es zu sehen geglaubt hatte. Die anderen Kunstarbeiten, die mir damals durch die Menschenmenge hindurch so verlockend erschienen waren, waren nur Bildschirme, Projektionen, mit Absicht verwackelte Fotos, Laser, Licht, leere Flächen. Immer wieder las ich, ich, der Betrachter, sei aufgefordert, darin den eigenen Sinn zu suchen. Was ich als eine Zumutung empfand. Ich lief immer schneller, verärgert, nein, ich hatte Angst. Angst, in einer dieser Kammern eingesperrt zu werden, in einen Raum, der, obwohl nicht einmal leer, mit Bedeutung gefüllt zu werden verlangte.

Endlich, unter einer Treppe, die ich beinah zum zweiten Mal bestiegen hätte, roch ich den Sommerwinterhauch des Honigs und hörte es summen. Ich kroch hinein. Die Plexiglasscheiben waren vollgekritzelt: Namen, Witze, Brüste, Schwänze. Schwach vor Wut robbte ich mich wieder heraus und hockte mich vor die Treppe hin. Ich würde aufpassen, dachte ich, und wenn ich jemanden beim Kritzeln erwischte, würde ich die Tür zuwerfen, ihn mit den Bienen einsperren. Auch sie waren böse, ich hörte es. Aber niemand kam. Meine Wut, ohne Gegenstand, fiel auf mich selbst zurück. Ich hockte dort, wo Vera damals gestanden hatte, erstarrt am Rand unseres Kreises. Ich hatte sie noch nackt vor Augen, eine Nacktheit wie eine harte Hülle, die nur sie hatte sprengen können, und nur einmal.

The Poison of the Honey Bee Is the Artist's Jealousy. Endlich fiel mir der ganze Vers ein.

Metas Wandtext hing nun im Licht, das durch die großen Fenster des Treppenhauses fiel; alles, was ich zu lesen gemeint hatte, stand deutlich lesbar da. Das hätte Meta nicht schreiben dürfen, so etwas Persönliches.

Ich ging nach Hause und erzählte Meta von den Vandalen.

Sie lächelte müde. »Das finde ich nicht so schlimm. Das Kunstwerk ist ein Palimpsest. Jeder hinterlässt seine Spuren. Jeder trägt seinen Teil bei.«

Mir schien, wie schon vor ihrer ersten Israel-Reise, als hätte ich kaum Zeit gehabt, sie kennenzulernen. Diesmal gab es keine Abschiedsfeier, nur Bier am Lagerfeuer, obwohl es leicht regnete, wir waren ja hart im Nehmen. Es war, als würde der Alltag nur kurz unterbrochen sein.

Die Ausstellung in der Brauerei ging zu Ende, nachdem Meta und Yuval schon abgereist waren. Bielagk und Wolfgang mussten die Installation abbauen und stellten dabei fest, dass das Bienenvolk verschwunden war. Wolfgang rief verstört beim Bauern an. Das kommt vor, meinte der Bauer. Das kommt vor. Wolfgang wiederholte es vor sich hin.

Zwischen uns kam wieder Zärtlichkeit auf, wir lagen aneinandergeschmiegt auf dem Kanapee, sprachen andeutungsweise über das, was passiert war, als hätten wir die entscheidenden Dinge schon gesagt. Dann hatten wir uns nichts mehr zu sagen. Wolfgang verfiel wieder seinen Ängsten – er glaubte, jemand würde in die Wohnung kommen, wenn wir nicht da wären, seine Sachen umräumen, denn er fände nichts mehr. Leute würden ihm auf der Straße nachlaufen, ihn angrinsen. Er hörte auf, Bekannte zu grüßen, schlug sich fast mit einem Kontrolleur in der U-Bahn.

Einmal sagte er mitten in der Nacht: »Ich habe an der Grenze einen Menschen erschossen.«

Ich war vor Schreck wie gelähmt. Nicht, dass ich ihm glaubte. Ich glaubte ihm keine Sekunde lang. Es war vielmehr, als wäre er in die Rolle meines fiktiven Grenzers geschlüpft, als gestehe er die Tat, die ich aus unlauteren Gründen für folgerichtig und notwendig gehalten hatte.

»Was hast du da gesagt, gestern Nacht?«, fragte ich beim Frühstück.

»Nichts, es war nur ein Traum«, sagte er mit sarkastischem Lächeln.

»Was für ein Traum?«

»Ich schieße einen Vogel ab. Und der Vogel ist ein Mensch.«

Im September flog ich nach New York, der lange hinausgeschobene Besuch. Wolfgang hatte mitfliegen sollen, meine Eltern hätten ihm den Flug bezahlt, aber auch vorm Fliegen hatte er Angst. Vorm Abstürzen, aber nicht in dem Sinne, hatte er gesagt, als ob ich wissen müsste, was er meinte. Daran dachte ich eine Woche vor meiner Rückreise nach Berlin und fühlte mich von der Vorstellung des Flugs überfordert. Als wäre der Flug an sich ein Sturz ins Fremde. Ich buchte um, wollte doch über Weihnachten bleiben. Wenig später las ich ein Angebot für eine Stelle bei einem akademischen Verlag, gute Deutschkenntnisse vorausgesetzt, und bewarb mich aus einer Laune heraus. Ich war mir sicher, mein Berlin-Aufenthalt, mit dem abgebrochenen Studium und dem Ausbeutungsjob im Übersetzungsbüro, habe eine Lücke in meinen Lebenslauf gerissen, an der ich scheitern musste. Dann würde mir nichts anderes übrig bleiben, als nach Berlin zurückzukehren. Aber die Personalchefin war begeistert – sie bereue, selbst kein Auslandsjahr gemacht zu haben, ich habe sicher wertvolle Erfahrungen sammeln können. Ich bekam die Stelle, von dem Gehalt konnte ich mir ein kleines Zimmer in einer WG an der Lower East Side leisten.

Das schrieb ich Wolfgang in einem Brief. Er schrieb zurück. Ich konnte seine Schrift nicht lesen. Er wechselte zur Schreibmaschine über, da waren seine Briefe schon zur reinsten Fiktion geworden.

»Siehst du, ich komme in eine kreative Phase, wenn ich allein bin«, sagte er mir am Telefon, als ich endlich doch anrief. »Du sollst kommen und mich davor retten.«

Doch er schien verstanden zu haben, dass ich dazu außerstande war. Ich bat Bielagk, sich um Wolfgang zu kümmern, er ließ ihn, wovon schon einmal die Rede gewesen war, als Lehrling bei sich anfangen.

»Er ist eigentlich ein ganz lieber Mensch. Er wollte dich auch unbedingt kennenlernen«, sagte ich zu Ruth. Ruth war Ethan gewesen. Sie hatte lange dunkle Locken, war voller gespannter Ruhe und so dezent-stilvoll gekleidet, dass ich ein wenig eingeschüchtert war, als wir uns das erste Mal trafen. Die Biotechfirma boomte, und sie war befördert worden. Das war also die Frau, die in Ethan gesteckt hatte. Nun saß ich ihr beim Chinesen gegenüber und suchte ihn in ihr. Er hatte mit mir reden wollen, hatte ich zu spät begriffen, hatte mich deshalb nach Prag eingeladen. Als wir uns am Bahnhof trafen, hatte ich doch nur von mir erzählt. Nach diesem ersten Mittagessen war ich den ganzen Weg vom Union Square zu meinen Eltern gelaufen, zwei Stunden in Herbstböen, und fühlte mich abgrundtief traurig. War diese Trauer ein Verrat an Ruth, zu der Ethan geworden, nein, die er schon immer gewesen war, die ich nicht gekannt hatte: War ich traurig darüber, Ethan nicht gut genug gekannt zu haben? Und nun hatte es ihn im Nachhinein gar nicht wirklich gegeben.

Aber wir trafen uns immer öfter mittags, zumal als ich in der Nähe zu arbeiten begann. Letztlich war Ruth für mich fast das Vertrauteste hier. Die Stadt war mir fremd geworden, gerade weil alles so achtlos seinen geregelten Gang ging. Anderthalb Jahre hatte ich in Berlin verbracht. Nur etwas länger als geplant. Hier hatte man mit mir gerechnet. Nach dem schleierhaften Unglück, das mich wieder nach Hause verschlagen hatte, fragte man nicht weiter, als sei es zu erwarten gewesen und am Ende besser so. Denn was ich in Berlin *gemacht hatte*, konnte oder wollte ich nicht so recht sagen. *Du denkst, mit dem, was du dort gelernt hast, müsstest du hier etwas anfangen können.* Was hatte Meta noch gesagt? *Es ist, als müsste man nur in die S-Bahn steigen …*

Ich träumte von Wolfgang, ich sagte ihm, dass es mit uns leider unmöglich sei, ich sagte es immer wieder anders. Es war unendlich schwer, aber es war beinah ein gutes Gefühl, ein hoffnungsvolles, ein Gefühl immerhin. Einmal träumte ich von Vera, sie lud alle zu sich ein, sie lud uns doch immer ein, in ihre Wohnung, die ja für solch eine traumhafte Feier wie gemacht war; sie war als Gastgeberin in ihrem Element, voller Charme und Wärme. Beim Aufwachen versuchte ich, mich an die Bilder in ihrer Traum-Wohnung zu erinnern. Es waren ganz sicher dieselben, die damals zur Wand gedreht standen. Sie zeigten immer einen leeren Raum. Vielleicht den Raum, in dem die Rückenfiguren gesessen und gestanden hatten. Er war in denselben Tönen gehalten, wächsern grau wie altes Papier, alter Schnee, alte Dielen. Die Farbe, dick aufgetragen, bildete spürbare Oberflächen, Waben, Wirbel, Spalten – in sie schien der Inhalt des Raumes geflossen zu sein. Was blieb, war blasses kühles Licht.

Ich wollte schon nach Berlin zurück, wenn ich wieder Geld verdient, mein Buch geschrieben, einen Verlag gefunden hatte, ich wollte wirklich zurück – aber doch nicht dorthin, wo ich gewesen war. Wohin denn sonst? Ich träumte von der Berliner Bucht. Vor allem, wenn ich meine Eltern besucht, ihren Pinot Noir getrunken hatte. Unser Verhältnis hatte sich entspannt. Sie waren erleichtert, weil ich wieder da war, meine Lebenstüchtigkeit bewiesen, Erfahrungen gesammelt hatte. Auch mit ihnen konnte ich kaum über Berlin reden. Sie hatten mich im Glauben an eine rationale Welt erzogen, und ich wollte sie mit der Wahrheit verschonen. Die Wohnung kam mir jetzt sehr klein vor und bis oben hin gefüllt mit meinen alten Hirngespinsten, die immer noch handfester waren als die Stapel und Haufen in meinem WG-Zimmer.

Jetzt, wo ich mich in der Stadt durchschlagen musste, war sie so abweisend wie noch nie. Das Wetter war zu kalt, dann zu warm, es war dreckig und laut. Mein Fenster war so groß wie ein Taschentuch und blickte auf einen Lichtschacht, von meinen Mitbewohnerinnen sah ich meist nur das benutzte Geschirr. Niemand hatte Zeit, mit Überstunden deckte man gerade noch seine Lebenskosten. Hatte man doch Zeit, suchte man Männer im Netz. Beim Daten galten unendlich viele Regeln, was man anzuziehen, wo man hinzugehen, wer zu bezahlen, wann und wie eine körperliche Annäherung vonstatten zu gehen habe. In diesen Regeln erwarb man eine erbitterte Virtuosität. Ob das schon immer so gewesen war? Mir kam all das vor wie die Bräuche eines mir unbekannten Stammes. Schon der Anblick der Dating-Portale deprimierte mich. Wieso schien so ein *Portal* nicht ins Freie zu führen, sondern in miefige kleine Räume voller hilflos ausgestellter Menschen? Wieso sahen die Dinge im Netz so billig aus, wo man doch alles, was man wollte, aus dem Nichts hervorzaubern konnte? Es war der endgültige Beweis, dass das, was alle anderen wollten, mit mir selbst nichts zu tun hatte.

Meta hatte einmal gesagt, für sie sei das Zusammenleben mit einem Mann ein Leben in einem fremden Land. Sie hatte es geschafft, sie hatte sich dorthin abgeseilt. Wir schrieben uns manchmal E-Mails. Sie etablierte sich langsam als Installationskünstlerin, arbeitete mit Algorithmen, die Yuval entwickelte. Sie reisten überall hin, außer nach Berlin. Einmal schrieb sie mir eine Postkarte aus

Birobidschan. Wenn mein Modem rauschte, dachte ich an die beiden, überhaupt an das Gefühl des Unterwegsseins.

Ich fühlte mich am wohlsten, wenn ich ohne Ziel durch die Stadt lief, auf den Hafen, auf die Zwillingstürme zu, von denen ich mich nun fragte, wofür sie eigentlich standen. Vielleicht für die unerschöpfliche Energie, die alles um mich herum anzutreiben schien, während ich nur beobachten konnte. Die Stadt und das Netz, das sie immer dichter durchzog, waren eine Maschinerie, die sich verselbstständigt hatte. Das kann doch nicht ewig so weitergehen, dachte ich. Das muss doch irgendwann zusammenbrechen. Ich war wütend auf Wolfgang: Er hatte mich mit diesen fremden Ängsten angesteckt, gegen die ich keine Immunität besaß. Und Vera erst, was für ein Gift hatte sich in ihr angesammelt? *Das muss doch alles raus.* Gerade in meiner Wut glaubte ich, einen wertvollen Stoff zu besitzen. Manchmal blätterte ich in meinen Notizen, als würden sie nach ausreichender Lektüre von sich aus einen Zusammenhang bilden. Ich heftete Klees *Engel der Geschichte* an die Wand. *Er möchte wohl verweilen, die Toten wecken und das Zerschlagene zusammenfügen. Aber ein Sturm weht vom Paradiese her…*

Ich hatte nur am Wochenende Zeit, und ich konnte sie nicht nutzen. Die Maschinerie da draußen drückte die Stunden platt. Die Jahrtausendwende wälzte heran.

Das Gerücht von einem gravierenden Programmierungsfehler kam auf. Meta bestätigte es: Das Jahr 2000 war in den Urschriften des Netzes gar nicht vorgesehen. Die ersten Programmierer, die Gestalter der Zukunft, hatten nicht wirklich mit ihm gerechnet. Sie hatten im entscheidenden Moment über ihr eigenes Jahrhundert nicht hinausgeschaut. So würde die innere Uhr der großen Maschine in jener Mitternacht auf 1900 zurückschalten. Es sei denn, man könnte schnell alles umprogrammieren. Ganze Heere von Informatikern wurden dazu angeheuert, so verdiente sich Yuval gerade ein gutes Zubrot. Er war nur bedingt zuversichtlich. *Aber wenn es hart auf hart kommt, gehen wir einfach nach Sibirien.*

Unsinn, meinte Ruth, die Vorstellung, dass alles an einer Zahl hängen könnte. Das seien paranoide Phantasien.

Aber nach dem, was ich erlebt hatte, fand ich sie absolut plausibel. War es so undenkbar, dass irgendein kleiner Missgriff in der immer dichter geknüpften Wirklichkeit das ganze Gewebe auflösen könnte? Die Idee hatte etwas Unwiderstehliches. Was, wenn die Geschichte tatsächlich von Neuem wieder einsetzte, wenn die Uhren auf 1900 zurückfielen? Würden wir alles noch einmal so erleben müssen? Oder könnte diesmal alles anders werden? Mit solchen Gedanken spielte ich gern. Dabei wurde mir immer klarer, dass ich nach Berlin zurück musste. Um alles aufzuschreiben, bevor es so weit war, dort, wo man gelernt hatte, mit allem Möglichen zu leben. Da auf einmal bekam ich ein Angebot, nach Berlin zu fahren, um einen Reiseführer zu schreiben.

Erst nach einigen Wochen hatte ich mich zum Scheunenviertel durchgearbeitet. Es hatte sich völlig verändert. Die Einschusslöcher waren verputzt. Die C…straße war lückenhaft gewesen, voll von grünen Durchbrüchen, nun war sie geschlossen.

Ich klingelte bei Wolfgang, wir trafen uns auf dem Hof, der nun an eine riesige Baugrube grenzte. Das Gartenhaus stand nicht mehr. Meta hatte nichts davon erzählt, auch Wolfgang hatte nicht geschrieben. Er zuckte mit den Schultern: »Es war doch klar, dass das passieren würde.« Er war so verschlossen wie am ersten Abend. Nur mit Mühe verstand ich seine Mundart. Er verschwand wieder nach oben, wo vermutlich noch das Bild meines Rückens hing.

Ein kleines Kind kam aus dem Durchgang gestürzt, Bruno gleich hinterher.

Bielagk erzählte mir alles, was Wolfgang zu erzählen nicht für nötig hielt. Das Gartenhaus war ein halbes Jahr nach den Ereignissen unter schleierhaften Umständen aufgekauft worden, stand eine Weile lang leer, wechselte den Besitzer und wurde abgerissen. Ein Wohn- und Einkaufskomplex sollte entstehen, auch die Wiese wurde ausgehoben. Nichts Außergewöhnliches, nicht einmal das Grundwasser kam zum Vorschein.

Alles war nur ein kollektiver Wahn gewesen, so Karla. Sie hatte nachgeforscht wegen dem Grynberg. Da hatte sich wohl jemand vertan, der Grynberg hatte in der G…straße gelebt, sie hieß seit dem Krieg die M…straße. Nichts mit C…straße. Die C…straße hatte schon immer so geheißen. Allerdings hatte ein Grünberg eine Destille betrieben, die überall im Scheunenviertel beworben wurde. Noch 1945 stand der Name schattenhaft an den Brandwänden. So könnte der Russe, der Veras Vater gerettet hatte, den Namen mit aus den Häusertrümmern aufgegriffen haben. Aber auch darüber konnte man nur spekulieren.

Bielagk hatte noch etwas erzählt:

Vor dem Abriss hatte ein polnischer Baustoffhändler alles Brauchbare mitgenommen, bis hin zu den Türklinken. Holger hatte ihm geholfen, als hätte er Veras Arbeit noch zu Ende führen müssen. Im Keller hatten sie die vermauerte Tür aufgebrochen, dahinter war nur ein Riesenhaufen Schutt gewesen. Aber in dem verbliebenen Hohlraum hatten sich Bienen eingenistet. Sie waren längst ausgeschwärmt, nur die Waben waren geblieben, klebrige gelb-braune Brocken gingen ins Mauerwerk über. Der Pole verstand nicht, warum niemand sie haben wollte. So nahm er sie selbst mit, freute sich darauf, zu Hause den Honig zu schleudern.

Einmal beim Chinesen hatte ich Ruth alles erzählt, was in Berlin passiert war. Und was ich ahnte: Vera hatte es geschafft. Sie war geschlüpft. Als Biene. Durch die Ritzen, ins Schlupfloch und heraus. In die Dunkelheit, in die Kammer, in Metas Halsbeuge und heraus. Heraus aus der eigenen Haut. Meta war ihr zu nahe getreten. Vera hatte sich gewehrt. Gegen die ganze Entwicklung hatte sie sich längst gewehrt und sie doch damit nur vorangetrieben. Ich sagte Ruth: Menschen können sich vieles einbilden, aber wandeln können sich nur wenige. Sie wollen nur sich selbst sprengen und reißen uns mit. Aber wir schließlich lassen sie so weit gehen, wir lassen sie gern hinüber, hindurch, hinein, wo wir nicht hinkönnen.

Ruth hörte zu, mit gesenktem Kopf, betroffen, dachte ich, anerkennend, denn ich hielt meine Erkenntnis für einen menschlichen Durchbruch, zumindest für eine ehrliche Beichte. Nein, sie war wütend, fassungslos, dachte ich, als ich zu Ende war, sie müsste glauben, fiel mir jetzt erst ein, dass ich in Wirklichkeit von ihr sprach. Dabei hatte ich in diesem Moment ganz vergessen, dass auch sie sich verwandelt hatte. Minutenlang schob sie ein Reiskorn mit den Stäbchen am Tellerrand herum. Dann sah sie mich an mit der vertrauten milden, bescheidwissenden Härte.

Well, sagte sie schließlich, lächelte freundlich und schenkte mir Tee nach, *I can highly recommend my psychiatrist.*

Ich bin nun viel im Scheunenviertel unterwegs, es muss ausführlich beschrieben werden, gerade der Untergrund, auffindbar über Thorstens und Janas Portal, welches als definitiv gilt – oder aber als das, was den Untergrund ein für alle Mal auflöste. Auf ihr Portal muss ich mich verlassen, was habe ich sonst: all das nutzlose Wissen, das nach der Liebe bleibt. Das Geschirr mit blauem Zwiebelmuster. Ich bin in die paar Lokale von damals und in die vielen kühl strahlenden Neuen gegangen. Wieder irre ich im Dunkeln von einem hellen Ort zum anderen, aber alles ist nüchterner als damals. Es gibt mehr Bars und mehr Betrunkene, es gibt noch *ecstasy* zum Einnehmen, es gibt Balkan-Tänze. Es hilft nichts. Bei dieser Nüchternheit vergesse ich manchmal, ob ich immer noch auf die Jahrtausendwende warte oder ob sie bereits gekommen ist und alles genauso weitergeht wie nach der letzten Wende. Es macht nichts. Die Geschichte ist zwar nicht zu Ende. Trotzdem bin ich jetzt so weit, ihr auf den Grund zu gehen.

DANKSAGUNG

Mein Dank gilt Katharina Picandet und Franziska Otto für das einfühlsame Lektorat, ebenso Emma Braslavsky, Birgit Kreipe und meinem Agenten Axel Haase für ihre Kritik zum Manuskript.

Herzlichen Dank an Ute Illig für den Honig aus Pankow und an Dirk Stamm für diverse Anregungen.

Die Arbeit an dem Roman wurde durch ein Stipendium des Landes Brandenburg im Künstlerhaus Schloss Wiepersdorf gefördert. Eine frühe Fassung entstand zum Teil im International Writers' & Translators' Centre of Rhodes.